主编 南豫见 漯河作家精品文库

花红柳青

HUAHONG LIUQING

孟焕军 / 著

河南人民出版社

图书在版编目(CIP)数据

花红柳青 / 孟焕军著. —郑州 : 河南人民出版社,
2015.6
(漯河作家精品文库 / 南豫见主编)
ISBN 978-7-215-09521-2

Ⅰ. ①花… Ⅱ. ①孟… Ⅲ. ①长篇小说-中国-当代
Ⅳ. ①I247.5

中国版本图书馆 CIP 数据核字(2015)第 111682 号

河南人民出版社出版发行
(地址:郑州市经五路 66 号 邮政编码:450002 电话:65788068)
新华书店经销 河南省瑞光印务股份有限公司印刷
开本 680 毫米×960 毫米 1/16 印张 14.5
字数 228 千字 印数 1 - 10 000 册
2015 年 8 月第 1 版 2015 年 8 月第 1 次印刷

定价 : 32.00 元

漯河文学新高度

韶 华

我一次又一次打开各种有关漯河的史册，正史、野史、民间杂记，均觅不到或汉赋或唐诗或宋词或元曲或明小说或清散文的记载。截止到新中国之前的文学典籍上，没有小说、散文、诗歌的有关传承。偶有只首片句，聊以宽慰，多属官员的打油诗，远离民生疾苦，与文学不搭界。中原腹地，贾湖骨笛、字圣许慎的故乡，与建安文学的发祥地许昌毗邻，漯河的文人墨客都哪里去了？漯河史上没有文学，没有作家、诗人。如此结果匪夷所思，令人忧伤。

漯河文学经历了漫长的空白带。淘尽千古诗文弄者，这就是历史，破灭了多少人名垂青史的梦想。在此期间，沙澧河是哭泣的，流淌着兵燹战乱、饥馑贫困、民不聊生，而文学需要一张安静的书桌。

五星红旗唤起了漯河文学。六十五年弹指一挥间。漯河文学在各届党政领导的支持下与时俱进，从无到有，从小到大，由弱至强。如今的漯河作家群拥有国家级会员1人，省级会员103人，市级会员近300人。他们或小说，或散文，或诗歌。这一盏盏精神的灯火，汇聚成波光潋滟的星海，为广袤的漯河涂抹上亮色与鲜活，温馨情感，慰藉人心，提升着城市的格调与品质。文学的优劣不取决于团队规模，也不取决于高规格的会员人数，而是以本地区文学作品的品质所决定。南豫见编剧的电视连续剧《日出日落》与《生死较量》，1996年与2000年分别在央视一套与八套黄金时段播出以来，一直稳居全省18地市电视剧创作的制高点；芦雅萍的长篇小说《少林方丈》获省第七届“五个一工程奖”；南豫见的长篇小说《百年恩公河》相继获得省第八届“五个一工程奖”与省五届“优秀文艺成果一等奖”，迄今十八个地市的作家无人超越；南豫见的中篇小说《皇天后土》1992年获“莽原文学奖”以来，至今仍然是十八个地市中篇小说创作的最高奖项。在诗歌领域：王志学的歌词《我爱你祖国》获河南省第四届“五个一工程”奖；南豫见歌词《热爱生命》1998年获“河南省颂中原音乐大赛二等奖”（一等奖空缺）；谢安顺的《漯河赋》与《水之歌》横空出世连获省委宣传部大奖；卢子璋诗歌“月光掠过山的脊背”、“梧桐”，李景超诗歌《大师及大师的作品》、《木槿花》相继在国内获奖；在文学评论界，李兴华的评论集《阅读与欣赏》、《神奇的第六感觉》与王剑的文章在全国重要期刊频频开花绽放，多次斩获国内重要奖项；网络文学方面：孟焕军《上网成为一种生活方式》、王剑散文《读博：打量世界的优雅方式》2010年获中宣部“全国文明上网共建和谐网上征文”铜奖；李江涛散文《小毛驴返乡》、南豫见散文《漯河文学60年》、王剑散文《傍晚，漫步在城市的街道》、孟焕军《漯河广播与时代同行》同时获得2009年省委宣传部“沧桑巨变看河南”网络作品大赛文学类作品一、二、三等奖。据此可以理直气壮地说，在漯河厚重文化土壤上凸起的文学高地，已成为全省十八个地市的文学制高点之一。

市政府厚德载物，资助出版本套10册“漯河作家精品文库”。打头的《漯河文学地图》，出自南豫见之手，约50万字，图文并茂，聚焦全市作家的纷呈亮点，在“序言文萃卷”里，收录了为17位作家新著所作的序文；“作家素描卷”中，将数十年为50位作家的“画像”集中展览。星汉灿烂，若出其里。一册在手，即可浏览漯河文学的地容地貌，维度走向，风物人情，辉煌成就。此书还回顾了作者本人创作的心路历程，“从改写右派文学”（著名评论家李洁非语）的《生命原则》；到“一部中国人百年的心灵史”（香港媒体语）的《百年恩公河》；再到“中原大地隆起文学青藏高原”的《红色劳改营》（香港媒体语）；再到“一部值得尊敬的精品力作”的《家族荣誉》，这几部连续重拳出击的长篇小说，代表了漯河文学蔚为壮观的辉煌成就。孟焕军的长篇小说《花红柳青》，在社会急切呼唤重拾信仰、恢复秩序的声浪中，两位在城市打拼的男女草根大学生，用他们高贵的人品，精彩地诠释了纯净拒绝污染、善良不会被绑架。这种一灯破万暗的艺术效果，当是《花红柳青》这部长篇小说值得尊敬的重要原因。张喜梅的散文集《未完成的虚构》，分九辑约20万字，以不同的篇幅不同的题材讴歌了亲情、友情、爱情，字里行间洋溢着文学的魅力，让人不忍释卷。张翠华的散文集《沙澧千秋画》，饱含对生活的热爱，表达了作者的独特的感悟，书写漯河历史文化的灿烂，对于宣传漯河，提升漯河文化软实力必将起到积极的作用。王剑的评论集《冷火焰》,收入文艺评论文章72篇。全书视角独特,笔锋犀利,全景展现了省内外的作家生态和文学思潮。马永红的散文集《我的村庄》,从一个乡下孩子的视角,以朴实无华的笔触,描摹了一幅幅黑白照片,充满浓浓的乡土气息,四季更迭,鸡鸣草长。卢子璋的长诗《忏悔,在许慎墓》,从大沙河的文化源头检索,从西周写到许慎文化园,写出了我们应遵循的精神命脉。精心打理了塑造伟大字圣许慎的浓郁平原文化,泣血拷问了大平原文化的兴盛与沦落,并呼唤大平原文化的再度振兴。李景超的诗集《贾湖骨笛》,美轮美奂,有果实的甘甜,有阳光的温暖,有苦难的挣扎,有命运的抗争。是一部贾湖人奋斗史,也是一部人类的沧桑史,是一部极具挑战性的精品力作。小小说集《我的职务该咋填?》,是柴全伟二十年创作的精品大汇总,也是作家把故事结构和小说语言溶入作品的展现,颇具趣味性、可读性和回味性。《莫红小说选》主要收集了近年来莫红发表的蚂蚁小说,小小说和中篇小说。蚂蚁小说是今年流行的小说文体,以短小、凝炼和结尾出人意料著称。

65年来,三代漯河作家殚精竭虑,呕心沥血创作的成果,前无古人,成为屹立在历史空白地带的文学高峰,被世人钦敬关注。本套"漯河作家精品文库",作为漯河文学的优秀成果,必将成为一张炫目的文化名片,广为传播,走入寻常百姓家。她竖起的文学新标高必将载入史册,薪火传承,启迪激励后人。努力吧,漯河作家们,用你们频频亮相的精品力作,回报260万勤劳、勇敢、朴实、善良的漯河人民。

在此受漯河作协主席团的委托,代表全市近三百位作家并以我个人的名义,谨向市委、市政府及对这套精品文库做出过辛勤努力的同志由衷致谢。

是为序。

(序文作者为中国作家协会书记处原书记、著名作家)

目 录

1."和睦"针灸按摩诊所

"和睦"针灸按摩诊所仅有的三张床都躺了人。易茹正在给门口床上的中年妇女按摩,趴在中间床上的男人背上扣着几只玻璃拔火罐,花红正在给里边床上的一位老者针灸。

墙上的电视里正在播放法制栏目。主持人说,脉隆市皇宫大酒店的厨师长柳青上完夜班在回住处途中,三个虎背熊腰的男人趁其不备,上去就是一顿拳打脚踢。一个人口里说着还让你眼尖,便一个重拳打在他的眼上。此案警方已经介入调查。出现在画面上的伤者在医院的病床上,眼上蒙着纱布。医生说,伤者眼睛受到重创,一只眼睛视神经被打坏,很可能从此失明。

正在接受按摩的妇女说,真是可恶,一个厨师都没有一点人身安全,一个大小伙子在路上会叫人拳打脚踢一顿把眼睛打瞎了。中间床上的老人说,厨师挨打肯定是有原因的,恶有恶报,警察只要介入坏人早晚也得被抓住。正在针灸的病人说,听说大酒店厨师的工资可高哩,这个厨师这下可咋办哩,眼也瞎了,如果抓不到那些恶人,对好人不公平。

花红趁空看一眼,被打的厨师正好出现在电视画面上。因为她母亲有眼疾,所以她特别关注眼睛问题。看着画面上蒙着纱布的男人,听着医生的介绍,心里一阵难过。

花红家在阳泉县乡下,离新水五六十里。从她记事起,母亲就一只眼睛看不见。花红十岁时父亲在外给人盖房子,不慎从房子上摔下来,送到医院没来得及抢救就因失血过多死亡。花红爸死后不久,妈的另一只眼也失明了,成了绝对的盲人。一个十来岁的孩子,死了爹,娘又成瞎子,她的日子可怎么过啊。花红爹是独苗,没有兄弟姐妹,和她家最近的本家都出了三服。花红的姥姥家,也就是花红妈的娘家离她们家有三十里远。花红姥爷姥姥上了年纪,她们的两个儿子儿媳都在外面打工,三个孙子孙女都跟着老人。

老人心疼女儿，也是心有余力不足，顾不上她们。

花红母女无依无靠，人见人怜。花红妈知道村里有人出去打工，或者搞别的营生，就把地包给人家，她也知道谁家愿意包地。她让小小的花红拉扯着她去找人包地。他们村里包一亩地的价格都是一年八百块钱。包地的人可怜她们母女，愿意一亩地一年给她们九百块钱。花红妈说，俺娘俩得指望这几亩地吃饭，花红也得指望这几亩地上学。

那人说，嫂子，你咋想哩只管说出来，只要兄弟我能顾住就依你。

花红妈说，我知道地里种不出金子，你多种俺这四亩地也发不了财，人家把地包出去都是看不上地里这点收成去挣大钱，俺把地包出去是没办法，你看这样行不行，你管住俺娘俩的口粮，一年再给一千五百块钱。

那人有心帮她娘俩，他说，嫂子你找我包恁家的地是看起我，我一年再多给你三百块钱，你和小侄女的口粮我包了，我每月给你送去五十斤面，啥时候不够了就叫红来说一声，连吃菜我也给你包了，咱是庄稼人，种地不算啥，只要是俺家菜地里有的你想吃啥菜就叫红去地里薅啥。

每年乡里给六百块钱救济款，娘俩全年收入两千四百块钱。花红妈给女儿说，只要你能上学读书，咱别和人家比吃比穿，你学习好，考上大学学到本事日子就好过了。

花红是个懂事的孩子，她放学从来不在路上玩，回到家里帮着妈干活。花红妈眼睛刚失明的时候，脾气急躁，情绪不稳，又不适应在黑暗中摸索，连去厕所都要花红拉着扶着。娘俩吃饭都成问题。花红只好学着做饭。花红做饭，妈又不放心，怕她乱放柴禾，看不好火，把房子着了，在旁边不停地说看看火，看看火。

花红说，妈，我看着呢，没事。

她还是不放心。花红把饭递她手里，她还在说，给火弄灭，在灰上浇一碗水，可不能着火了，这破房子再着了咱娘俩可咋活吧。

花红妈慢慢适应了暗无天日的世界，自己会摸着去厕所，会摸着舀水洗脸。后来又会摸着做一些家务事。花红觉得自己家里虽然贫穷，但她还不是最不幸的。她有妈妈爱她，有善良的乡亲帮她们，每年政府还给一点补贴，学校里还为她免了学费。最值得庆幸的是她和妈妈身体好，没有生病让她们贫困的生活雪上加霜。

花红初中毕业时本来考上了县高中，可她不能丢下妈妈一个人在家，她只好放弃上县高中的机会，到乡里读高中。乡高中离家近，她可以每天放学回家照顾妈妈。她在乡高中是品学兼优的学生。三年高中生活，除了假期，她每天早上四点半就起床，做饭读书。她花五十块钱买一辆旧自行车，每天在家和学校之间往返。即便是高考前的日子，她中午放学也赶着回家给妈做饭吃。妈说她学习紧张早上多做点中午吃剩饭就行。她说她不能让妈吃剩饭，吃坏了肚子，妈的身体比什么都重要。

花红的高考成绩完全可以上普通本科院校，可她因为母亲眼睛失明，从小就埋下学医的种子。她的家庭情况不允许她复读再考，但她不改从小立下的志向，当医生为人解除病痛。她放弃了读本科的志愿，选择了离家较近的新水医学专科学校的中医专科。

农村愿意读书的孩子不多，大部分上完初中就跟着大人去城里打工了。花红初中毕业又上高中，村里的一些人说娘俩这么困难还读啥高中，就该早点招个上门女婿好好过日子。花红收到新水医专的入学录取通知书，又有人说，这闺女就是心强命不强，跑新水去上学，看她给她妈弄哪，她总不能带着娘去上大学吧。

花红真的带着娘去上大学了。报到之前，她给妈商量把家安排好，带着她去上学，以后可能就不会再回来了。妈说，我跟着你咋上学，住哪儿哩，不如我在家里，给前边邻居家一些粮食，让他们天天给我端一碗饭，我在家也不干活，一天一碗饭就够了。

花红说，妈，你得听我的，我长大了，我应该照顾你，你自己在家我还会有心上学？

不知从哪天起，她们这个家就是花红说了算，她要干什么妈都由着她。花红家没啥值钱东西，除了三床被子和娘俩的几身衣服，别的就是她这些年上学读过的书了。被子和衣服打了包，书堆在一起，高高的几摞，都是她读过的课本。拿出几本再翻翻，里边圈圈点点作了不少记录。本想读好这些书考个好些的医学院，结果只能上个医学专科。想起来有些伤感，觉得自己努力不够，可也只能这样了，想读更高的学历，只能以后努力了。买这些课本可花了不少钱，扔掉可惜，存着也没啥价值，再说农村的老鼠多，她和母亲一走，屋子里可能就成了老鼠的世界。与其让老鼠咬了，还不如卖给收废品的合适。第二天果真就有人来收废品。她那堆书卖了二十块钱。不知是舍不得那些课本，还是把她多年的宝贝当废品卖感到难过，收废品的离开，她拿着二十块钱，竟然眼泪噗嗒噗嗒往下掉。卖了旧课本，她找到包她家地的那户人家，请他们按包地的价格每年给她们现钱。包地的价格稍稍涨了一些，那家人答应每年给她四千块钱。

花红带着母亲读完了四年医学专科，毕业后考取了医师执业资格证。在这条叫做问十衔的僻静的街道上租下门面，注册了“和睦”中医保健针灸按摩诊所。

2. 周密易菇

易茹是新水市人。父母都是机关的职员，就她一个独生女儿。在城市有很多这样的家庭，不富贵，也不贫穷。他们对孩子有很高的期望，希望自己没有实现的理想能够在孩子身上实现。易茹没有如父母所愿考上理想的大学。既然这样，他们便调整了期望，鼓励女儿报考本市的医学专科学校。

入学那天，花红带着盲人母亲来学校报到，引起全校师生的注意。那天易茹的父母开车送她报到。交学费时远远地看到花红正挽着母亲让她坐在花坛上。易茹第一个进宿舍，她妈妈帮她铺床，她和爸爸站在一边说闲话。爸爸说中午一家人在外边吃饭，庆贺女儿顺利入学。花红搀着母亲走进寝室，先安置母亲坐床上，礼貌地向易茹一家打了招呼，给妈说她去拿行李，一会儿就来。易茹爸忙说帮她去拿，易茹说我也去。

他们帮花红拿行李回到宿舍，易茹妈已经铺好了床。花红选了一个下铺，展开自己的行李。易茹妈邀花红母女一起出去吃饭，语气很恳切。花红面对新同学和她父母的诚意非常感激，连说几个谢谢，婉言拒绝。他们走后，花红母亲感动地说城里人这么好，走到哪儿都是好人多。

易茹父母总是拿女儿和家庭条件好的孩子比，这天亲眼所见，一个和他们女儿一样大小的女孩，出来上学都必须带着母亲，可以想象她成长中经历过多少艰难。花红母女成了他们一家人那天中午饭桌上的主要话题。易茹妈说给她们要两个菜送过去，易茹爸说这样家庭出来的孩子要么不懂得自尊，要么非常自尊，像这闺女带着妈还要出来上学的人，应该是自尊心很强的人，我们给她送去饭，她会觉得是可怜她同情她，自尊心受到伤害，易茹你们以后住在一起，能帮她的时候就帮帮她，别嫌弃人家妈跟着上学，这孩子多不容易。

当天晚上，同宿舍的八个同学全部聚齐。花红主动做了自我介绍，她说我叫花红,家是阳泉的,我爸在我十岁的时候就去世了,后来我妈妈害眼病,两个眼睛都看不见了。我家只有我和妈两个人,我只能带着妈来上学,我妈在咱们宿舍住几天,可能会影响到大家,请同学们原谅,我在外面租到房子,我们就搬出去。

几个女孩子面面相觑,或许她们都觉得有个同学的妈住进宿舍感到别扭,可又不知道说什么。易茹中午受父母的影响,对花红产生了深深的同情,见别的同学没人说话,抢先说,阿姨就在这住着吧,不影响什么,只是这床睡两个人太窄了。

易茹这样说,别的同学也都只能顺着她的话敷衍一下。几天的同学生活,易茹感觉花红是个很大方的女孩。她不因为自己贫穷,还带着母亲上学感到自卑,很快融入大学生活,同学老师对她评价都好。易茹在宿舍里阿姨长阿姨短地叫,花红妈也打心眼里喜欢女儿这个同学。易茹每星期回家一趟,总会给花红妈带些什么吃的。同宿舍的同学看易茹对花红妈好,都不好意思表现出厌烦和嫌弃的情绪。

花红知道妈妈不能长时间住在学生宿舍里,学校已有老师找她谈话。她承诺老师尽快租到合适的房子搬出去。她每天除了上课,有点时间就在城乡结合部转悠,希望找到合适的房子。房租贵了她们母女掏不起,只要房子不漏雨,便宜就行。她还在网上发布了求租信息,但是没有回应。经过多天奔波,终于找到一间便宜房子。说是房子,倒不如说是棚子。租房那户人家为了多租一间房子顺山墙搭建了一间棚子,棚子窄长,大概有五六平方。花红看了觉得很满意,铺一张床还放有一张桌子,还有两只很旧的凳子,一个月一百二十块钱。那地方离学校又近,不到十分钟的距离。能找到这么如意的房子,她觉得自己的运气太好了,希望能在那里度过她的四年大学生活。

两周后,花红和母亲要搬出学校的宿舍,几位舍友都帮她们搬东西。易茹从家里给她们拿了一只暖水瓶和电磁炉。花红觉得应该欣然接受同学的帮助,所以也没说过多的客气话。

住处安置下来,花红还要想办法利用课余时间挣钱糊口。当初她是打算找个不耽误上课又相对稳定点的工作,可是真没有那样好的事。她在网上查看招工广告,也在网上发布求工信息。有时她在大街上发广告,有时为通讯公司卖手机卡。

易茹每周回家都会在父母面前提到花红的事。易茹母亲听说花红到处跑着找工作，忽然想到她的一个朋友开着一家中介公司，便让易茹问她愿不愿意干钟点工，趁双休日给人打扫卫生。易茹听妈妈说给人打扫卫生收费主要看房间大小，一般打扫一家的卫生不低于五十块钱。易茹好几天不好意思问花红，怕伤害她的自尊心。眼看就是周末，再不说，不知道花红又会到哪里才能找到工作。她私下盘算一下，如果利用这两天的时间，花一天打扫两家的卫生，就能挣到二百块钱。她狠下心，叫花红跟她在校园里走一圈，说有话和她说。

十月的校园，桂花飘香，菊花怒放，月季斗艳，她们第一次相约走在美丽的校园，都不由得升出一种不为人知的信任和友好。花红不知道易茹会给自己说什么话，心怀探究，易茹酝酿情绪，斟酌言辞，终于说出了当钟点工一次不低于五十元的工钱。花红听后大方地说，这活好多了，我在大街上发广告跑一天才三十块钱，只是我不知道你们城里人的家，打扫到什么程度才算卫生。

花红这么大方，打消了易茹的隐忧和疑虑，心情更加舒畅。她真心想帮花红，希望花红的大学生活能顺利一些，少些磨难。

易茹说，我妈说中介公司对新人会培训一下。

星期六那天，花红跟易茹去了中介公司。易茹妈的朋友快人快语，一副泼辣样子。易茹是她看着长大的孩子，跟自己的孩子一样，易茹的好朋友她能帮多少就帮多少，对花红免收中介费、培训费。花红想说婉拒的话被她一口挡下，让一个中年妇女给她讲解一些规定，无非是到人家里不该看的不看，不该问的不问，除了干活之外不能动人家的东西，更不能拿人家的东西之类的。花红觉得这些不说她都知道。那女的介绍完了规定便带她到附近一家正打扫卫生的家里，让她上午跟着实习半天，下午就安排她上岗。

易茹和中介公司那位中年妇女一起送她到实习的人家，回家时心里感觉很是不爽。花红长得好看，勤奋努力，因为家庭贫困，连上学读书都不能安心。一个努力上进的人在人生最需要安心读书的时候却要去养家糊口。她觉得这是命运不公、世道不公。

花红在别人家里打扫卫生，易茹在自己家里为花红的苦难青春感时伤怀。傍晚她给花红打电话，问她结束没有，花红说刚为一户人家打扫完。易茹问清她所在位置，让她在那里等她。易茹和花红在那户人家的小区门外见面。花红面色红润，看起来精神不错。易茹上前拉住她的手说，今晚我请你吃德克士。说完又怕她说不行，我要回家给妈做饭，紧接着又说，你别说不行,我们给阿姨一份打包。

因为家庭的缘故,她从小就受到不少好心人的帮助。小时候每得到一次别人的帮助,妈妈就会说记住人家对咱的好,没有好人帮助咱娘俩不知咋活下去,长大了做一个好人。随着她慢慢长大,懂的道理多起来。她想一个好人施恩绝非图报,可作为受益人知恩必报是必须的,许多时候不可能一对一的报答,就只能像妈说的那样做个好人,能帮助别人的时候不逃避。有了这样的心理,接受别人帮助的时候便不扭捏作态。

易茹对她好,她都记在心里。易茹要请她吃饭,连她妈怎么吃都想到了,她没有理由拒绝。花红是第一次去德克士。易茹还想不到出身农村贫苦家庭的孩子对外来快餐根本没概念,问她想吃什么。花红说,我是第一次来德克士,不知道这里什么好吃,你吃什么我吃什么吧。

易茹要了两份她平时爱吃的汉堡、脆皮鱼排和玉米浓汤。她们端着托盘找位子坐下来慢慢吃。花红说城市真好,有好吃的,在农村根本吃不到德克士,我这一段找工作时才看到德克士这样的店,这里多舒服,我妈要是还有一只眼睛能看见,能来这里看看该多好啊。

易茹不想让她顺着这样的思维想下去,平添伤感,便截住她的话说,我们吃完再给阿姨要,你带回去应该还热着。

这个星期,花红打扫了三家的卫生,有一户房子大一些给了七十块钱,其他两家都给五十,一共挣了一百七十块钱。累是累些,可能挣到这么多钱累点也值了。

没过多久,易茹妈妈的同事要给孩子找家教,她又推荐了花红,每周五晚上一个小时,一次四十块钱。花红在易茹妈妈的帮助下每周能挣到二百四十块钱,碰到打扫大房子的家庭,会多挣几十块钱。这样她一个月挣一千块钱就不成问题,她和妈妈的基本生活就有了保障。她真心感激易茹和她妈妈对她的帮助。

3. 肖泽宇的脚

春暖花开的季节，一个晴朗的上午。诊所的三张床都躺了人。花红和易茹正忙活着，来了两个穿保安服的年轻人，个子低的搀扶着个子高的。

花红正在给人按摩，看到他们进来，让他们先坐一下。高个保安疼得龇牙咧嘴，低个保安说，崴住脚了，看叫俺哥们儿疼哩，快咋给他摆治摆治。

花红问，什么时候崴的？

低个保安说，早上。

花红说，应该先到医院拍片看看伤着骨头没有。

低个保安说，我们就是从医院来的，在医院拍了片，医生说骨头没事，说回家休息几天就好了，哥们疼得龇牙咧嘴，我就给他送这来了，你们有没有办法让他疼得轻些。

易茹给人拔上火罐，给保安看脚。她看了一下片子，的确没有骨折，她说是软组织受伤，从冰箱里拿出冰袋给他冷敷。

高个保安坐在门边的椅子上冷敷，低个保安陪他坐一会儿，感觉没意思到外面去转了。接受冷敷的保安看着诊所的两女孩子忙前忙后，听着她们的病人谈天说地，疼痛好像减轻了不少。

冷敷一个小时结束，试试。受伤的脚还是不能用劲。送他来的低个保安还没回来，他打电话让他快来接他回家。

第二天将近中午. 高个保安又来了。这次是他自己来的。他骑摩托来，摩托上放了一支拐，下了摩托就用拐撑着身体拐进了“和睦”针灸按摩诊所。正好还有一张床空着，花红让他躺床上。他说，不用躺了，我知道我这脚问题不大。今天该热敷了吧。

花红看看他说，听你说话也挺专业的。

保安说，我从小就好运动，知道一点扭了崴了以后的处理办法，昨天我要回家自己处理，我那同事非要带我来你们这，让你们处理真比自己在家处理感觉好。

易茹说，你自己在家做也是一样的。

保安说，还是不太一样，脚崴坏了，出不了门，一个人在家多伤感啊，你们这里人多热闹，听别人说话伤痛就减一半。

他这样说，屋子里几个人都笑了。

花红拿了微波过的药包给他放在脚腕。保安问，里边装的什么东西？

花红说，都是活血化瘀、消炎消肿的中草药。

保安正在热敷，又来了一位上年纪的老太太。花红和易茹两个人都叫她王奶奶。王奶奶看她们都忙着，便坐在一边的椅子上。花红问她的腿这几天感觉轻些没有，王奶奶说感觉轻一些。

保安看花红腾出手来，忙说，我撤，给老奶奶腾床位，我坐椅子上热敷就行。

花红说，也行，反正你不躺着。

她帮他拿去花包，又搀他起来。老奶奶躺上床，花红又去微波药包。一会儿，冒着热气的药包裹住了老人的膝部。

保安连续三天到“和睦”针灸按摩诊所来处理被崴的脚。让花红和易茹她们每天都给他热敷一下，再轻轻地揉一揉。来得多了，她们知道他的名字叫肖泽宇，是一家很大的集团公司的保安。第四天，他又来了，这天他没有用拐，自己走着进来。

他一进门，易茹就说，昨天不给你说了吗，你的脚已经没事了，慢慢恢复就行，不用再来了嘛。

肖泽宇说，我不来哪行啊，我妈要我多养几天，不让上班，又不能活动，在家多没意思，我喜欢你们这里的气氛。

肖泽宇喜欢这里的气氛，是他的一个委婉说法。他可能也真的喜欢这里的气氛，更重要的是他喜欢上这里的一个人，花红。

肖泽宇的爸爸是体校老师。受他爸爸的影响，从小喜欢运动。打过乒乓球，练过长跑。中学上的是体校。大学学的体育专业。毕业后应聘到那家集团公司当保安。当保安只是他接触社会的一个窗口。他的梦想是开一家健身房，既当老板又当教练。他还没有谈过恋爱。上大学时曾对一个女生有过好感，他还不清楚是不是遭遇爱情，就发现人家已经有了男朋友，只好鸣金收兵。

这一次他感觉自己是真的遭遇爱情了。要不,为什么会崴住脚呢？他一个学体育专业的年轻人,身强力壮,行动敏捷,又不是在体育竞技场上,下个台阶就把脚给崴了？上天让他崴住脚就是为了让他认识花红。要不然他怎么会去她的诊所,他不去她的诊所怎么会认识她。

这些天,他以治疗崴伤为名天天泡在她的诊所里,就是想看她。她的一举手一投足,她说话的声音,她的鼻子眼睛嘴巴,没有他不喜欢的。她不是那种高鼻梁大眼睛的女孩,但是,她的五官像是经过完美设计精雕细刻,每个细节都恰到好处。他用古典美形容她的美丽。她对待顾客的态度从容镇定又不失亲切。他见她的第一眼就眼前一亮。他的脚疼着也不放弃多看她一眼。几天下来,他觉得他已经深深地爱上了花红。他结婚时的新娘必须是她。过了这么几天,他的脚走路一点都不疼了。作为一个学体育专业的人他非常清楚根本不用再治疗了。可是,他还要瘸着拐着走进"和睦"针灸按摩诊所,把他那只脚交给她们随便摆弄。如果可能,最好是花红亲手按一按他的脚踝,他会感觉如沐春风,幸福无比。

他怎么可能听易茹的话在家慢慢恢复呢？第五天、第六天,第七天,一直到第十五天,肖泽宇都雷打不动每天上午出现在"和睦"针灸按摩诊所。他自己也感到不好意思,可他无法不去那里,那里像是使了魔法拴下了他的魂,不去就心慌气短浑身不自在。易茹慢慢感觉到他天天去诊所是另有所图。她看出他看花红的眼光不一样,他和花红说话的语气不一样,还感觉到他去时英雄气短,走时意味深长。

有天晚上她们关了门回家时,她提醒花红有人对她流哈喇子啦。花红不解地问什么意思,她狡黠地笑着说,就是垂涎三尺呗。

花红还是迷糊,要她说明白点。易茹说,那个天天来的保安,你以为他是每天白来送钱啊。

花红说,肖泽宇啊,早就不让他再来了,他这真是的,真会小题大做啊,一个大男人脚崴一下就这么重视。

易茹说,人家才不小题大做呢,现在看,人家那是大题小做了。

花红说,什么叫大题小做呀。

易茹说,崴一下脚不伤筋不动骨几天就好了,可他因为崴一下脚就邂逅一个大美女,拣这么大的便宜还不是大题小做啊。

花红不好意思地说,别胡说,谁要他邂逅。

肖泽宇天天来诊所,他每次来花红和易茹都说他不用治了,可他总说还有点疼。每天他走时她们都会告诉他明天不要再来了。她们有时还会开玩笑地说他小病大养。他总是笑呵呵地说如果明天不疼我就不来了。第二天又来了,进门便嘿嘿一笑说还疼。

花红和易茹你一句我一句地说他的伤已经可以上班可以走路,没有必要再往这里跑,你这样天天来是给我们捐钱呐。他说治病掏钱理所应该,我的脚疼不疼只有我自己知道,我要用你们的药包多敷几次,让伤好得彻底好得痛快。

一些热衷按摩针灸的慢性病人也是连续十天半月天天来诊所。肖泽宇和花红、易茹熟悉起来,也和她们的病人熟悉起来。碰到上年纪的病人他嘴特别甜,男的叫叔叔,女的叫阿姨,看到谁有不便就主动上前帮一下。他们都愿意在诊所里碰到这个年轻人。那些上年纪的人生活经验丰富,一个青春萌动的小伙子天天往按摩诊所跑,而这个按摩诊所里有两个青春美貌的姑娘,这不明摆着的,他喜欢上这里的一个姑娘了。更有眼尖的老人已经看出他更在意的是花红。

他和她们像斗嘴一样说着来还是不来的时候,旁边的病人就笑,也有人忍不住说,他喜欢来就让他来呗。看着一对帅男靓女谁不想撮合呢。

后来的几天,肖泽宇来得晚了一些,十点半以后来。这个时候来,理疗完了正好到吃饭时候。他出去转一圈又回来了,给她们买了大包小包的中餐。她们都不好意思了,说着感谢的话,拿钱给他,他说什么都不要。说急了,便说我攀你们做朋友不行吗,请朋友吃点东西值得斤斤计较。希望他们成好事的老人看到这一幕就想,这孩子加速度了。

肖泽宇终于逮着一个只有他和花红两个人的时候。那天他又来做了理疗,理疗完了照例告辞出去,过一段时间又提了大盒小盒吃的回来。他竟意外地发现诊所里只花红一个人。他说,人呢?

花红说,都走了。

他说,怎么都走了呢?

其实他心里是多么高兴,人终于都走了,都走了多好啊,他煎熬了这么长时间还不是希望有个只有他和花红两个人的空间。花红说,病人都走了,下一个病人还没来。

肖泽宇说,易茹呢?

花红说,她家有事回家了,你要有事找她下午再来。

肖泽宇说,没事没事,我不找她,我就,就等这个机会,我找你有事。

花红说,你找我有事,有什么事?

肖泽宇说,我,我就想给你说,说句话。

肖泽宇平时觉得自己口齿清楚说话利索,可那天不知怎么有些吭吭哧哧拖泥带水。好好的一句话非得分成几段说。

花红已经预感到他要和她说什么话,心里有些小得意。这段时间他天天往诊所里跑,特别是后来几天他的心思已经表露无遗,连那些治病的人都看出他的用意,她怎么可能没有一点感觉。花红是个优秀的女孩,从高中起一直有男孩追求。但是没有人在她的心上激起浪花。她感觉到肖泽宇对她的心仪,竟有一种脉动的感觉。哪个少女不怀春,花红也多次默默地描绘过她心仪的男孩。想象与现实总有距离。追求过的她男孩没有一个能打动她。这一次例外,肖泽宇例外。

肖泽宇看起来阳光纯净,健康活泼。学体育的男孩给人一种特别的气质。见了肖泽宇她才知道自己喜欢什么样的男孩。肖泽宇竟然喜欢她,她由衷地高兴。好友易茹开玩笑似地说出肖泽宇来诊所的目的时,她暗自高兴,表面上却是沉着冷静。无论易茹还是她自己对肖泽宇的表现都只是猜测。他没有向她明确表白过。女孩的心思不好猜,可是历来就有痴情女子负心汉的说法,男孩的心思谁能猜得出。也许他只是一时冲动,随时都会见异思迁。要她主动追求男孩,她很难做到。肖泽宇不表白,她只能沉着冷静,暗自希冀。

肖泽宇真的要向她表白了,表白爱情。看他那结结巴巴面红耳赤的样子就能感觉到他要说什么。她甜蜜地微笑着,等待他说出她想听的话。

肖泽宇结巴了一阵子终究没有明确地说出他想说的话。当然意思已经很明白了。他说我,我想给你说句话,我想,想说,我请你吃饭吧,以后,以后经常请你吃饭,天天请你吃饭,还请你一起玩儿。

男孩要是害羞起来真的好可爱。花红看着他又着急又害羞的样子感到很可笑。表白和接受的两个人心照不宣。表白的人有多难为情,接受的人就有多么羞怯。花呵呵呵地笑出声来。她的笑是表达内心喜悦也是遮掩不好意思。

他等待她的答复,她偏偏就是不明不白地呵呵地笑笑。他追问,好吗?我们一起玩儿。

这下她不能再以呵呵的笑来敷衍,她有些傻傻地问,玩什么?

他说,比如看电影,看球赛,旅游,玩什么都行,只要你喜欢。

肖泽宇虽然没有说出我爱你或者喜欢你之类的话，但两人对话至此已经再明白不过。她的回答是迂回曲折的情愿和乐意。这让他如释重负，心花怒放。他这么多天觍着脸往她们诊所蹭，要的就是这个结果啊。

可是，一对年轻男女的心事刚刚说开的时候都有一段短暂的空白期，看起来无话可说，其实甜蜜在心里，正所谓此时无声胜有声。过一会儿，还是肖泽宇打破了静默。他说，你该吃饭了，看我给你们买了什么好吃的。

他说着从漂亮的手提袋里取出了一个更精美的盒子，盒子打开，竟有四个诱人的菜肴和两份米饭。肖泽宇腾出了她们平时放工具的小台儿，把美食摆上，请花红坐下享用。花红看着他变戏法一样变出如此精致的饭菜，有一种特别的感情在心底汹涌澎湃。

肖泽宇说快吃吧，凉了就不好，这是我专门跑外卖店为你们买的。

花红说，我不常上街，新水还有这么好的外卖餐饮店。

肖泽宇说，我从小好吃，只要有新开的美食店我总是最先知道，标准的吃货，这个店是才开的，今天才三天。快吃吧，别凉了。

花红问，你吃了吗？

肖泽宇说，我吃过了。花红说这么多，我一个人吃不了，要不你再吃点吧。

肖泽宇犹豫了一下说，也好，本来是给你和易茹两个人买的，易茹今天没口福，真是上天有眼，让我们共进午餐，庆贺我们新生活的开始。

都在小圆台几旁坐下，肖泽宇像变魔术一样又从手提袋里拿出两杯奶茶。他说，没想到今天有这么好的机会，早知道就买一瓶红酒了，就以奶茶代酒吧。

送到花红手里一杯说，让我们碰杯庆贺。

两只杯子轻轻碰了一下，他们都浅浅地啜一口。肖泽宇端着奶茶杯子，目光炯炯地看着花红小声说，我爱你，我爱你，今天我终于让你知道我爱你。

花红甘之如饴，满面含羞，手足无措。肖泽宇得寸进尺，干脆站起来拉起她的手，吻了她的脸。

肖泽宇第一次吻女孩子的脸，花红也是第一次被人吻。两个人的脸都热辣辣的，又胆怯又向往。他们仓促中的第一吻并没有持续好久，毕竟这个环境不适宜太亲密的动作。吻过之后，他们似乎又无话可说。各自坐好，几乎同时端起了奶茶。肖泽宇说，快吃饭吧，不早了，要不就来人了。

花红羞涩地说，好。

他们默默地吃着,肖泽宇突然想起花红母亲的午饭是要人送的,便问阿姨怎么吃?

花红说,易茹走时说好她去送。

她们刚吃完饭,就来人了。来了人,花红感觉自然了许多。她麻利把用过的餐具和吃剩下的菜的收拾起来。

4. 花红妈“见”肖泽宇

那天下午，花红一直沉浸在喜悦之中，感觉干什么事都顺利，连给人按摩都感觉轻轻一点就有力道。脑子里时跳出肖泽宇青春朝气的脸和虎灵灵的多情的大眼。他是那样可爱，她觉得他一点也没有他那个年龄段大男孩的矫情。他爱她，她也爱他。两个人相爱比什么都重要。

花红快二十三岁了。妈常常念道她要抓紧找对象，不能把婚姻大事耽误了。妈要知道了该有多高兴。

花红和肖泽宇的恋爱进展顺利。肖泽宇的工作是三班倒。他的上班时间是上午、下午和夜里三个时间轮换着，一轮一个星期。他不上班的时候总是泡在“和睦”针灸按摩诊所。他有眼色，诊所里的擦洗消毒，给病人微波药包都他都抢着干。只要他在，花红和易茹就感觉特别轻闲。诊所的房子有一个小隔间，隔间里除了消毒，还放着一个电磁炉和简单的厨具，她们有时间的时候就在那里做饭吃。肖泽宇成了花红的男朋友之后，也几乎成了她们的厨子。他去时顺便在路上捎一些菜。花红和易茹谁先腾出时间谁去给花红妈送饭。有一天，花红给妈送饭，肖泽宇要跟去认认路，说以后给她妈送饭的事他包了。花红还没有给妈说过她交男朋友的事，不想这么急着让妈“见”他。肖泽宇的态度很恳切，也似乎看出了花红的心思，便说，要不你先别说我是你男朋友，就说我是你新聘的员工。

花红觉得这样说不妥，有点对不住肖泽宇。想想还是明天再让他去家里，晚上实话告诉妈。

花红妈整天一个人在家，除了听收音机就是瞎想。她想的最多的是闺女的婚事。在她们老家像花红这样大的闺女都该有孩子了。花红是个争气的孩子，从小没人管，自己照顾自己还要照顾她这个瞎眼的娘。多数农家孩子上完初中就去打工了，可她的闺女愣是凭着一股要强的劲上学上到城里，还让她这个瞎眼的娘一直跟着。有时候觉得自己对不住孩子,没有能力照顾她,还拖累她。她还有个很重的心病,就是怕自己影响了花红的婚姻。花红这脾气即使结婚也不会撇下她这个瞎眼的。其实盲人适应之后生活自理是没有问题的。可花红就是什么活都不让她干,唯恐她碰着摔着烫着,非要事事都亲手照顾她。她这一辈子,老早就没了丈夫,又瞎了眼睛,有一个这么孝顺的闺女,什么不幸都扯平了。可好,现在闺女有了男朋友,还要天天来给她送饭,她真是只有笑着的份了。

第二天,肖泽宇买了许多好吃的去见花红妈。在路上,花红告诉肖泽宇,她妈就她一个闺女,这一辈子不能和她分开的。肖泽宇笑着说,你妈就是我妈,我会一辈子孝顺老人,像对亲妈一样。

花红母女租住在一套两居室的房子。说是两居室,其实房子是很小的老房子,进屋就一过道,两边分别是卫生间厨房和两个小房间。这大概是新水最早的居民小区,楼房外观破旧。花红租下这套房子是因为离她开的诊所近,只有几分钟的距离,方便照顾母亲。

花红母亲眼睛不好,耳朵特别灵敏。她坐在窗前听收音机,听到了女儿的脚步声伴着一个更有力的脚步。她的闺女花红回来了,带着她的男朋友。她有一丝莫名的紧张,赶紧用手抿一抿头发,捋一捋衣服。

肖泽宇来到花红母女的住处,一进门就叫阿姨。花红妈答应着向外走。肖泽宇上前一步扶她在窗前的椅子上坐下。阳光打在花红妈的脸上,看起来红润光洁。花红长得像妈妈。花红妈如果不是盲人,走在大街上让谁看也是老美女。

这天中午,肖泽宇特意去外卖店要了几个菜,他在诊所做了米饭。他们把饭菜带回来和花红妈一起吃。肖泽宇不停地给花红妈碗里夹菜,一会说阿姨,您吃这个,一会说阿姨您尝这个,还说我有时间就去花红的诊所做饭,以后您想吃什么就告诉我。

花红妈说俺闺女长这么大是第一次领回家男朋友,你要不嫌我这瞎老婆子可算给我帮大忙了,我就盼着她找个合适的男朋友。

肖泽宇说阿姨您说哪去了,我怎么会嫌弃您,以后我就是您的孩子,我喜欢花红,我会对她好,我跟她一起孝顺您。

吃完饭,花红妈要摸摸他有多高。

肖泽宇答应着站在她跟前。花红妈站着用两只手一点点地从下向上抚摸,她的动作迟缓仔细,小心翼翼,像摸一件珍品。她摸着他的高度,脸上露出了笑容。

她终于摸完了，肖泽宇扶她坐下。肖泽宇说，阿姨，我的身高是一米八一，这么给您说吧，我的个子是比较高的。

花红妈笑着说好，好，这么好的小伙子，俺闺女有福气，我也有福气。

花红看她妈兴奋得说这说那，顾不上吃饭，她挂着诊所的事，肖泽宇下午还要上班，便说，妈，你吃饭吧，我们得走了，诊所里来人了易茹自己顾不过来，他下午还要上班，以后只要他不上班就是他给您送饭了，有话你们以后慢慢说。

肖泽宇在路上说，你妈好可爱，她老人家要是能看见该多好啊。我长这么帅，丈母娘看不见只能摸摸身高太遗憾了，现在医学这么发达就治不了老人的眼睛吗？

花红说，我妈是青光眼，先是一只眼睛看不到了，我父亲去世后，可能受情绪影响，另一只眼睛很快也看不见了。医学上现在好像还没有办法让青光眼失明的病人复明。

肖泽宇不住地说太遗憾了太遗憾了。说着就到了诊所门口。肖泽宇的摩托在诊所门口放，他没进诊所，直接骑摩托去上班。

肖泽宇喜欢做饭。他不上班的时候常常到厨房给爸妈露一手。从他崴了脚后，有好长一段时间很少在家吃饭。他爸妈都不知道他天天忙些什么。老两口少不了嘀咕。他爸说，是不是忙着运作健身房的事了？

他妈说，真忙那事，还能不和你商量，我看不是，说不定去追哪个女孩子了。

他爸说，那好啊，哪个男孩子二十多了还没谈过恋爱。

他妈说，他谈没谈过恋爱还会给你汇报？

肖泽宇父母就他一个宝贝儿子，恨不得他还像小时候那样天天跟在他们屁股后面。一天见不着儿子就像没吃饭一样心慌。他们嘀咕不出什么结果，商量着逮着儿子突击审问一番。

两口子想逮着他审问都难。那个星期肖泽宇是下午班，他每天下了班便往“和睦”针灸按摩诊所里跑，他和花红单独在一起的时间只有她们晚上送走了最后一位顾客。如果赶上夜班，他们就整整一个星期都没有机会单独相处。对于恋爱中的人，单独相处是美好的时刻，他们都很珍惜能够单独在一起的机会。他该上下午班时，晚上一下班就来到诊所，等她们关了门，他们便到夜市吃晚饭，然后给花红妈打包送一份，他们再出来随便遛遛，也可能会看一场电影或者球赛，有时他也会带她去健身房活动一下肢体。

常常他到家的时候父母早已睡了，躺下去一觉睡到第二天上午十点，他的父母又都去上班了。洗漱一下就慌着去买菜、去诊所做饭。他父母哪有机会逮着他。

肖泽宇每逢上午班，就会每天中午做好了饭给花红妈送去。在花红老家，男人是不做饭的。花红妈每次吃着肖泽宇做的饭就会感慨万千。花红前边的日子跟着她受苦了，她读书算是读出学问了，有学问真好，有学问的女人可以和男人平起平坐。城市的男人也好，泽宇这么年轻的小伙子都会做饭，不像乡下男人只等着女人伺候，自己从来不下手。

肖泽宇每次送饭都把自己吃的那份带到花红家和她一起吃，吃完洗了碗，再问花红妈明天想吃什么。花红妈原本贫家村妇，肖泽宇每天变法做不重样的午餐她已经吃得心满意足，根本想不起提什么要求。肖汉宇每次问她都说啥都行，你做的饭都好吃。

肖泽宇每个中午陪她吃完饭离去时，听着他下楼的脚步声便开始回味。回味饭菜的香甜，回味准女婿的可心可意。越回味感觉生活越不踏实，她一个没有眼睛的老女人这么有福气，觉得恍如梦中。

5. 夜市上的馄饨哥

按摩针灸这类诊所是保健性的，客人来去的时间很随意，她们中午不下班，晚上关门的时间大致定到九点，晚上有人来治病她们就得多坚持一会儿，十点多关门也算正常。这天肖泽宇又是下午班，上班时间是下午一点到晚上八点。他上下午班时总是晚上八点半赶到诊所。今天晚上七点多时他给花红打电话说要替别人两个小时，所以下班就到十点以后了，让她别等他，下班早点回家休息。

将近九点的时候来了两个四十多岁的女人，说肩背僵硬，颈椎疼。花红和易茹常常遇到这样的情况，将要下班时来了客人，往往这样的客人要求理疗的时间还长。为了不让顾客白跑一趟，她们只好延长下班时间。从她们的话里可以听出，两个女人是牌友，牌场上有人提前离场，她们只好散摊。她们觉得时间还早，便一起来做理疗。花红和易茹分别给她们拔罐按摩，两个程序下来差不多十点，送走两位女人，她们稍微整理一下工具，就过十点了。易茹说，这是肖泽宇和你谈恋爱以来唯一一天没来。

花红想想还倒真是，这将是他们恋爱将近两个月以来唯一不见面的一天。她笑笑说，你观察得仔细，还真是，你不说我还真没想过。明天见他就不让他天天来了，人不能总沉湎于感情，因为见我耽误了他的该干的正事，我的罪过就大了。

易茹说，除了恋爱把什么事都忘掉才叫热恋，说不定肖泽宇今晚还会来。

花红说，不会，今晚肯定不会来了，他都说让我早点回家了。

易茹狡黠地笑着说，那可不一定，要不打赌？

花红说打赌就打赌，赌什么？

她们说着走出门外，正要关门，易茹有些兴奋地说，要打赌也是我赢了。

你们要打什么赌啊？我当裁判。是肖泽宇的声音，花红简直不相信自己的耳朵，转脸一看，千真万确，肖泽宇已经来到跟前。

花红和易茹都含笑不语。肖泽宇看他们都对着自己笑，感觉他们打赌跟自己有关，又问一声你们打的什么赌，赌什么？

易茹说，打什么赌你就别问了，反正我赢了。花红你看着办吧？

花红说，那我请你们两个吃宵夜？

你们告诉我赌什么，不管你们谁赢都是我请宵夜。易茹说，不打赌也总是你请我们吃宵夜，今天真正是花红输了，就该花红请的，你非要代她请也可以，这次我可不是白吃哦。

花红说，我看你今晚嘴馋了吧？

肖泽宇说，我请，我都说了的，我就想知道你们打什么赌。

花红说，不告诉你，少男不宜。

肖泽宇说，你们不告诉我就算了，我不问了。走，去吃宵夜。

他们三个说笑着走向小吃夜市。小吃夜市距"和睦"针灸按摩诊所有二百多米的样子。夜市所在的街道和诊所所在街道正好形成丁字路口。诊所里下午治病的人比较多，花红和易茹一忙起来极少有时间做晚饭，她们几乎每天的晚饭都在小吃夜市上解决。夜市上荟萃了新水甚至全国的各种小吃。花红和易茹她们谁空出时间谁去买饭。夜市就在花红母女租住的房子后面，买了顺便给花红妈送一份。

到了小吃夜市街口，花红突然看见一个馄饨摊。摊上正在忙活的男人戴着墨镜和口罩，额头被长长的头发遮住，整个脸部能盖的地方都盖着，给人的感觉很神秘。他们是夜市的吃货，对夜市上的小吃了如指掌，好像以前没注意过这个馄饨摊。花红说，这里又多出了一个卖馄饨的，咱们去尝尝？

肖泽宇说，你们好不容易打一次赌，打赌的内容还秘不外传，只请你们吃一碗馄饨是不是太简单了？

易茹说，宵夜又不是正餐，一碗馄饨可以了。

他们说着已经走到馄饨摊前。馄饨摊主没有人打下手，他一个人忙前忙后。对所有顾客都不打招呼。看来生意不错，摊前的六七张小桌子几乎坐满，有两个空位还不挨着。肖泽宇让她们先分别坐下，他去摊前向摊主交钱。过几分钟，易茹身边两位顾客离开座位，他们三个人总算可以坐在一起。易茹说，这个馄饨哥好酷，像克格勃，以前没见过他。

肖泽宇说，没准是才来的。

花红说,估计他的馄饨不错,生意这么好。

肖泽宇说,看其他的食摊都是夫妻档,可惜了这位酷哥,竟没有人和他举案齐眉,一个人忙来忙去的。

他们正小声议论,馄饨摊主给她们端上了热腾腾馄饨。花红拿勺翻搅一下碗里的馄饨,晶莹剔透,香味扑鼻,见别的顾客看摊主一个人忙不过来,馄饨出锅就自己去端,便说看人家都想到自己去端,我们三个年轻人竟等着人家送上桌。

易茹说,我们只顾着说话了,没想到自己去端馄饨也算给馄饨哥帮个小忙了,以后得注意点。

肖泽宇说,这活儿以后我包了。

肖泽宇边说边舀起一勺放送进嘴里,来不及咽下就说好吃,真的好吃,我从来没吃过这么好吃的馄饨。

花红和易茹也都连连夸赞好吃。花红说,这么好吃的美味舍不得一口气吃下,我们都吃慢点,好好地品味。

易茹说,这馄饨哥什么时候来的?我们以前怎么就不注意,以后我们经常来吃。

肖泽宇说,他这馄饨好就好在汤清而不寡,馅多而不腻。

花红说,我得给妈带一碗。

花红话一落音,肖泽宇就对着馄饨哥大声说,再要一碗打包的。

馄饨哥扭头向他们回应一声。

他们评价着馄饨终于吃完,看看他们打包带走的还没做好。肖泽宇说,我们到旁边站着等吧,给人家没吃的腾位。

他们三个人站在锅灶边。馄饨哥有序地忙着,馄饨大概是在家里包好的,放在一个箱子里,各种配料整齐地放在一个干净的台面上。舀汤,下馄饨,拿碗放料,馄饨哥忙而不乱。肖泽宇问他是不是才来的,以前好像没见过他。他说是才接的摊位。

他们要的馄饨出锅了。馄饨哥没有像别的食摊用白色塑料袋打包,而是用纸质的一次性饭盒打包。花红看到就兴奋地说,这样真好,连包装都是环保的,馄饨就更是放心食品了。

拿了打包的馄饨,花红和肖泽宇同时争着给钱。肖泽宇调侃地说,别收她的,这是我孝敬准丈母娘的。

馄饨哥笑着收了他的钱。他戴着口罩和墨镜,看不到他的笑,肖泽宇感觉到他笑了。他接过找回的钱，看了下问，是不是忘收打包钱了？馄饨哥说，免收，好吃欢迎再来。

易茹在旁边说，一次性的食盒也得几毛钱吧，增加成本不加钱？

花红说，是啊，如果打包的多会不会亏本啊？

肖泽宇说，大哥，你馄饨做得好，人更好，我们肯定会常来。

馄饨哥忙着手上的活，不由得抬头看一眼几个年轻人。他们和自己年龄相仿，通情达理，为别人考虑。现在社会上好多人对年轻人有看法，以为年轻人自私，没有责任感，真是偏见。眼前这几位才是年轻人的代表。他自嘲地想，自己戴着口罩和墨镜，他们一定以为自己的年龄已经 OUT 了，如果去掉口罩和墨镜不吓他们一跳，看他们还叫大哥。

花红妈也说那家的馄饨好吃。他们发现了这家馄饨后，馄饨几乎成了他们每天的晚餐。经常去吃，他们就成了馄饨哥的老主顾。他们有时三个人去吃，有时花红和易茹两个人去，有时是肖泽宇和花红去，他们不管是两个人去还是三个人去，吃完总要打包带走一碗。更多时候是花红或者易茹一个人去打包三份全部带走。馄饨哥的生意真叫红火，他们每次去吃都要等一阵子。花红和易茹干脆要了他的电话，要吃馄饨时就打电话预定，他给她们约定取馄饨的时间。他们渐渐和馄饨哥熟悉起来，他们明显感觉到馄饨哥的热情，可不曾见过他的模样。有一次三个人偶尔说起来，就乱猜他长什么样，有多大年龄。花红说，他肯定是我们的大哥，露出面孔，肯定英俊。

易茹说，他看起来很老练唉，应该是我们的大哥吧，身材那么挺拔，希望他的脸不辜负我们的想象。

肖泽宇说，以我的判断，他应该和我们年龄差不多，你们看着他年龄大，可能是他看起来成熟稳重，有一种经历过大风大浪的气质。

花红说，感觉馄饨哥身上有种特别的东西，不像一般的小生意人。

易茹说，他为什么把自己包那么严呢，就算戴口罩是食品行业的要求，也不该晚上戴一副墨镜啊。

肖泽宇说，是啊，该不是牵涉什么案件吧？

易茹说，不会吧，这么好的人。

花红说，即便是牵涉案件，也肯定是遭人陷害。

肖泽宇坏坏地笑着说，看看你们两个，我就那么一说，你们都为他辩护，什么意思，他要知道有两个美女这么袒护他，不知道有多得意呢。

花红擂他一拳说，一个不相干的人，你吃什么干酸，无聊。

肖泽宇故作严肃地说，我还真就吃这干醋了，爱情都是从好感开始的。易茹对他有好感不要紧，你就不能对他有好感。

肖泽宇话一出口，花红和易茹几乎同时反驳。花红说，你这叫胸怀狭隘，爱情的前提是需要好感，但并不是所有好感的方向都是爱情。

易茹说，对好人产生好感是社会的文明，人类的荣耀。美女对好人产生好感，你怎么就向龌龊的地方去想。

肖泽宇无奈地笑着说，看看你们，都把自己包装成无瑕的白璧，拔高到社会、人类的高度为自己辩护，爱情，是多么美好的事情，我想到爱情，你们反而说我往龌龊的地方想，我看啊，易茹就该多想想爱情，馄饨哥又酷又神秘，怎么不可以多想想呢——

他托着长腔说完这句话，又向易茹和花红眨巴了几下眼睛。易茹做出生气的样子说，我的爱情我做主，用你来操心？我如果真的爱上馄饨哥，我知道怎么去追。

花红认真地说，易茹不可以追馄饨哥，连他什么样子都不知道，更不知道他的庐山真面目怎么可以盲目地去追，更重要的是易茹要真去追馄饨哥，有人去打架。

肖泽宇说，原来易茹是名花有主啊，哪天叫我们认识认识？

易茹说，好了好了，别乱操心了，你们总有见面的时候。

6. 肖泽宇创业

又轮到肖泽宇上下午班了，这天他在诊所做好饭，盛了两份给花红妈送饭。他要陪花红妈吃一顿饭。

前一天晚上他十一点多到家，一开门，母亲还在看电视。她一向注重养生，多年坚持早睡早起，这么晚还不睡觉是少有的。肖泽宇深感意外。他叫一声妈，问她怎么还不睡觉。妈说总见不到儿子，不知道儿子在外天天忙什么，怕他在外面瞎胡混，睡不着。

他突然觉得很对不住父母。父母把他养大付出许多心血，他恋爱了，自己沉浸于温柔乡中，乐不思蜀，可是，最牵挂他的父母却不知道，还以为他在外面出了什么事，受了什么委屈，担惊受怕，提心吊胆，夜不能寐。想到这些，他感觉羞愧难当，无颜以对。他愧疚地在妈妈身边坐下，拉起妈的手说，妈，对不起，让您担忧了，我应该早些告诉您和爸，我谈恋爱了。

儿女早点找到合适伴侣成家立业是每一位母亲的期盼。肖泽宇的母亲听到儿子说出这样的话，惊喜万分，埋怨的情绪瞬间灰飞烟灭。她激动地说，你是该谈恋爱，快给妈说，谈的姑娘是哪里的，做什么的，有她的照片吗？让妈看看。

肖泽宇手机上存着花红许多照片，侧面、正面、站的、坐的、工作的，样样俱全。妈妈看着姑娘的照片说不出的欢喜。她拿着手机跑到卧室叫醒丈夫说，快看，快看，你宝贝儿子真有女朋友了。

肖泽宇也跟进父母卧室，告诉他们花红家里的情况。肖泽宇说，她妈是盲人，又只有这一个女儿，盲人干什么事都不方便，身边一天都不能离人照顾，这是很拖累人的啊。

肖泽宇说，这根本不是问题，我们也不能当做问题，她失明本身就够不幸，我爱人家闺女总不能嫌弃她的盲人母亲吧。

她的丈夫老肖也帮着儿子说话，不能嫌弃人家娘，盲人是残疾人里最不幸的，整天在黑暗里摸索，如果泽宇和这姑娘真正相爱，就要好好帮她照顾好老人。

听了老伴的话，她有些不好意思地说，你们这些话我都懂，但是，我不想叫我儿子摊上这事，家里有个盲人会多出好多事情，现在她还年轻，身体还好，还好照顾，等她年纪大了，如果生活不能自理，照顾一个看不见的老人会很麻烦，泽宇要真的喜欢这姑娘，我也不能生生地把你们拆散，只是这实际情况你必须考虑清楚，免得将来后悔。

肖泽宇说，妈，你放心好了，我不会后悔，你见到花红也会喜欢的。

老肖说，好了，都大半夜了，睡觉吧，哪天带这姑娘来家里让你妈和我见一见。

肖泽宇这个晚上没有睡好，他觉得自己应该和花红妈多一些交流，不能只是给她送一碗饭了事。她也不能出门，整天一个人守着一台收音机待在屋里，也够闷的。

平常都是他做了饭先给花红妈送去，回来再吃。花红和易茹忙起来就没个时间，都是在忙的间隙腾出手来急急忙忙填饱肚子算妥。他送完饭回到诊所也是自己随便吃饱就去上班。与其这样，他还不如和花红妈一起吃，还可以和她聊聊天，说说话。

这天，他带了两份饭，走时给花红她们说，阿姨整天一个待在屋子里，也没个人说话，怪寂寞的，以后我有时间就陪阿姨一起吃饭，利用这点时间和她说说话，吃完直接去上班了。

花红感到他些怪异，也不好问什么。母亲是失明的农村妇女，而他是城市长大的男孩，如果不是因为爱她，他和母亲之间可能永远没有交集。他得空就给她们做饭，做好了先给母亲送去，花红由衷地对他感激几分。今天他又突然提出以后有时间就和母亲一起吃饭，利用这点时间陪她说说话，花红有种摸不着头脑的感觉。她的母亲天天一个人在屋子里，门都没出过，她也不可能多陪她，花红也想过母亲的孤寂，可她又有什么办法？没有谈恋爱时，总担心她爱的人嫌弃母亲，遇到肖泽宇，是她的福气，也是她妈妈的福气。

肖泽宇来到花红和她母亲租住的房子。往常他来时总是一进门就听到收音机响着，这天花红妈没有听收音机。肖泽宇一进门，花红妈就说，泽宇来了。

失明的人耳朵特别好使,她听脚步声就能分辨出是谁。肖泽宇说,阿姨怎么没听收音机?

花红妈说,都是广告,尽是卖药的,干脆关了歇歇耳朵。

花红家的门厅过道里放一张小桌,平时花红妈就在那里吃饭。肖泽宇把饭菜摆上小桌,搀她到桌边吃饭。他说,我今天炖了排骨冬瓜,咱一起吃。

好,好——花红妈连声说出几个好。

肖泽宇和花红谈恋爱也有几个月了,由于花红的工作时间总是从早忙到晚,他们很少和母亲一起吃饭。肖泽宇是第一次单独和花红妈一起吃饭。他感觉花红妈吃得很慢,小心翼翼,想说话又不知从何说起的样子。

肖泽宇感觉花红妈是个爱美的人。他默默地看着她,如果没有许多白发,她会嫌得比较年轻。她应该和他的母亲年龄差不多,不足五十岁,在城市这个年龄段的女人正打扮得花枝招展,跟女儿一起出门外人辨不出是姐妹还母女。花红的母亲太不幸了,独自带着女儿还双目失明。

肖泽宇还不知道花红是带着母亲读的大学。他突然想知道花红上学时她一个人在农村怎么过的。他说,阿姨,以后只要有时间,我就来和您一起吃饭,您天天一个人在家里太孤寂了。

花红妈说,习惯了,这么多年都这样。

肖泽宇说,您在老家还好些吧,村上的人会去串串门,说说闲话。

花红妈说,在老家去串门的人也少,村里和我年龄差不多的都去打工了,我一个瞎女人天天也做不了什么事。

肖泽宇说,花红小时候可乖吧?

花红妈说,乖,可乖,我两只眼都看不见的时候她才十二三岁,我突然瞎了眼,啥也看不见了,不知道天黑天明,不敢走路,家里的活只能花红干了,花红跟着我这样的娘吃过不少苦,她从小就懂事好强,后来,我慢慢适应在黑里摸着过日子,也能摸着干点小活,可是花红不放心,啥事都不叫我干,她回家做饭干活,还学习好。考上县里重点高中,因为不放心我这个瞎娘,她也不去上,上了个乡中,俺村离乡里十来里路,她天天放学回家给我做饭,这都是命吧,她要是出生富有的人家,上县里的高中,没有我拖累她,肯定能考上重点大学。

花红妈说着这些,声音有些哽咽,放下了饭碗,摸索着掏出手帕。肖泽宇因为自己的话引得花红妈伤感,感到惭愧。他安慰说,阿姨,我让您难过了,现在都好起来了,您和花红受苦了,以后会好起来,我不让花红再受苦。

花红妈擦了眼泪,有些难为情地说,不该给你说这些,看我,尽瞎说啥呀!

肖泽宇说,阿姨,以后您就把我当儿子,想说啥就说啥,别跟我客气。

花妈妈笑着说,我看着你和花红好心里高兴,当妈的都希望闺女有福。

肖泽宇想把话引向别处,问她他做的饭咋样,好不好吃。

花红妈说,真没想到城市里的男人还做饭,连你这二十来岁的年轻人都会做饭,还做这么好。

肖泽宇说,也有不会做的,我喜欢做饭,在家里老好瞎摆活。

几天下来,肖泽宇从花红妈口里知道她们经过的难处,花红带着母亲上大学,还被评上全市的十大感动人物,曾经是新水媒体的新闻人物。他对花红除了爱又多几分敬佩。看看她和母亲的房间里,真是家徒四壁,而这个家还是租来的,不归她们所有。

他自从和花红恋爱之后,一直处于疯狂状态,除了工作就是见花红,恨不得分分秒秒都和她待在一起。花红没有因为和他见面耽误在诊所给人治病。花红一直都在努力地改变生活。而他被爱情冲昏头脑,忘乎所以。他大学毕业到这个集团去当保安时想的就是先干着,一方面利用工作了解一下社会,学习一些社会经验,一方面寻找机会自己创业。他上大学时就想开一家属于自己的健身房。认识花红之前,还一直惦着这事,陷入爱情,就忘了正事。现在他知道花红吃了那么多苦,仍然对生活乐观,为改善她们母女的生活不懈努力。花红从来没有要求他为她做什么,也没有把改变命运寄托在婚姻上,可他,作为男人,他应该自觉,应该主动,不能眼睁睁地看着自己深爱的女孩独自苦苦挣扎。是时候了,是考虑创业的时候了。

7. 准公婆见花红

天气已经进入冬季，连续几天阴冷。“和睦”针灸按摩诊所空调开着，很暖和，可来治病的人还是少了。花红和易茹总会有一个人闲下来。这段时间肖泽宇天天跑着做健身市场调查和找房子，不像以往那样除了上班，恨不得长在诊所里。他给花红说这段时间比较忙，不说忙什么，花红也不问。只说你忙你的。

没有人的时候，花红和易茹聊聊闲天。她们虽然天天泡在一起，可是很久没有聊过闲天了。白天诊所里总是有人，只顾着给人治病，顾不上聊天，也不能当着病人面前聊天。花红和肖泽宇没有谈恋爱的时候，她们还能趁着晚上关门前后聊几句，后来肖泽宇和花红谈起恋爱，大多时候，都有他掺和着，她们几乎就没有单独的聊天时间了。

她们和所有闺秘一样，聊天也是散散淡淡，漫无边际。从时尚发型到服装、鞋子，再就是哪位同学到哪里上班了，哪位同学自己创业了，哪位同学谈恋爱了，聊着就聊到了诊所的发展上。易茹说，诊所开业一年，生意还算是不错的。

花红说，如果没有你帮忙，我开不起诊所，叔叔和阿姨对我这么好，我都不知道该怎么报答。

花红开诊所时，因为手里钱不宽余，和易茹商量两人合伙。易茹的男朋友在外地读研究生，她父母希望他们将来能够在一起，没有同意她们合伙开，但是他们拿出两万块钱，算是借给她的启动基金。还同意易茹等待男友毕业参加工作之前来诊所帮忙。诊所开起来以后，前两个月生意寡淡，两个月后开始赢利，半年后花红就还清了易茹父母的两万块钱。她每说起诊所的发展，都忘不了易茹父母的资助。

易茹说，他们喜欢你，恨不得你是他们的女儿，能有机会帮你一把，简直是对他们的恩赐。

花红说，得抓紧找个帮手，哪天你跟男朋友走了，剩我一个人没法应对。

易茹说，是得抓紧找人，说实话我感觉和你在一起挺好的，可是，可是，我也没办法，他们都说不能两地分居。

花红说，当然不能两地分居，两个人一起生活，总得一个人做出牺牲，不过想想，也无所谓牺牲不牺牲，只要两个人幸福，在哪里生活还不是一样？

进来一位老太太。老太太是个热衷中医的人，常来治她的老寒腿。她们连忙叫阿姨。易茹招呼她躺床上。她选了靠门口的床。她说，天一冷，腿就疼得厉害。

易茹说，是，老寒腿就怕阴冷天气。

她们给她治疗的方法常常是先按摩、针灸，再用药包热敷。易茹正在给老人针灸，门外停了一辆车，从车上下来一对夫妻。他们进屋，花红连忙和他们打招呼。他们看起来很兴奋，径直走向进里边，在床上坐下。花红问他们哪里不舒服。两人像是抢着说，男的说背疼，女的说腰疼。

花红经过一番望闻问切后说男的有轻微的肌纤维组织炎，按摩、热敷都有较好的缓解作用；女的是腰肌劳损，加强功能锻炼，也可以坚持做一段理疗，平时注意休息，不要过度劳累。

花红问他们谁先治，女人说今天先来看一下，还忙着有事，反正是慢性病，不在乎早一天晚一天治疗，他们改天再来，说着掏出一百块钱给花红。花红说没治病不收钱，可女的非要给，说给他们看病耽误了她的时间，再说也可以当做以后来治病的定金。花红坚决不要，两个人正为一百块钱推来推去，又进来一位病人。男人对女人说，别再推来推去，耽误她给人治病，咱先走，以后再说。

又过几天，肖泽宇要花红抽出一个中午的时间，说他爸妈想见见她，要请她吃饭。肖泽宇爸妈选择的饭馆就在“和睦”针灸按摩诊所附近。

花红和肖泽宇去时，他的父母已经先到。花红一看正是那天去诊所非给一百块钱的夫妇，感觉有些不爽。可仔细想想，人家找儿媳，提前看看也没啥不对，好多还是偷着看呢，这样比起来，他父母也算光明正大了。她这样想，心情就愉快起来。

肖泽宇爸妈倒是觉得不好意思。肖泽宇妈说，对不起了，闺女，你叔我们俩知道泽宇谈了女朋友，就急着想见见，那天我们一商量就只管去你诊所了。我们两个一见你那个高兴啊，回来一夜都没睡着，老肖家真有福气，遇到这么好的闺女。

肖泽宇爸满脸堆笑，掩饰尴尬。花红坐在肖泽宇父母对面，面带微笑，看起来安静贤淑。肖泽宇一听父母背着他们去看花红，便埋怨起来。连说几遍怎么能这样、怎么能这样。花红大度地说，没事。

上菜了，肖泽宇妈不停地给花红夹菜，一口一个闺女地叫她。她说，我们就泽宇一个儿子，他的女朋友就是我们的闺女。

肖泽宇爸说，花红的诊所很不错，小是小些，进去给人感觉很温馨，有气场，泽宇的健身房可以考虑在花红诊所附近找房子，这样他们俩离得近一些，方便互相照顾，健身和中医推拿按摩也相得益彰。

花红第一次听说肖泽宇要开健身房，她有些疑惑地看他一眼。肖泽宇想起还没有告诉她要开健身房的事，连忙解释，我还在筹备阶段，我本来想差不多了再告诉你，给你一个惊喜。

8. 夜半救助老人

肖泽宇加紧了健身房的筹备。他打算筹备差不多了再辞职。又上班又筹备健身房,只能在晚上见花红了。如果遇到夜班,他就没时间去花红的诊所。

需要按摩针灸的病人都是慢性病,冬天很少有人晚上来诊所。冬季她们她们关门一般比较早。这天是个例外。将近九点了,花红和易茹准备关门回家,那位治老寒腿的老太太气喘吁吁地进来。她说去亲戚家办事回来晚了,怕隔一天影响疗效。

根据她们平时的经验,这时候一般不会再来人。花红说应该不会再来人了,不必两个人都陪在那里,她给阿姨治病,让易茹下班回家。花红仔细地给老太太做理疗,已经过十点了。肖泽宇如果不上夜班,他会去陪她,可那天他上夜班。

花红送走老太太,便关门回家。路人稀少,夜风寒凉。她刚一拐弯便看到一老人。老人看起来年纪不小了,走路很小心。老人与她相向而行。两个人的距离越来越近,只有几米远时,她感到老人走路的姿势不对劲,有些踉跄。她加快了脚步,可没等她走到跟前老人还是倒下了。老人摔倒了,她顾不上多想,跑步上前。她在老人身边蹲下,拉起老人的人手为他把脉。根据她的医学知识,她判断老人心脑血管病急性发作。她连忙打掏出手机打120。

花红刚打完电话,一辆 SUV 在身边停下,从车上下来一个长发男青年。长发男青年说,我抱他上车送医院吧。

花红说,很可能是心脑血管病发作,不能随便乱动,打过 120 了,等医生来吧。

长发男人站在旁边,看花红给老人把脉。救护车很快风驰电掣地开来。

几个医护人员抬下担架把老人抬上车。花红上了救护车。救护车开进新水市中心医院,老人被抬进抢救室。花红正在收费处交钱,长发男青年赶到。男青年走近花红,自我介绍说是乐队的鼓手夏朗,他从酒吧回家路过那里,看到老人倒下,又看到她跑上前去施救,问她是不是认识老人。花红说她也是路过,正好碰到老人摔倒。

花红和夏朗拿着交费条到抢救室外的走廊上等消息。一会儿一位护士出来说,花红姐,老人是脑供血不足导致大脑缺血缺氧,突然发生脑功能失调,已经脱离危险,幸亏抢救及时。

不一会儿,老人被护士从抢救室推进病房。老人已经清醒,但看起来还很虚弱,好像已经知道是花红和夏朗救了他,感激地看着他们。花红安慰他说,不要紧,住几天就会好的。

安置好老人,夏朗送花红回家。在车上,夏朗叫花红名字,问她怎么和医院那么多医护人员熟悉。

花红警觉地问他怎么知道她的名字。夏朗说,刚才在医院里你的名字已经被人叫过无数遍,再说你是大名鼎鼎的新闻人物,谁不知道。

花红听了他的解释,感觉有些不好意思。是的,她曾是新闻人物,她也的确经常被人认出。她无话可说,便缄默不语。夏朗开车穿行在夜的街道。他打开播放器,伤感又激越的乐曲响起,把她带回不平常的大学生活。

花红带着盲人母亲上大学很快成为新闻事件。报纸广播电视各家媒体记者到学校采访花红,《女大学生带盲人母亲入学》、《女大学生花红和她的盲人母亲》、《女大学生花红的一天》等专访、专稿连篇累牍地在各种新闻媒体刊登播放。

这些新闻报道引起学校和社会各界的重视,捐钱捐物接连不断,学校把她树为楷模,还免了她的学费。花红接受了学校为她免学费的决定,但对于社会上一些好心人捐的钱物一概拒绝。她的事迹被广为宣传以后,更激发了她积极进取的决心。她学习更加刻苦努力,做人更加谦逊朴实。她没有耽误挣饭钱,学习成绩是年级拔尖的。她热衷于为大家服务,被选为学生会的干部。大三的时候,市文明办评选十大感动人物,她被学校推选,一路过关斩将,顺利当选。披红戴花,接受表彰,这又让她在全市的各家新闻媒体大火一把。

大四,即将毕业,她被学校推荐到新水市中心医院实习。当然,被推荐到大医院的都是品学兼优的尖子生。同学们都在找工作,有点规模的医院都热衷于重点医科大学的毕业生，甚至重点医大的本科生就业都成困难。当然什么时候什么事情都不绝对，对于有门路的人来说，就业学历高低不是问题，她的同学中就有人没毕业就联系好了就业的医院。花红没有门路，她只有走一步是一步，到大医院就业对她来说只是一种奢望。

中国的许多大医院竟然没有传统的中医科，这要怪只能怪国运衰弱的清朝末年，西方医学随着西方技术和意识形态传入中国，他们给人治病靠化验细胞，查看细菌，治病的方法引起国人的好奇，对急性病快速见效的西药让国人对自己几千年传承的医学产生怀疑甚至蔑视，西医成为医院和医生炫耀的高明技术，五千年的国粹中医渐渐沦落成了被耻笑的“糟粕”。国家昌盛，传统文化也会更加璀璨，犹如一个人、一个家庭腰包鼓起来，物质基础雄厚，就敢于正视自身，自信满满，就不会看别人家的什么都好，自己家的什么都不好。新世纪初的一场瘟疫之战，西医对被他们称作 SARS 的病毒束手无策，中医的疗效让西医羞愧难当。中医浴火重生，国粹凤凰涅槃。国人重新重视祖宗留下的治病方法，大大小小的医院招兵买马，建立自己的中医科、特色治疗室。新水市中心医院顺应潮流，成立了中医推拿针灸科。花红学的是针灸推拿专业，她被分到刚刚成立的中医推拿科实习。这给花红带来了在大医院就业的机会。

花红因为带母求学成为新闻人物。医学专科院校的新闻人物自然会引起当地卫生系统或多或少的重视。新水市中心医院的人事部门在察看送来实习的学生名单时发现了花红。一个带着盲人母亲上学的女孩给人坚强甚至倔强的印象，多多少少总会唤起别人旁观的好奇心。人事工作者都是领导决策的高参。人事部门把这一发现汇报给了院长。院长认定花红对新水市中心医院具有无形的宣传效应，叮嘱下属注意考察花红的表现。

花红实习期间，对病人对同事都是热心、热情，没有人不喜欢她。开始时带班医生不敢让她这个即将毕业的医专学生给病人针灸，只让她起针，病人都反映她用力轻巧，动作准确。带班医生和花红相处几日后，觉得这姑娘勤快好学，有意让她实践一下，顺便向她传授一些经验，便让她为病人针灸。带班医生立在旁边，看她下针。她下针准确，动作娴熟。一看就知道她没少在下边练习。问她，她说，常在自己身上练习。

实习即将结束，医院的人事干部找她谈话，问她愿不愿意毕业后来新水市中心医院工作。她能不愿吗？哪有不愿之理。她感觉紫气东来，祥云笼罩，神清气爽，当即和人事干部签了拟聘用合同。

新水市中心医院和花红签了拟聘合同。消息很快传遍医院和学校。善于捕捉新闻的媒体记者采访了医院和花红,花红又当一回新闻人物。

花红虽然是实习生,但她与医院已经签过拟聘合同,成为医院的正式医生也就是月余的事。她的专业就是中医推拿针灸,实习岗位就是她将来的工作岗位。中医推拿科的医生护士都知道她将是他们长久的同事,都不以实习生对她。

中医推拿科刚刚开张,设备品种不全,需要添置的各类较多。院里批准进一批熏蒸床、熏蒸机、牵引床、电磁波治疗仪等,大概有七八种设备。令花红意外的是主任让她这个实习生和他一起去省里考察这些设备。新水离省城不远,当天能够回来。主任和她约好早上六点坐长途大巴。她只好早早起来给母亲做好午饭装在保温饭盒里。那天她和主任到省医疗设备批发市场没费多少周折就和一家批发商谈好了价格。等那些东西运到医院投入使用的时候花红已经离开医院,回到学校准备毕业答辩了。

毕业答辩前一天,花红接到主任的电话,说有事找她,让她抽空去一趟医院。第二天,阳光明媚,花香弥漫。花红答辩顺利,从评委老师的表情可以感觉到他们对她的喜爱。从答辩场里出来,有种说不出的愉快。她给主任打电话说马上到医院找他。主任是医院为建立中医推拿科从别处挖来的,在新水小有名气。花红实习时主任对她比较关照,特别是让她和他一起去考察购买设备,让花红有种受宠若惊之感。再过数日,她就是新水市中心医院中医推拿科的大夫,而主任将是她走向工作岗位的顶头上司。主任在新水中医推拿行业算得上专家级的人物,他是她敬佩的人。

主任在他单独的办公室里见她。花红敲了门进屋,他并没让她坐,她便径直走向他办公桌前,站着。他和她轻描淡写地谈了几句毕业答辩的话,少不了对她美言几句,谈话便转入了他要她来的目的。

主任经常背着一个小挎包。挎包里经常装着针灸用的银针和酒精浸过的棉签。有时和朋友见面,遇到哪位不舒服,他随时给人针上两针。这也为他赢得了好人缘,约他喝茶吃饭聊天的朋友天天不断。主任拿起挎包,从里面掏出一沓一百元的钱,在花红面前晃一下说,这是给你的辛苦费,你勤工俭学不容易,好在终于要熬到头了,以后上了班日子就好过了。

他拿着钱的手停在花红面前。那厚厚一沓钱,花红从来没有一次挣过那么多钱。她不知道那是多少,也没敢伸手去接。主任见她面带疑惑,嘿嘿笑着说,拿着吧,这是五千块钱,是卖设备的商家给的回扣。花红下意识地后退两步说，主任，这钱我不该要，也不能要。

主任说，都这样，现在商家精明得很，卖东西给回扣，拿着吧，不要也不给便宜，不要白不要。

花红又后退一步说，不，主任，我不要。

主任走近花红说，这孩子，还真是个学生，快拿着吧。

说着把钱塞进花红的包里。花红从主任室里出来，心中又忐忑又惊喜。五千块钱，她手里从来都没有过这么多钱。她跟着主任去进一次设备就给五千，这钱也太好挣了。医院里人来人往，比农村的庙会都拥挤，这么多钱装在包里，背在身上，她感觉很不安全，仿佛有扒手跟在身后。

她走出医院门诊楼，想着路上拦出租车回家。她在新水上大学几年，只坐过两次出租车。包里这么多钱，不能省几块钱的"的"费，包里的钱让人偷走就因小失大了。向着门口再走几步，看到大门外围了好多人。一个妇女身裹白布，手捧男人遗像跪在门口，面前扯一条横幅：还我丈夫。身后有十几个跪着坐着蹲着的人，都是头顶白布。许多看热闹的人围在他们后边。医院门前的路一半被堵，医院的大门也有一半被堵。

花红在医专院校上学几年，多多少少也知道一些医患矛盾。亲眼目睹这样的场面还是第一次。不由得停下脚步，站在旁边看个究竟。一个身缠白布的男人手持喇叭，半蹲在身裹白布女人的身后，像事件的解说员，不停地吆喝，俺兄弟才三十八岁，因胆结石来医院，俺兄弟胆结石不疼了，俺要出院，那帮黑心医生做个小手术就再也不犯了，俺兄弟好好的上手术室，没出手术室就没命了，住院不到三天，花十一万三千多，没治住俺兄弟的病，俺兄弟没钱，俺借钱给他看病，这黑心医院，叫俺人财两空……

花红不忍心再听下去。快速走过人群，正好有出租车过来。她是学医的，知道一些胆结石这样的常见病。一般做个手术不至于花十多万，她不知道那人在手术中遇到了什么情况，也不能妄自猜想，实施手术的医生就是黑心医生。但她是农村贫困家庭出来的孩子，知道农村一般家庭的经济情况。无论如何，对于一个家庭来说，上医院治病，人财两空的下场令人痛心。

坐在出租车里的花红，一路上满脑子想的都是医院门口的场面，竟忘了身上带着刚刚收到一笔不菲的意外之财。下车给司机掏钱时想起包里厚厚的一沓钱。

花红下了出租车，快步回她租住的家。妈问她怎么回来这么晚，她边做饭边给妈说去医院的经过和在医院看到的一幕。花红妈静静地听着，好久不说话。她说,这算不算黑心钱呢?我不要,可主任说不要人家也不给便宜,不要白不要。

再看一眼妈,她还是面色平静,一言不发。她着急地说,妈,你说话呀。

妈的嘴颤动了一下。她知道这是妈要说话的习惯。就像明眼人说话前彼此对视一样,妈和人说话之前上下唇总先微微颤动一下。妈开口了,她说,傻孩子啊,你不该要这钱,不管这钱是不是黑心钱咱都不该要,这是不义之财,来路不正的钱咱不能要。

花红想到妈可能不让要这钱,可没料到妈会说得这样干脆。花红说,我已经接了,咋办呢?

妈说,给他送回去!

花红有些发愁地说,咋说呢,像是给人家办难看?

妈说,也是。

妈又说,做好饭了吧?

花红说,好了。

妈说,先吃饭,这事儿想想再说。

她们家几乎每天中午都是汤面条。花红和母亲吸吸溜溜地吃着面条。母女俩好长时间不说话,简陋的家里显得沉闷。妈像是怕故意找话,问花红上午答辩得好不好。花红说感觉老师还算满意。

妈说,我知道我闺女能答辩好,红啊,你下午就去给主任送钱,你就当没事去玩的,瞅着主任不注意的时候把钱放他屋里,他总不能半天坐屋里不动吧。

下午学校里还是毕业生答辩时间,答辩过的学生自由活动。花红下午没什么事,便听母亲的话去了医院。中医推拿科的治疗室正对着走廊。推拿科的人平时都在治疗室里忙,主任除了每天上午到治疗室看一下,有特殊病人他才会亲自下手。进治疗室必须路过主任室门口。她轻手轻脚经过主任室,到了治疗室。治疗室的空间很大,推拿、针灸、熏蒸什么的都在一个屋子里,放了一些屏风遮挡一下,算是隔开了相对的小空间。

花红和治疗室的医生护士打了招呼,便给门口的医生帮忙起来。门口是她选的有利地形,在门口她可以看见走廊里的情况。只要主任从房间里出来,必然进入她的视线。终于等到主任出来,他是送客的,到门口,和客人挥一下手又退回去了。又过一会,主任又出来,花红看着他进了卫生间。她赶快进了主任室,把钱放他的办公桌上,顺手用一本杂志压在上面,便赶快退出。她走向楼梯口，还好，没有碰到主任。她在医院门口给主任发短信：您好主任，我把上午的钱放您办公桌了，谢谢。

人命关天，花红看到的“医闹”事件中的死者一直放在停尸房，家属在医院里闹腾多天，医院愿意退还住院期间的一切费用，再赔偿十五万，和他们多次协商，那家人坚决不同意。他们大概看出了医院不想走司法程序解决，就死劲地闹，往狠里要，开出一百三十万的价码。他们闹着，医院上下阴云密布，气氛紧张。院长焦头烂额，无奈之下借机整顿医德医风，天天开会，开了大会开小会。事件终于有了结果，医院赔偿死者家属三十二万五千元了结。

事情有了结果，并不等于医院就此了结。这天医院又组织各科室主任开会，要他们认真查摆医德、医风方面存在的问题。院长在会上特别提出，整顿医德、医风，还要整顿进药、进设备吃回扣的问题，要彻底扭转、狠杀不正之风，要硬下手腕，把我们医院的医疗费、药品费、检查费降下来，真正把新水中心医院办成患者满意的医院。一旦发现回扣问题，严惩不贷。

事情也真是凑巧，上午开的会，下午人事科的办事员拿着花红的聘用表来到主任室要他签字。主任盯着表上部门意见一栏，犯起踌躇。花红在他手下实习数月，挑她毛病还挑不出明显的毛病。可是，上午院长的讲话还梗在心里，花红退回的五千块钱还在抽屉里放着。这孩子这么不知天高地厚，若让她成了自己的下属，不就是给自己身边放一枚炸弹吗？他皱眉想一会儿，对人事科的办事员苦笑一下，拿起笔在部门意见栏里写下：此人个性过强，性情偏激，喜露锋芒，爱出风头，若被聘用，将不利于推拿科的团结稳定，为大局考虑，建议暂不聘用此人。

花红之前与医院签订了拟聘用意向书，如果不出意外，一般会被聘用。毕业了，迟迟得不到院方和她签订正式聘用合同的通知。她决定到医院问一问。如果没有退钱的事，她可能会直接去问一下主任，让主任帮她催一催。可有了退钱的事，她感觉不好意思去找主任，只好去人事科问。人事工作者都和保密工作者差不多，没有结果的事不会告诉当事人，如果中间出了问题，更不会透露半点消息。花红在人事科得到的回答模棱两可，含糊其辞。

她继续等，眼看找到地方就业的都上班了，继续读书的上学了，她还是没等到院方的消息。易茹是她的好朋友，她因为等着男朋友研究生毕业，看他去哪她跟着去哪里，她家里也不急着让她挣钱，就不急着就业。她闲着没事,邀请花红去她家里玩。易茹母亲问起花红工作的事,花红说,医院一直没通知。

易茹妈说,这事不能被动地等,要主动去问问。

花红说,问了,他们说医院现在忙,顾不上聘人的事。

易茹妈说,每年都有毕业生参加工作,哪有因为忙就停下聘用人员的,你想想,是不是有别的问题,会不会在哪个环节出了问题?

花红便把主任给她钱的事说了。易茹妈说,这就是原因,一定是这个。

花红说,那他们是不是不要我了?

易茹妈说,也说不准,反正我感觉就是因为这个事,主任给你使绊了。

花红说,既然这样,我没指望了。

易茹在旁边着急地说,花红都快到手工作就这么没了,妈,你帮花红想想办法,医院可是和花红签过聘用意向的。

易茹妈说:意向书又不是正式合同,如果主任拒收花红,医院不会有人为花红说话,社会就是这样的,谁会为一个不相干的得罪身边的人呐!

易茹说,那就没有办法了?

易茹妈说,还可以试试,花红去给主任送份厚礼,承认自己年轻,不懂事,辜负了主任的照顾,请他原谅,我给你拿一万块钱,现在就业形势严峻,先工作再说。

花红不要易茹妈的钱,她说她再想想,回家给妈商量商量再说。花红这些天也想到医院可能有什么变故,但她没想到主任和钱的事。她觉得易茹妈的分析有道理。她问妈怎么办,妈说,城市里的事,咱乡下人看不懂,我觉得要是真像易茹妈说的那样,就不用找主任了,你上着学咱娘俩都没饿着,你毕业了还挣不来一碗饭吃,何必为那成不成还难说的事给人低三下四。

9. 夏朗的颈椎

花红到家已经是后半夜了,母亲还在等她。花红给母亲配有盲人手机。她上了救护车就给母亲打电话说碰到一位老人摔倒,送他上医院,不知道什么时候能回家,别等她,早点睡觉。可是她知道妈不会听她的,从她记事起,只要她该回家时没回家,妈就一直等着。

母亲听到她进门就问老人咋样了。花红说,脱离危险了,帮他办了住院。

母亲说,赶快睡会儿吧。

母亲不再说话,不一会儿,听到母亲轻微均匀的鼻息声。母亲睡着了,花红却难以入睡。她翻来覆去想在新水中心医院的前前后后,命运难料,事事难测,如果没有和主任一起去进设备,也就没有回扣的事,也许她就能顺利地在新水中心医院就业了,也就不存在她的"和睦"推拿针灸诊所,也就没机会认识肖泽宇,错过了肖泽宇,不知道她会和谁恋爱。她对自己这些想法感到可笑。可是命运的叶脉延伸到哪里难以预料,也许她会在另外的场合认识肖泽宇。

躺在床上胡思乱想着,感觉没多大一会儿就该起床了。吃早饭时,妈说,你抽空再去看看老人,我估摸着,他可能是没有儿女。要不就是儿女不在身边,这么大年纪的人咋会晚上一个人出门。

花红说,肯定得再去看看,昨晚还不能说话,不知道现在咋样了。

花红趁中午去了医院,老人已经能艰难地说简单话语。老人叫贺得水,果然如花红母亲所料,老人没有儿女,老伴去年先他而去,让他成了孤寡老人。他拉着花红的手,目光温和。虽然没有太多表达,花红能感觉到老人对她的感激和喜爱难以言表。花红喂老人吃了饭,才回到诊所。

下午,花红和易茹正忙,夏朗走进诊所。花红很意外。这样一个长头发的大男孩来找她,她有些不好意思。夏朗看起来很潇洒,和花红打了招呼,便自己拉一把椅子在门口坐下。易茹以为来了病人,可看花红和他打招呼的样子像是熟人。花红的熟人有限,几乎她都见过。可这个人她从来没见过。留长发的男人给人感觉不是搞艺术的就是在发廊做美发的,要么就是街上的混混。易茹感觉这个人不像混混,更像是搞艺术的。她有些诧异花红什么时候认识一位年轻艺术家。易茹猜想他是画画的。花红不知道他上门找她有什么事情,又不好直接问。和他只是在深夜里有过一面之交,不知道说什么,便只管忙手里的活,等他明说。他说,颈椎疼,有什么办法可治?

花红说,你先稍等下,忙完帮你看一下。

夏朗静静地坐等,看起来很有耐心。花红给人按摩结束,又拔上火罐,腾出手来,给夏朗检查。花红用手指在他颈部轻按几下,又问他一些情况,说他只是轻微的颈椎病,稍调整一下就行,不用治,多注意一些,别累着,慢慢就会好起来。夏朗说,来都来了,还是你给调整一下。

花红说,热敷一下,拔拔罐吧。

花红说着去套间里微波热敷的药袋。她拿来药袋,让夏朗坐里边一点,说这样病都怕凉怕风,要注意保暖。

晚上,送走所有的病人,只剩花红和易茹两个人。易茹打趣说,今天来的艺术家,又是一个以治病为名来求爱的吧。

花红有些反感她这样说话。笑着回敬她说,追你的吧。

易茹听出她的反感,还是不管不顾地说,我说你别生气,如果追你别拒绝,女神都有几个备胎的。

花红佯装生气地说,你留着做备胎吧,我不需要。

易茹说,我更不需要了。

两个人互相开涮着锁了门,各自回家。

第二天下午,夏朗又来了。她们照例忙着,他还是那样静静地坐着等。易茹先腾出时间,花红让易茹给他热敷和拔罐。

花红本来和他没什么话说,前一天晚上易茹和花红拿他互相开涮,他在场时感觉诊所的气氛都有些紧张,连治病的人都不怎么说话。

夏朗连续五天来诊所治颈椎,每天都是下午四点前后到。他和花红几乎不说闲话,两人也从不提起那天晚上路遇老人摔倒的事,像约定共守秘密。

他第六次来诊所时,碰到了肖泽宇。虽然他和花红并不多说,肖泽宇还是感觉到他们不像一般的医患关系。

他感觉夏朗看花红的眼光不一样。究竟怎么不一样，他也说不清楚。晚上，他送花红回家，路过小吃夜市，看到馄饨哥忙碌的身影，便说，吃一碗馄饨吧，我好几天没吃这哥的馄饨，怪馋的，也想给这哥说道说道，我天生对这哥有好感。

他们双双来到馄饨摊，正是吃宵夜的高峰，没位，他们便站在摊前一边等待一边和馄饨哥闲聊。肖泽宇说，你该找个打下手的，一个人有点忙不过来。

馄饨哥说，还行，馄饨都是在家包好的，汤料也是提前准备好的，就煮一下。

肖泽宇说，哥的馄饨真好吃，几天不吃就馋，想吃馄饨还想见你，我感觉跟你特有缘分。

馄饨哥嘿嘿笑了。花红他们感觉馄饨哥特别严肃，很少这样笑出声来。肖泽宇也嘿嘿笑出声来。他们这一对笑，彼此似乎熟悉了许多。肖泽宇说，听哥的口音不像新水的。

馄饨哥似乎有所警觉，马上表情严肃，不再说话。肖泽宇感觉自己触动人家的什么避讳，有些无趣。没话找话地说，我正筹备健身房，到时欢迎去玩儿，等做起来给你送优惠卡。

馄饨哥继续忙着，随便说了句谢谢。

肖泽宇和花红吃完馄饨，漫步溜达着向花红家的方向走。肖泽宇说，馄饨哥好像很忌讳别人说他是外地人，该不是逃犯吧？

花红有些烦躁地说，又来了，你不是说天生跟他有缘分吗，怎么老怀疑人家？

肖泽宇吃吃地笑着，我也不知道，好像对他天生敏感，不过你不能对他天生敏感。

花红瞪他一眼说，神经病，我才不像你那么神经。

肖泽宇辩解，不是我神经，是你太美了，我看下午来诊所那个长毛对你不怀好意。

花红生气地向前快走两步，边走边说，我看是你越来越不靠谱了，照你这样说，我关门算了，人家来我这里治病就是不怀好意。

肖泽宇赶上花红，揽了她的肩膀温柔地说，我不神经，也不是不靠谱，是我太爱你。

她依偎在肖泽宇的臂膀下,幸福的暖流传遍全身。两个人默默地走几步,花红觉得应该让肖泽宇知道她和夏朗是怎样认识的,让他知道她爱的是他,根本不可能再爱上别人,也不能随便怀疑人家来治病就会爱上她。她说,泽宇,你要信任我,告诉你我和那个长发男孩是咋认识的。

肖泽宇说,你们还真认识,你怎么和他认识,就他那形象,不是文艺青年就是街上跑的混混。

花红说,别以貌取人,我看人家是个好青年。

花红把那天晚上如何遇到老人摔倒,他们又如何送老人去医院叙述一遍。肖泽宇听后说,是你先上前救老人的,或许他就是看到一美女有机可乘才故意表现的。

花红真生气了说,你怎么能这样怀疑人家,黑灯瞎火的晚上他怎么会看清我是美女呢? 再说了,老人说,这些天他每天都去看望老人。

肖泽宇感觉理亏,连忙说,对不起,就算我说错了,也是因为太爱你,怕有人横刀夺爱,可是,我就感觉你总是向着他。

花红说,我不是向着谁,我向着道理。

他们真真假假地争论着到了花红家住的楼下。肖泽宇双手抚着花红的肩膀小声说,答应我,离他远点。

花红点点头说,不要多虑。

肖泽宇看着花红上楼,直到她家的灯亮了才肯离去。

10."有病"的女孩

夏朗见过肖泽宇后,连续三天没有去花红的诊所治颈椎。花红没太在意,更没多想。有天晚上关了门,易茹说,夏朗见了肖泽宇,知难而退了。

花红说,别胡说,人家颈椎病缓解了自然就不来了。

她们说过这话的第二天下午,夏朗又出现在花红的诊所。易茹见他来就偷偷地笑了一下。她默默嘲笑他经过激烈的思想斗争,发起强烈攻势,知难而进。

夏朗说,我这颈椎病摆脱不了你们的治疗了,几天不来,感觉又重了。

易茹半开玩笑似地说,是你的心病太重还是我们的疗效有限呢?要不要继续治疗,我劝你还是认真想好了再决定。

夏朗说,想好了,继续治疗。

易茹给夏朗治疗,仍然是先热敷,再拔罐。火罐刚拔上,进来一位漂亮女孩。女孩也是和易茹、花红她们年龄差不多,但看起来比她们两个时尚好多。长长的卷发,时尚的衣裙,高挑的身材,婀娜多姿,美若夏花。肩背上扣着一排玻璃罐子的夏朗看到女孩就呈现一脸苦笑,问她来干什么。女孩慢悠悠地走向他嘻嘻笑着说,我也来拔拔火罐,泻泻火,拔火罐很舒服吧?我还没拔过呢,跟你一起感受感受。

女孩说着自己躺在里边的空床上,要花红给她拔罐。花红问她哪里不舒服,怎么不舒服。她不耐烦地说,我就想拔罐,陪他一起拔罐。

花红给她拔上火罐。易茹正给一位中年女性按摩,女孩没来之前还说着闲话,女孩一来破坏了原有的气场,不再有人说话。房间的空气像结了冰。

夏朗到了取罐时间。花红趁着那会儿没人给用具消毒。花红看易茹结束按摩,让易茹给夏朗取罐。夏朗交两个人拔罐的钱,对正拔罐的女孩说,钱付过了,我先走了。

女孩有些发哆地要他等她,他说句我还有事便匆匆离开。看着夏朗的身影在门外消失,女孩一言不发,脸对着按摩床上的透面孔,把头深深地埋下去。过一会儿,女孩问,怎么还不到时间?

花红看了一下墙上的挂钟说,还有三分钟。

女孩说,取掉吧,我不等了,刚才那人是我男朋友,我要去找他,他这几天想发疯。

花红给她取下玻璃罐子,她整理着衣服说,他是我的男朋友,谁都休想给我抢。

夏朗常常来拔罐按摩,花红以为就是因为颈椎不好,再说她自己有男朋友,从来没有想过还会有人爱她,更没想过再去爱上别人。她的男朋友肖泽宇和女朋友易茹都疑心夏朗追她,她不以为然,嫌他们多心,哪里知道另一个女孩正在以她为对手,和她挑起一场爱情争夺战。她当然也不知道那个女孩叫由由,更不知道她正在狂追夏朗,夏朗走到哪里,她就会悄悄地跟到哪里。她跟踪几次夏朗到花红诊所。夏朗在床上躺着拔罐或者按摩,她来来回回地在门外徘徊,向门里张望。她第一次跟踪发现诊所有两位青春少女时就感觉不妙。观察几次,她把危险因素锁定在那个个子稍高,总把长发绾起来的女孩。这次她又跟在夏朗身后,看着他走进诊所。她诊所门前转了又转,看了又看,实在按捺不住,就进去了。她觉得是挑战的时候了,再不挑战那按摩女就把本该属于她男朋友抢走了。

她跟进诊所,没想到夏朗对她会是这样的态度。平时夏朗对她还算顾及情面。她仔细端详想象中和她抢男友的按摩女孩,有点谋女郎的感觉,很像张艺谋电影《红樱桃》里的女主角。她进到诊所就看到墙上挂的营业许可证和花红的从医执业执照。从那些证书上知道她嫉恨的女孩叫花红。花红给她拔罐的时候,她默默地在心里说,好一个花红,你敢和我抢人,有你好看!

取掉身上的玻璃罐,由由一刻也不多停,穿好衣服就悻悻地走了。

易茹看着她远去的背景说,真有病。

11. 相遇就是缘分

老人还在医院住着。

老人醒来后得知在路上摔倒时正巧被花红和夏朗碰到,他们打120,还陪他上医院,为他交住院费,非常感激。开始时以为他们是一对年轻夫妻,后来知道他们本来并不认识。

花红知道他没有什么亲人,觉得他好可怜,常常趁中午诊所里不太忙时去医院看他。夏朗有时也去看他。这天中午,花红在老人的病房里遇到了夏朗。那晚他们送老人来医院以后,这是他们第一次在医院相遇。

老人说,夏朗都在那里陪他半天了,医生要他出院,他不想出院,回到家里总是一个人,住在医院里有医生护士,有病友,还有花红和夏朗来看他,像他的孙子孙女一样。

花红说,爷爷,只要您喜欢,您回家了我也常去看您,我们相遇就是缘分。

他们陪老人坐一会儿,两人一起离开病房。夏朗要花红搭他的顺风车回诊所。在车上,夏朗告诉花红他和由由只是在一个乐队玩音乐,想和他谈恋爱,是她一厢情愿。那天由由跟他到诊所,让她见笑了。

花红觉得对人家的私事不便多说多问。他这些话听听也就罢了,说完就随风而去。

隔一天,老人必须要出院了。老人分别给他们打电话,希望他们能来医院接他回家。花红只好让易茹一个人应付诊所的事。夏朗打电话接她一起去医院,花红不想和他纠缠太多,婉拒了他。她到医院时夏朗已经先到,正在办出院手续。花红收拾了老人随身带的物品,又和医生护士做了告别。医生护士有的认识花红,不认识的也听说过花红。因为花红的缘故,他们对老人也多几分关照。老人当然高兴,总在花红面前夸他们对老人关照细心。

夏朗办完出院手续回到病房,他们搀扶老人到电梯口。老人不用他们搀扶,说自己能走。他们跟在老人身后,老人在前面走,面带微笑,一脸幸福。夏朗开车驶出医院,感觉已经过午,他们都还没吃饭,便在一家餐馆门前停下。花红本想送老人回家后顺便给母亲买些吃的送回去。看夏朗把车停在餐馆门口,知道他要请老人在这里吃饭,易茹一个在诊所,也是脱不开身,她只好给肖泽宇打电话,托他给母亲和易茹买饭送去。前天肖泽宇在花红的诊所附近定下一处临街近三百平方米的铺面,用他父母的房产抵押贷款盘了下来,现在正在筹备着装修。花红从不主动找他帮忙,突然接到花红要他办事的电话,非常乐意地说我办事你放心。

老人很少与人一起吃饭,帅男靓女陪伴在侧,心情好,吃饭很香。吃了饭上车,老人感慨地说,我要有你们这样的孙子孙女就好了,唉,人老了没有孩子真是孤单。

花红安慰他说,孩子有好的时候也有气人的时候。

路过老人摔倒的地方,花红指着外面告诉他就是在这里摔倒的。老人说一点都不记得。花红问他那天晚上都十点多了,该睡觉了,还出去干嘛?他说经常到晚饭时候觉得不饿,不想吃东西,可是看看电视,该睡觉了又觉得饿了,就出去吃馄饨。说起馄饨,老人又兴奋起来,说那个馄饨摊子才开不久,听口音那个卖馄饨的年轻不像是新水本地人,可是他的馄饨好吃,晚上感觉饿了,就想去吃一碗。那天晚上可能就是想吃馄饨才那么晚出来的,哪知道就摔倒了呢,要不遇到你们两个,说不定就没我这老头子了。

花红说,爷爷有福,没事的。

夏朗说,您岁数大了,身边应该有人,咋不找个保姆呢?或者再找个伴也行。

老人哈哈笑着说,伴就不找了,年轻时就给我老伴保证过,一辈子就她一个。保姆可以考虑,以后看看再说吧。

老人的家离花红母女租住的房子不远,只隔一条马路。他们说着话就进了老人住的小区。小区也有些年数了,但是物业不错,很干净。他们扶老人上楼,老人住在三楼,是两居室。进了老人家里,花红赶快打开窗户通风。房子还算宽敞,可是老人的衣服鞋子放得到处都是,显得很乱,看起来还不错的家具上覆盖了厚厚的灰尘。花红把零乱的东西归整一下,马上感觉宽敞好多。外面太阳还好,花红又把老人的被子拿阳台上晒。

夏朗看着花红收拾房间,感觉女人味十足,愈发喜欢。他想今天就告诉她他爱她,不管她现在正和谁谈恋爱他都要追她。

花红和夏朗把老人家整理出一些眉目。花红惦着诊所的事,怕人多易茹忙不过来,便与老人告辞,说她抽空再来看他,让他自己照顾好自己,有事给她打电话。

夏朗和花红一起告别了老人。到楼下,夏朗说送花红去诊所。花红说没几步路,不用他送。他说,请你搭我的便车,我又不拐卖你。

他这样说,花红又左右不是,不好意思地说我又不远,咱两个未必顺路,真的不用劳你大驾。

夏朗打开车门,做出请的姿势说,我踩下油门就到你诊所,说不定诊所里好多人正等你治病。

花红只好上车。出了小区大门,夏朗说,我爱上一个人,不能自拔。

花红在老人家里就感觉到他异样的眼神,又出言如此,感到麻烦真的来了,真后悔上他的车,给他表白的机会。可想想,与其耗着,还不如早点说开了好。她不出言,等他明说。夏朗说,我爱这个人叫花红。

花红说,别开玩笑,花红不接受。

夏朗说,接受不接有受是她的事,追求是我的事,追不上算我没能力,追得上算我有福气。

花红说,夏朗,真的别这样,我有男朋友,他对我很好,他的父母和我母亲都同意我们谈恋爱。

夏朗说,只要你未婚,我就有权力追求我的爱情。

花红连忙摆着手说,别,别,我的男朋友叫肖泽宇,我们很相爱。

她和肖泽宇处得很好,肖泽宇关心她,爱护她,他常说的话的就是要她一辈子幸福。他从小喜欢运动,就想开一个属于自己的健身房。他说以前想开健身房,就是喜欢,就是想玩儿,现在想开健身房,就是想在玩儿的同时挣些钱,养家糊口,而他的家也必须是花红的家。

夏朗的车在诊所门前停下。花红下车前严肃地告诉他,别浪费时间,她只爱肖泽宇。

夏朗说,有个词叫移情别恋。

花红说,我感情专一,只爱肖泽宇。

说完头也不回地向诊所走去。肖泽宇和花红母亲闲聊几次,觉得花红从小到大吃了太多苦,许多女孩在她这年龄还在父母的呵护下打扮得花枝招展,吃喝玩乐,而她辛辛苦苦地自己开诊所。他要挣更多的钱,让她过轻松的日子。他大学学的是体育专业。毕业时本来有机会到中学当体育老师,可他上大学时就看好健身事业,梦想有一天自己开个一定规模的健身房。毕业后先去企业当保安,是想更多地增加一些阅历,了解社会。恋爱让男人成熟,肖泽宇觉得创业再不能仅仅是个梦想了,他要尽快把梦想变成现实,让他爱的人和爱他的人过上幸福生活,为他自豪。

花红感觉肖泽宇和她说得越来越多的话就爱她一辈子,让她和她的母亲幸福。肖泽宇是个负责任的男孩,她第一次谈恋爱就遇上爱她、疼她对她负责的男孩,她感觉满足和幸福。他的父母也关心她,他母亲做了好吃的便让肖泽宇给她和她的母亲送来。她不能想象移情别恋会在她身上发生。

夏朗到花红诊所去得越加频繁。常常是夏朗前脚到,由由后脚到。由由来了,夏朗不说一句话。他们都去的时候,花红不好说什么。只要逮着机会花红就劝夏朗不要这样白费工夫,她不会和肖泽宇分手。

这天,又是夏朗刚到,由由就跟来了。夏朗生气地转身离去。由由也跟着离去。两人在外面说着说着吵起来。由由说,不就一个按摩女吗,有什么好的?

夏朗说,我就喜欢按摩女,我就非按摩女不娶了。

由由一气之下跑回诊所抓住推车上的玻璃罐狠狠地砸在地上。随着一阵巨响,地上洒满了玻璃碴子。花红、易茹和两个病人都愣住了。花红很快反应过来,她生气地指责由由说,不许你在这里撒泼!

正在这时,夏朗追进来,一手扭着由由的胳膊把她甩出门外。由由一转身又冲进诊所,指着花红骂,你不要脸的按摩女,抢我的男人,我不饶你,饶不了你!

花红气得火冒三丈,上前劈手给了她两个耳光。由由正要还手,夏朗又一把将她拉出门外。

夏朗把由由拉上车,开车离去。花红收拾着地上的玻璃碴,眼泪哗哗流淌。

12. 富二代的爱情

由由砸火罐的事,花红一直没有告诉肖泽宇。

过了几天,夏朗带着一箱玻璃火罐来到花红的诊所。花红和易茹都正忙着,没人和他说话,他坐几分钟便走了。晚上花红接到夏朗的短信:我和由由从没谈过恋爱,我爱的是你,由由因我的原因大闹诊所,让你受委屈了。我已和她说清楚,如果再这样,我就对她不客气。

花红看了他的短信,不予理睬,当即删除。第二天,他又请求花红加他微信。花红还是不予理睬。他又发短信,你是冬天里的一抹阳光,温暖着我。

花红看后无奈地笑了一笑,随即删除。连续三天,每天下午花红都收到他类似这样的短信。花红的态度只有一个,不理,删除。夏朗发几天短信,得不到花红丝毫反应。他想单独见她一次。他的时间是每天晚上在酒吧演出,上午睡觉,下午才能自由活动。他下午去诊所,花红她们正忙着,没有机会向她表白。他约花红去看老人,花红知道他的心思,一口拒绝说没时间。过两天,老人给花红打电话,让花红去一下,想和她说说话。花红趁中午抽空去老人家里,进门就看到夏朗在那里。花红想到是夏朗让老人打的电话,有些恼怒。她当着老人的面告诉夏朗自己对他从来没有产生过爱情,她爱的是肖泽宇。

老人听出花红有男朋友,哈哈笑着说,今天这事也怪我,我看夏朗对你有意思,我想这是好事啊,就打电话让你来,想着给你们撮合成了,花红有男朋友也是好事啊,你们不谈恋爱就做兄妹也成啊,看你们多有缘分,我在路上摔倒了,你们就认识了,如果我没摔倒,你们擦肩而过也互相不认识啊。爱情不在友情在,你们以后就做好兄妹,互相关心互相帮助。

夏朗这段时间做梦都是想着和花红谈恋爱,他哪里听得老人这番话。

他说，就像贺爷爷说的，我们多有缘分，那天晚上不仅是贺爷爷摔倒我们正好路过碰面，平时我都上班到凌晨两点才下班，那天正好有一哥们儿要练练手，我才提前撤了，这就是缘分啊，这就是我们要谈恋爱的缘分，我就要做你的恋人，我一定要你爱上我。

花红听他还说这样的混话，便说，贺爷爷，您要没事我先走了，我那里还忙着呢。

老人说，好，你忙去吧，我做他的工作。

那天由由大闹诊所被夏朗拽到车上，在很远的郊外停下。由由不明白他什么意思，还以为他被她的爱情感动了，带她兜风消气。哪知他转身对她说，我不爱你，永远都不爱你，如果你再跟踪我，打扰花红的生活，我对你绝不客气，请你下车。

由由狠狠地瞪他一眼，打开车门跳下去，随后车门哐啷一声被重重地关上。

由由在新水这个中小城市算得上是富二代了。她的父亲靠卖水果起家，后来转战房地产生意，开发过几处不大不小的楼盘。赚得几桶银子便抵不住花花世界的诱惑。吃喝嫖赌包养女人，具备暴发户所有的爱好。由由母亲当初跟着丈夫跑江湖，跑着跑着几乎把丈夫给跑丢了，抓不住丈夫便抓住银子和孩子。她把希望寄托在孩子身上，不顾女儿有无兴趣，一气给她报了钢琴班，舞蹈班，美术班，奥数班，英语班。她把丈夫的暴发户行为归结为自己文化知识浅薄管不住他造成的。她要女儿多学知识，多学文化，将来管住男人。可是，女儿并不如她所愿。她不爱学习只爱玩，爱漂亮的衣服。在她能够接触到的各类知识中，对音乐还算爱好，可不爱弹琴，只爱唱歌。女儿喜欢唱歌，母亲赶快花高价找老师，没练习几次，又嫌枯燥，死活不再去了。而她的暴发户丈夫给女儿灌输的思想总是想学就学点，不想学家业留给她够吃一辈子。女儿读到高中，不知动了哪根神经，突然喜欢贝斯。从此学习贝斯成为她的主业，上学反成了可去可不去随性而为的事情。对于这样家庭的孩子来说，有所爱好，并且能坚持学下去也算不错。她能成为乐队的贝司手，说明她练习还是认真的。

由由个子高挑，衣着前卫，背着贝斯站在表演台上给人酷酷的感觉。不少男孩为博得她的芳心天天泡酒吧，献玫瑰。可她就喜欢乐队的爵士鼓手夏朗。夏朗对她无动于衷。即使她具备引以为傲的白富美，夏朗仍然无动于衷。

面对夏朗的无动于衷，她有耐心。夏朗每天晚上必须和她同台演出。在她眼里他是萌达达帅呆呆的，她发誓绝不让他逃出她的手心。恋爱的人都是敏感的，有一天她突然感觉他不对劲，他的眼睛不对劲，他的一举一动都不对劲。眼睛里有种充斥爱情的光芒，举动里有种爱情的轻灵。这爱情的流露不是对她，是谁让他神思迷离，为爱所动？她决定跟踪他。

他们这类人，作息时间一致，都是上午睡觉，下午出没。他们同为一个乐队成员，她去过夏朗家里，知道他住在哪里。她把车停在夏朗家附近，自己潜伏在他家小区外的超市里。她不能开车，她的越野吉普太惹眼，不能让他知道她跟踪他。发现他开车出来就拦出租在后面追。前两次追着追着就消失了，有一次终于追上他，知道他去了“和睦”推拿针灸诊所。她根本就不相信他会去针灸按摩，在门口来来去去过一趟，发现里边有两位美女。观察几次，怀疑对象便锁定了花红。

为了花红，夏朗把她拉到郊外，弃之不顾，够狠。由由看着他加足马力，绝尘而去。她泪眼婆娑，伤心欲绝。她在路边站一会儿拦了出租车。她的车还在夏朗家附近。她把夏朗对她的恶气都归结到花红身上。如果没有花红的出现，夏朗不会对她如此绝情，如果没有花红，夏朗早晚会成为她的男友。她对夏朗恨不起来，对花红恨之入骨。

我想要的就该是我的，这是由由的道理。她从小生活在物质生活优裕之家，要风得风，要雨得雨，便认为爱情就像一件华贵的衣装，喜欢就该得手，她爱谁就该得到谁。她不相信打不败花红。她费了好大周折打听到花红是有男朋友的。他叫肖泽宇。

肖泽宇正在忙着装修健身房。装修工地来了一位时尚女孩。她脚步轻快地来到他面前。肖泽宇疑惑地问她来这干嘛，找谁？

她说，我找你，就你，肖泽宇。

肖泽宇说，我不认识你。

她说，我也不认识你，但我知道你，你叫肖泽宇，你的女朋友叫花红，她是搞按摩的，还顺带搞人家男朋友。

肖泽宇火冒三丈，抬手就想给她耳光。由由看势不好，疾速躲闪。边躲边说，是爷们儿就管好自己的女朋友，动粗算什么出息，花红勾引我男朋友夏朗，我和你一样都是受害者。

由由边说边退，说完转身离去。

肖泽宇不相信花红勾引夏朗，但是夏朗看花红的眼神他亲眼目睹，连他的女朋友都知道了，可见已经相当严重，坚信夏朗对花红图谋不轨。他一个堂堂男子汉，女朋友都让别人觊觎，是可忍孰不可忍！

第二天晚上，肖泽宇来到酒吧，他要找夏朗理论。她去的时候乐队的人还没到齐。他要一杯纯麦威士忌，在靠门口的地方坐下。他的威士忌喝到一半，夏朗走进酒吧。夏朗也看到了他。夏朗和他一面之交，只觉得此人面熟，没有马上和花红联系起来。碰到熟人，他下意识地和他点头打招呼。肖泽宇脸色难看，上前推着夏朗向外面走。乐队的几个人看同伴被人推出门外，都跟出来看究竟。

夏朗被推到外面，突然想起在花红的诊所见过此人，马上想到花红的男朋友找上门了。夏朗说，别拽，伙计，有话好好说。

肖泽宇说，我拽你小意思，你再骚扰我女朋友我揍扁你。

夏朗挣脱了说，你女朋友又不是你老婆，只要她还没结婚我就有权利追求。

肖泽宇说，她早晚是我老婆，你没权利追她，你骚扰她我就揍你。

夏朗说，她是谁老婆还不定呢，我爱她就有权利追她，跟你没关系，她选择谁是她的权利。

肖泽宇说，我们正谈恋爱，你必须离她远点。

夏朗说，只要她没跟你结婚，我追她跟你没关系，我就要追她。

肖泽宇急火攻心，再也不能忍耐，上前一步，抓住夏朗的衣领把他甩出好远。乐队的人一看他动手，都喊着上前保护夏朗。肖泽宇不顾他们人多势众，又上前一步拽住夏朗的衣服，几个人怕夏朗吃亏，在他们之间拉来拉去。肖泽宇到底是体育专业，手疾眼快，瞅着机会在夏朗腿上猛踹几脚。在闹哄哄的场面中，只听夏朗啊了一声，而后应声倒下。

几个人看夏朗抱腿坐在地上，疼得龇牙咧嘴，便把他架到车上送往医院。

13. 本　色

夏朗被打骨折住院。乐队的队友们去医院看望夏朗。他们都说这家伙下手太狠,我们要么好好修理他一次,要么就报警。夏朗说为爱情决斗是男人本色。他们都知道由由正在拼命追求夏朗。听夏朗这话,都把目光转向由由。由由感觉到大家看她,便说,都看我干嘛,他要为爱情决斗跟我有什么关系?

她这样说,大家都嘿嘿一笑。夏朗受伤,由由深感羞愧。如果不是她去找肖泽宇,肖泽宇就不会找上门把他的骨头打折,也就没有他傻呵呵地要为爱情决斗的歪理。她和大伙一起去看望他之后,陷入深深的自责。她听说骨头汤有助于长骨头,第二天便到超市买了一大块排骨。回家让她母亲给炖了。她送排骨汤的时候,夏朗正闭着眼睛躺在床上听音乐。她到他床前,也不和他打招呼,把汤盛在碗里才推了推他。夏朗懒懒地睁开眼睛,一看是她,又闭了眼。由由看出他烦自己,可还是忍着,拿出小勺蹭上前去喂他。夏朗闭着眼睛竟一勺一勺地喝了半碗。再喂,他不说话,也不开口。由由便收拾了汤碗,在他脸上亲了一下,走了。

夏朗能喝下去半碗她喂的排骨汤,在他不备的情况下被她亲了一下脸也没什么表示,是因为他懒得理她,想让她感觉没趣自行消失。可由由完全不这样认为,她觉得夏朗在追求爱情的路上不仅身体受伤,心灵也受了伤,转而需要她的安慰。也许从此就接受她爱他了。她对她的爱情充满憧憬。她还需要为爱情再做一步努力。

在回来的路上,她顺便绕到了花红的诊所。花红和易茹正忙着,她走到花红身边,说有话告诉她,要她跟她到外面说。花红让她到外面稍等。花红给针灸的病人扎上针,走出诊所。由由说,你男朋友去酒吧打夏朗,夏朗骨折了。

花红吃惊地问,什么时候?

由由说,什么时候不重要,重要的是你有男朋友,还勾引别的男人,你男朋友把人家打骨折了。

花红不再理她,转身回到诊所。针灸的病人还不到取针时候,她赶快到卫生给肖泽宇打电话。问他是不是去找夏朗了。肖泽宇说,我不仅找他,还揍他了,他再敢骚扰你,看我不打断他的腿。

花红生气地说,我的事要你掺和?你把人家打伤了,打骨折了,你这样野蛮能解决什么问题?

肖泽宇也生气地说,是我野蛮还是你心疼他了?

花红知道不是和他讲道理的时候,便挂断了电话。两个男人打架是她引起的,如果肖泽宇不管,她就主动赔偿医疗费。不知道夏朗住在哪家医院,伤有多重。这样想着就打了夏朗的手机。刚响两下,夏朗就接了。夏朗惊喜地说,花红,你给我打电话,我终于等到你给我打电话了。

这是花红第一次打他的手机。花红说,你伤得重不重,在哪个医院?我去看你。

夏朗说,没事,我一大男人受点伤算不了什么,不是有个古人说,天将降大任于斯人也,必先苦其心志、劳其筋骨吗,我筋骨受伤,必成美事一桩。

花红不想听他涮嘴皮子,便说,我还忙着,你告诉我在哪个医院,我去看你。

夏朗告诉花红他所在的医院,让她忙她的,不用去看他。

花红打算当天晚上早点关门去看夏朗。可那天晚上来诊所的人接连不断,都是看起来病情严重,疼得不得了,花红不忍心让人白跑一趟,只好一个一个地治。治着治着就很晚了,只好改变主意,第二天再去看他。第二天中午,花红回去给母亲送了饭,直接去医院看望夏朗。

夏朗躺着,腿打了石膏,直直地放在床上。他看到花红,欣喜之情难以言表。花红坐在床边的凳子上。夏朗嘿嘿地笑。花红问他还疼不疼。他笑着说不疼,养几天就好了。

花红说,骨折可不是几天的事,至少休息三个月。

夏朗说,正好可以休息一段,有时候生病也是好事。

花红说,你们都别闹了,大家都好好的生活不好吗?

夏朗说,肖泽宇几脚把我的腿踹折了,不过我的脑子更清醒了,我更明白自己需要什么了。

花红问，你需要什么？

夏朗又嘿嘿笑着说，爱你，必须爱你。

花红说，都这样了还满口胡言乱语。

夏朗认真地说，不是胡言乱语，这辈子必须爱你、娶你。

花红说，我不值得你们这样。

夏朗说，你美丽，善良又大方，是我此生最值得爱的人。

花红说，肖泽宇打人不对，我代表他来看望你，向你道歉，这钱你先用着。

花红掏出一个纸袋放在床头柜上。夏朗说，你咋放的还咋拿去，我为爱情给人决斗，打伤了活该，我拿你的钱治伤，这不恶心我吗，我要花了这钱，就没脸面活在世上。

花红说，每人都有各自的生活轨迹，不要意气用事，珍惜相遇的缘分。

夏朗见花红没拿钱的意思，指着她说，这钱你必须拿走，现在就装起来。

花红说，包工养伤，天经地义。

夏朗说，爱情决斗就是以胜负取决爱情。

花红说，为爱情决斗是远古时期的野蛮行为，人类已经发展到文明时代，爱情的基础是两情相悦，女性绝不会因为男人决斗的胜负去爱一个人。

他们正在聊着，由由提着饭盒来了。由由看到花红坐在床边，妒意大发。她没有和花红打招呼，也没有和夏朗打招呼，自顾自地拿出夏朗的碗，从饭盒里倒出一些汤，端到床边。完全是一副女主人的派头。花红看自己挡了由由，便起身说，你吃饭吧，我该走了。

夏朗说，我不吃饭，我吃过饭了，你来时我妈刚照顾我吃了饭。

由由说，你必须喝骨头汤，大夫都说了，骨头汤补充营养，有助于伤口愈合。

夏朗说，我说了我不喝，你不用给我送骨头汤，如果需要，我妈会给我做。

由由说，我都送来了，你就喝了吧。

花红也跟着劝说，你就喝了吧，我走了。

花红提着包离去。夏朗扭头朝里，不看由由。由由说，不就一个按摩女吗，人家都有男朋友了，你何必呢，人没追到，腿也折了。

本来因为她来，花红离去，夏朗心中悻悻的不好发作，她这样说使夏朗火气上蹿，生气地说，我告诉你，你不要再来看我，我不要你来看我，我不要喝骨头汤。

由由听着夏朗无情的话,感觉一阵心寒。她一个富家女孩,哪受过这样委屈。因为爱他,在他面前低三下四,不止低到尘埃里,要低到马桶之下了。她不知道自己哪一点比不了花红,又想起夏朗把扔到郊外的情景,更是气急败坏,抓住床台柜上的骨头汤摔在地上。

嘴里嘟囔着你不喝,姑奶奶还不伺候了,腾腾地离开病房。她在病房里撒野,同住室的病友都震惊地看他们,夏朗感到不好意思,也不好向大家解释什么。听着远去脚步声,心中只能发出一声叹息。

对面床上的陪护拿扫把和拖把收拾地上的烂碗和骨头汤,夏朗不安地向病友们道歉。

14. 爱情难题

夏朗的父母都是企业下岗工人。初下岗时,夫妻俩迷茫徘徊许久,简直没有了生活下去的信心。他们买了一辆三轮摩托。夏朗母亲在家做饭,接送夏朗上学,父亲骑着三轮摩托到处跑着拉人拉货,勉强维持一家三口的生活。

夏朗从小就有音乐天赋,被市少年宫选拔参加少年合唱团。老师几次家访时要他们为夏朗的将来考虑,让他参加音乐辅导班。夏朗母亲私下打听打听,辅导班的学费贵得让她张口结舌。两口子都觉得自己当年不求上进,沦为下岗工人,没有技术没有文化,只能靠苦力糊口,孩子是他们美好未来的唯一希望,不能再把孩子耽误了。

可是,他们没有钱,培养孩子是要本钱的。他们便商量着做点什么生意。他们决定夫妻俩一起考察项目。吃过早饭,夏朗妈送他上学后,便在热闹的大街上转,几乎逢店必进,进了店铺便问东问西,有时打听得人家不耐烦,有时问得人家用狐疑的眼光看她。夏朗爸骑着三轮摩托给人拉货打听货物的市场行情,拉了人主动给人聊天打听人家干啥的,希望得到一些市场信息。

调查一个星期,两人决定开杂货铺。他们觉得开杂货铺占用资金相对少,才开张时资金不足可以少卖几样货品,有些货品甚至还可以先赊着,卖出去再付款。他们在一条偏僻的小巷口租下一间小门面,摆了一些扫把、拖把、锅碗瓢盆、油盐酱醋之类的十来种货品开张了。小巷偏僻,但是小巷里居民并不少,每天竟然比夏朗爸跑三轮摩托拉人拉货收益多。

没过多久,他们家买了钢琴,把小夏朗送进钢琴班。一年后,他们的杂货铺开到了店铺集中的大街上。又过几年,他们开了小超市,小超市开了不到五年,不断扩大,又衍生出三家连锁小超市。

夏朗父母的生意越做越大,夏朗学习钢琴从新水到省城,甚至投师到江南音乐学院教授名下。夏朗和许多具备音乐天赋的孩子一样,好奇心强,追求新颖,什么乐器都想试试,他主攻钢琴,还背着父母偷偷学过长笛、萨克斯、爵士鼓。他上大学的专业是钢琴,可在大学里迷上了爵士鼓。后来就成了爵士鼓手。

夏朗的父母最初做生意是为了供养孩子学音乐。没想到生意做大了,主意也改变了。夏朗上了大学,他们很高兴,是家庭荣耀,但是看到音乐专业毕业生就业困难,便不再指望儿子靠音乐安身立命。在他们看来,夏朗还小,还可以随性玩几年,但最终会成为超市的老板。

夏朗从来不关心父母的生意,好像他们挣钱多少与他没有关系。毕业前看大部分同学跑来跑去找不到工作愁眉苦脸,一些父母有关系有门路的就业容易,还都与音乐不沾边。他自己父母靠辛苦开店养家糊口,钱也没有多到能打通各路关系,他拼不了爹妈,干脆不慌不忙,一如既往。告别了学校和同学回到新水的家,马上就和一帮子喜欢音乐的同好走到一起,组建了乐队。

他和由由并不认识。由由加入乐队,是键盘手带来的。当初他还以为由由和键盘手是一对恋人,后来才知道他们只是一般朋友。感觉到由由想追他时就退避三舍,他不喜欢由由这种类型的女孩。他在学校谈过一个女朋友,和许多校园恋情一样不过是一场如露水一样一吹就散的风花雪月。恋爱让人成长、成熟,这场短暂的恋爱使他知道自己需要什么样的女性,知道他心中的女神是何种类型。

那天晚上,昏黄的路灯下他看到老者倒下,一个妙龄少女快步向前,毫不犹豫地蹲下拉起老人的手。那一瞬间,在他脑子里划过了天使一词。而那一瞬间的情景犹如电影的经典画面深深定格在他的印象中。后来他以治颈椎病为由一次又一次到花红的诊所,看到花红对待病人的态度,感觉她的一举一动、一言一语都像是刻度过的美丽。在他眼里,花红就是天使,是上天派来吸引他、安抚他的天使。

花红说得对,爱情的基础是两情相悦,女性绝不会因为男人决斗的胜负去爱一个人。可是,她已经心有所属,他怎么做才能和她两情相悦呢?还有由由夹在中间。他在平静的时候,也觉得对由由过分了。可是,这个女孩自以为是,骄纵跋扈,认为她想要的就得是她的。他真的也不知道该怎样对付她。但是,他不喜欢她,绝不和她谈恋爱。

夏朗父母管着几个超市，真够操心的，他们没有时间全天在医院照顾儿子，每天只在吃饭的时候才来给他送饭。有时夏朗爸来，有时夏朗妈来。他们儿子为一个女孩子被人打骨折后，非常生气，感觉儿子很不争气。儿子又不让人家赔偿医疗费什么的，觉得这孩子这么多年书都白读了，不靠谱。下午，夏朗母亲来医院看儿子，又听说两个姑娘闹到病房，感觉更是乱麻一团。她就不理解儿子怎么就不能跟大多数人一样，朗朗利利地谈个女朋友。她好不容易问清楚和他有纠葛的两个女孩的情况，感觉两个女孩对儿子都不合适。花红好是好，可她已经是人家的女朋友，由由出身富家，她从没想过娶个富家女做儿媳。她劝儿子安心养伤，等待更适合他的女孩出现。

夏朗在父母面前向来乖顺，但这件事，他让母亲别为他操心。

15. 红粉佳人

缘缘酒吧在新水是一流的酒吧。夏朗他们每晚在那里演出。夏朗的腿骨折后他让一哥们儿暂时替他打鼓。平常说伤筋断骨一百天,可夏朗没休息一百天就去酒吧工作了。

由由自那天在病房摔了碗后没有再去看望过夏朗。几个月不见,她对夏朗的爱慕之情似乎淡下来。夏朗上班的第一天,几个队友都向他问长问短,由由和他既不疏远也不亲近,看起来和正常的同事没什么两样。夏朗见了她虽然心情复杂,面子上却平静平淡。已经两个多月不联系,他以为过去已经成为过去,他们的相处将进入一个新的状态,彼此敬而远之。

开始几天如他所愿,可不到一星期,他似乎又感觉了由由火辣辣的眼神。他小心地躲避着,绝不和她多说一句,更不和她对视。

有天晚上,乐队演出间隙,有个年轻人请由由喝酒。在酒吧里这样事情很普遍。差不多每个晚上都有人请乐队的队员喝酒,可能由由被请的机会最多。由由爽快地接受,跟他走到吧台。由由跟客人去吧台喝酒,队友都看到了,夏朗当然也看到了。一张吧台坐了三个人,年龄都是二十多岁的样子。因为他们请过由由喝酒,第二天晚上,他们再来时,大家就对他们有了印象。一连多天,他们几乎每晚都要到酒吧里消磨时间。在演出间隙给由由献花,再请她喝酒。夏朗看他们在一起挺热乎的,以为她和他们很熟悉,心想她和他们其中的一位谈上恋爱也说不定,那样更好。

哪知他刚这样想,由由就又向他表白了。那晚演出结束,由由蹭着和他一起走出酒吧,跟着他走到他的车前。夏朗不知道他什么意思,向她挥挥手想上车一走了事。可由由说,夏朗,我真的很爱你,请你接受我吧,你喜欢花红那样的,我就学成花红那样的。

夏朗哭笑不得,各有各的个性,哪是你想学谁就学成的。他说,你东施效颦啊。

由由听夏朗这话也哭笑不得了。她不过是希望做出他喜欢的样子,怎么就是东施效颦了呢?她说,你别挖苦我,我就是喜欢你,想想你对我的冷漠,我真的不想喜欢你,不想再爱你,可是我做不到,我看到你还是感觉你可爱。

夏朗说,你不要煞费苦心了,我不爱你,请你自便。

夏朗说完转身上车。由由后退一步,看着他的车消失在夜幕里。

由由在酒吧里常常收到鲜花,也常常有人请她喝酒。她在那样的场合不拘束也不放荡,给人感觉是个挺大方的女孩。有人献花就收下,有人请喝酒就去喝。收了花,喝了酒也从不问人家姓甚名谁,不问通讯号码,也从不把自己的联系方式告诉酒吧的客人。

那几位每天向她献花请她喝酒的人,听口音像四川人。三个人的身高可用高中低来形容。每次都是低个子上台向她献花,请她下来和他们一起喝酒。她向夏朗再次表白爱情的第二天晚上,几个男人又请她喝酒。他们每次都请她喝蓝色的玛格丽特鸡尾酒。前一天晚上夏朗对她的不友好还噎在胸口,有些麻木的疼痛。他们又为她献上海洋一般的玛格丽特,她握在手中,看起来优雅迷人。可她说,你们为什么总让我喝这个东西,我要和你们一样喝啤酒。

大个子说,给她啤酒。

小个子便给她奉上啤酒。一杯啤酒喝下,又说啤酒不够劲,要威士忌。低个子马上又奉上威士忌。一杯威士喝下一半,她自己又换了玛格丽特。她浅浅地呷了一口问小个子,你们为什么老让我喝这个?

低个子说,是大哥安排的,玛格丽特象征爱情。

她这才看一眼一直坐着不动也很少说话的大个子。大个子看起来很腼腆,每晚小个子请来由由,他都只向她抿嘴一笑,点一下头而已。由由以为向她献花,请她喝酒都只是小个子的主意。由由其实不胜酒力,啤酒和威士忌混合进到胃里,已经让她醉意朦胧。她又呷一口玛格丽特说,玛格丽特代表悲悲切切的爱情,I don't want it,我要红粉佳人。

不高不低的中个子说,她喝多了。

由由说,谁说我喝多了,No,No,我要红粉佳人。

大个子向小个子使下眼色,小个子立即为她要来红粉佳人。由由看着面前的红粉佳人嘿嘿笑着说,好漂亮,红粉佳人,这才是你们的最爱。

几个男人都被她逗笑了。大个说,是的,我们都爱红粉佳人。我现在正式向你介绍,我们是桃园三兄弟,我们按个子排大小,我最高,老大,他,中不溜,老二,他,最低,老三。你是我们的红粉佳人。如果可以,今晚你演出完了,我们带你出去耍耍。

由由酒喝得有点高,可还没有放松警觉,忙问,耍什么?

老大说,耍什么都可以,吃宵夜,喝酒聊天都可以呀。

她从不跟客人到酒吧以外的任何地方去吃饭喝酒,即便是喝多了酒也保留着惯性的清醒。她拒绝的同时,突然闪出一念,何不利用他们报复一下花红,如果没有花红的出现,也许夏朗和她已经是如胶似漆的恋人了。这几个人看起来斯斯文文,不像是野蛮的屌丝,他们不是本地人,利用他教训一下花红再合适不过。有了这一闪念,她说,你们不是喜欢红粉佳人吗,我给你们介绍一位红粉佳人,不过我不当面介绍你们认识,要你们自己去找她。

几个男人露出好奇之色。她又说,她也算是我的好姐妹,我和她有点小摩擦,我请你们替我教训教训她,你们只需告诉她男人不是随便都可以招惹的,让她以后放自尊些即可,别的不用多说。

老大问,你要我们怎么教训她?

由由说,吓唬她一下吧,等你们完成任务,我请你们喝酒。

小个子说,你不引见,我们怎么找到她。

由由顺口便说出了花红的名字和她诊所的地址。

三个四川男人第二天没有去酒吧,第三天也没有去酒吧,又过一天,夏朗找到她,问她见过花红没有。她说,花红,花红怎么了,我,我没见花红。

16. 花红失踪

花红妈感觉已经很晚了,女儿还不回来。她按一下报时器,报出零点十二分。她再打女儿的手机还是无法接通。她已经打了好多次,都是无法接通。花红没有这样过,她如果有事,回家晚一会儿都要给妈打电话的。

花红妈只好给易茹打电话。当初花红给妈买了盲人手机,存了她自己的手机号码,又存了易茹的手机号码。她怕万一哪天自己的手机没电联系不上,有事时可以给易茹打电话。

花红从来没让妈找不到她,她妈也从来没打过易茹的手机。花红妈摸索着易茹的手机号说,这闺女干啥哩这么晚不回家,手机也打不通,非让我给易茹打一回电话哩。可是,易茹的手机已关机。花红像是沉进了无底深渊。她一个盲人,半夜三更的,到哪里去找花红?她出又出不去,别人的联系方式也没有。她后悔没有存上肖泽宇的手机号码。

花红一个闺女家,深更半夜不回家,又联系不上,她会到哪里去呢?她去哪里都会给她这个母亲说的,不说一声,人没影儿了,她和肖泽宇在哪里过夜?这个问题一出来就被自己否定了。跟着她长大的女儿她知道,她干什么事都不会不给她这个盲人母亲说。她从来没有让她这么着急过。这样想,她就怕了。越想越怕。

她坐在床上等,她觉得等了许久,听听报时器才过两分钟。她等不下去,便下床摸着穿了外套,拿了导盲棍开了门出去。她拉着棍,扶着楼梯的扶手一步一步摸到楼下,靠着一根棍竟然摸到大街上。街上很安静,听到她身边走过一个人她都要叫一声红。没有人理她,她蹲在路边,孤单无助。她听到有脚步声向她走近。她听得出不是花红的脚步,可她还是忍不住试探一下,叫一声红。脚步声到了面前,她感觉到一个高大的人站在面前。她等待那人和她说话。那人说,阿姨,这么晚了你蹲在路上干啥?

她说，我蹲着等人，你是干啥的？

那人说，我是巡逻的警察，你等啥人？

她说，警察？好人？我就想找警察，我闺女白天去上班到现在都没有回来，手机也无法接通。

警察问她闺女是干啥职业的，她都说了。花红妈的时间都是收音陪伴度过。她知道人丢了可以打110报警。她打不通易茹的手机后就想打110报警，可想想自己闺女又不是孩子，也许她真的在外边有事没来得及给她打电话呢，打了110，花红又回来了，就不好了，让警察都知道她闺女半夜还不回家，会影响花红的名声。她听到站在身边的人说他是警察，她想找人要紧，闺女真出问题，她一个瞎女人上哪找去？她说，同志，你帮我找找俺闺女吧，我算出来对了，碰到警察，就算我报警了。

那人说，我现在帮你打110，报警需要记录。

那人打通110，把手机给她，让她提供了详细情况。那人说，我送你回家吧，这三更半夜的在街上不安全，请你相信110会安排找人的，你回家等着，有消息公安部门会通知你的。

花红妈想着也是，自己在大街上也没用，不如回家等，她甚至想说不定她闺女已经回家了呢。这样一想，就迫不及待地想回家看看。

巡警送她回家。她一进门就喊花红的名字。可是，喊了几遍，只有她自己沧桑的声音回荡在空寂的黑夜。

报时器告诉她已经凌晨五点。她又打易茹的电话，还是关机。从五点到七点半之间，两个半小时，她不知打了多少次易茹的电话，拨打手机的次数比她几年打的都多。七点半，她终于打通了易茹的手机。花红一夜没回家，手机无法拨通。易茹很震惊。昨晚她们和平时一样关了门，向前走几步分手各回各家。

这段时间，肖泽宇的健身房装修正在收尾，他既要盯着装修的事，还要选择健身器材，招聘人员，忙得不可开交。他虽然每天还要进花红的诊所看一下，但总是来去匆匆，站三两分钟就离开。那天晚上她们送走最后一位病号是九点半。关门时花红说这段时间她感觉乱糟糟的，肖泽宇跑去和夏朗打一架，夏朗的腿骨折，让他去看他又不去，夏朗侠义心肠，他不报警，不追究。这都是因为自己惹的。她知道肖泽宇不对，可也不能太怪他。易茹问她那个叫由由的又惹事没有。花红说在医院见她一次，她们谁也没和谁说话，不过也没冲突。花红不知道她走后由由摔碗的事。

易茹安慰她说，以后就好了，夏朗的腿也好了，肖泽宇的健身房快开业了，经过这一折腾，他们应该不会再闹了。

花红无可奈何地笑着说，但愿吧，平平静静地过日子多好。

易茹安慰花红母亲让她别急，她给肖泽宇打电话问问，说不定花红和他在一起。易茹知道这只是一句安慰人的话。花红不可能和肖泽宇在一起。如果她和他在一起，她绝不会不打招呼一夜不归，让母亲着急一夜的。易茹隐隐地感到花红不妙。

肖泽宇这天打算去省城看健身器材。接到易茹电话的时候刚刚上了高速。他出发前打花红的手机，无法接通。他感到纳闷，她的手机怎么会无法接通呢？纳闷归纳闷，也没有多想。他想晚一会儿到路上再打。他和花红谈恋爱以后就养成习惯，每天早上第一个电话打给花红。昨晚十点多，他临睡前给花红发短信，让她做个好梦。花红没回短信，他也没多想。她知道他第二天去看健身器材，下午打电话时让他晚上早点休息，说今天就别见了。

易茹的电话让他心急如火。他突然想到昨晚她没回短信，平时她都会回他短信的。他恨自己粗心大意，恨得想撞墙。可是，有什么用？有什么用。当务之急是找人，找花红。他问报警没有。易茹说花红妈已经报警了。

接了易茹的电话，他立即在前边路口调转车头下了高速。昨晚一夜花红妈是怎么过的，他怎么就没想到把自己的手机号存到她的手机上。不到二十分钟，他就来到花红家里。易茹陪着花红母亲。花红妈让他给 110 打电话问情况，他说在路上就打了，各派出所都在排查，没有发现情况。花红妈说，我闺女招谁惹谁了，好好的不让她回家。

花红妈一句招谁惹谁的话提醒肖泽宇想起夏朗来了。可是他没有夏朗的手机号，不知道他家住哪里，只知道他晚上在缘缘酒吧演出。他只能去酒吧问。酒吧都是晚上营业，白天能不能找到人，也只能去试试了。他和花红妈打了招呼就开车去了酒吧。他把车停在酒吧门前。白天的酒吧像是卸了妆的舞女，繁华退去，一脸疲惫。肖汉宇在紧闭的大门上哐哐擂几拳，果真听到里边有动静，便又擂几拳。门开出一条缝，露出一张睡意蒙眬的年轻的脸。他不顾开门人的厌烦，急急地说，伙计请你帮忙找一下夏朗，我找他有急事。

开门人也不说什么，转身又进去。肖泽宇不知他什么意思，连忙跟了进去。晚上灯光旖旎的酒吧，躺了几个人，几个男人就躺在沙发上。那人在吧台里翻看一个本子。肖泽宇想到他在翻找夏朗的电话，三步两步跨进去，和他一起翻找。本子上记录着好多电话，字迹很小，好大一会儿，才找到夏朗的名字。肖泽宇对着本子，直接在手机上按下上边的号码，顾不上说一声谢谢像逃跑一样走出酒吧。在酒吧门口打通了夏朗的手机。

夏朗正在睡觉，听到手机响，迷迷糊糊拿了便接，一听是肖泽宇找他，便来了精神，对着手机说，你小子又找上门来，我告诉你，我绝不放弃追求花红，花红到底爱谁，咱都拭目以待。

肖泽宇听他这样说，更以为他控制了花红，便说，你小子把花红交出来，你再不交出花红，我让警察来找你，你小子吃不了兜着走。

夏朗从肖泽宇的话中猛醒过来，立即坐起来问，花红怎么了，花红失联了吗?

肖泽宇判定是他控制了花红还故意装迷糊，便说，你别给我装，赶快交出花红，不然我马上报警!

夏朗这次听清花红真出问题了，忙说，我没有控制花红，真的没有，花红失踪了，赶快报警。

夏朗挂了电话，麻利穿了衣服，开车去见肖泽宇。他和肖泽宇刚才通话时约好在酒吧门前见面。两个情敌见面，因为花红的失踪都忘掉了往日的嫉恨，失去了斗志。夏朗让肖泽宇再给花红妈联系一下问问有没有消息，肖泽宇一拍脑袋说，唉，竟然又忘了把手机号存她手机里。

他只好给易茹打电话问情况。易茹还在花红家，易茹说没有消息。肖泽宇让易茹告诉花红妈，他和夏朗开车分头去找了，有消息给他们联系。他这次还记着要了花红妈的手机号码。

肖泽宇和夏朗分手前把新水一分两半，他们一人负责寻找一半，免得乱撞，耽误时间。两个人分别开车转遍了半个新水，顾不上吃饭，渴了就喝车上存放的矿泉水，饿了就在路边随便买一个饼啃着。谁都希望遇到意外的惊喜找到花红。

天色暗下来，一天即将过去，辛苦和希望化作深深的失望和落寞。夏朗接到酒吧的电话，问他怎么不去上班。一心寻找花红，上班都被他忘到九霄云外。他只好编假话说他头疼得厉害，马上安排人去顶替。幸亏夏朗身边有一帮音乐发烧友，不然遇到这样的情况真不知道会怎么样。

时间不早了，肖泽宇一直没有联系他，不知道他那里情况如何，花红家里有没有消息。他安排了酒吧临时鼓手，便打肖泽宇的手机。肖泽宇还在到处踅摸，也是没有一点消息。他们约好去花红家里，看看花红母亲，再商量下一步如何找人。

夏朗没去过花红家，他第一次见花红母亲，没想到花红和她母亲长得几乎一模一样。易茹突然看到他们一前一后走进花红家，感到不可思议。可再想想，也觉得完全可以理解。女孩突然失踪，两个同时爱着女孩的男孩，只有忘掉恩怨，同心同德。

易茹说她已经发动了她的父母，她和花红的同学老师关注花红，帮助寻找花红，能发动的人都不断在微博微信上刷新和转发寻人启事，她还拿花红的照片打印了寻人启事，贴在火车站、汽车站、公交车站点。他们都辛苦一天，无功而返。他们坐在花红家狭小的房间里，心中说不出的惆怅和难过。可是在花红母亲面前，他们都忍着内心的煎熬，安慰她说，不会有事的，说不定很快就回来了。

大家都跑一天，早饭午饭都随便对付了，人的身体要紧，吃饱了身体好才能解决问题。肖泽宇在小区外买了一些晚餐，摆在餐桌上，招呼他们吃饭，都说不想吃。花红妈摸索着坐在餐桌旁说，都吃，一天都没好好吃饭了，今晚得好好吃一顿，人是铁，饭是钢，我闺女失踪了，如果没有你们几个跑着找，我一个瞎女人上哪找去，还得靠你们找花红呢，你们都饿出毛病了，咋找花红呢？

他们都说，阿姨，我们吃。肖泽宇拿了一块饼给她。她接过先咬了一口说，你们都吃，我听见你们吃饭我才放心。

肖泽宇、夏朗、易茹每人都勉强吃一些东西。花红妈咬一口饼，好半天还咽不下去。他们看在眼里，一阵辛酸。

第二天，他们还是分头去找。找遍新水市，仍然没有一点结果。他们询问110，110接线员说已经通报各派出所，没有情况反馈。易茹又复印了一千分寻人启事，能贴的地方都贴遍了。

第三天，他们仍然分头去找。夏朗接到贺爷爷的电话。贺爷爷说他在路上看到寻人启事。问夏朗知道不知道，夏朗说他这两天一直在找花红。贺爷爷说，这样找不是办法，如果碰到拐卖人口的坏人，很可能已经离开新水。

夏朗说，没有一点线索，该咋找呢？

贺爷爷想一会儿说，是啊，没有一点线索，在这世上找一个人，比大海捞针都难啊。

贺爷爷说，不耽误你的时间，你去找吧，我再想想。

17. 谁劫走了花红

馄饨摊主已经三天没见花红和易茹来买馄饨了。他很纳闷，也有些惦念她们。她们是他的老主顾，在和她们简短的聊天中，他知道两个女孩子开店给人按摩治病不容易，特别是那个叫花红的女孩，小小年纪就承受着生活的压力，独自养着盲人母亲真够难的。

在花红失踪的第四天上午，他去农贸市场购买做馄饨的肉菜等原料，在农贸市场出入口处看到张贴的寻人启事像是花红的照片。心中一惊，快步上前细看。果真是花红，算起来花红已经失踪三四天了，怪不得这几天不见她们去吃馄饨。

他赶快打易茹的手机。易茹说大家都在四处寻找，没有一点线索。听着易茹说话，他突然想起来有天晚上十来点的时候，在他摊上吃馄饨的两个中年妇女说在夜市前不远处两个男的硬把一个女孩架上一辆白色面包车，都以为是年轻人谈恋爱发生了矛盾。他仔细算一下日子，应该就是花红失踪那天。他问易茹是什么时候发现花红失踪的，易茹说，三天前的晚上我们两个关了诊所以后因为说话，走得很慢，到诊所前边岔路口就分开了，从此就不见人了。

这下完全对上了，花红从诊所回家必须经过小吃夜市，而那两个顾客看到劫人的地方正是花红要经过的地方，时间、地点都对。他问了花红家的住址，说马上过去和他们一起去找。

馄饨哥骑着三轮车往花红家赶。他觉得那天顾客看到被架上车的女孩就是花红，悔恨自己只顾卖馄饨，没有多个心眼，拦个出租车去追一追找一找，打 110，让警察在各路口拦截一下可疑的白色面包车。现在说什么都晚了，上哪里能找到花红？

他后悔莫及地来到花红家，进门后去掉了墨镜和口罩。易茹第一次看到他的真面目，两道剑眉之下一双充满智慧的眼睛，鼻梁坚挺，两唇微翘，面色微黑，给人以沉稳坚毅之感。

他对花红的母亲说，阿姨，我是卖馄饨的。花红易茹她们经常买我的馄饨，花红说您也喜欢吃我做的馄饨，我和她们虽然是主顾关系，可是我感觉她们都是好人。花红没回来那天，有顾客在我摊上吃馄饨，说有个女孩被架到一辆白色面包车上，他们说可能是年轻人谈恋爱发生了冲突，我也没在意，没想到花红不见了。我觉得今天这样的后果，我有责任，再说，花红是个好姑娘，我认识花红，就该为她尽一份力。从今天起，我不卖馄饨了，也去找花红，大家齐心协力，一定把她找回来。

花红母亲为了让肖泽宇、夏朗、易茹他们提着劲找人，多日忍着悲伤和惊恐，坚韧地面对着每一天。听着馄饨哥的话，像是找到了发泄的出口，更像遇到值得依赖的亲人，再也忍不住悲泣。

易茹劝她，别哭坏了身体。馄饨哥说，阿姨想哭就哭吧，哭出来会好受些。

易茹说，阿姨每天都劝我们几个多吃饭，可她自己一天咽不下几口饭，眼见着一天更比一天瘦下来。

馄饨哥看着形销骨立的花红母亲，想着她的苦命，想着花红不知道在哪里受罪，觉得她们的不幸都是自己的疏忽造成的，觉得自己简直就是罪魁祸首。他暗自决定停下卖馄饨的生意，哪怕是大海捞针也要找回花红。

花红妈渐渐停止哭泣。馄饨哥要用三轮车载她们去派出所提供那天晚上的线索。花红妈听说要去派出所，马上站起来向洗手间走去。馄饨哥以为她要解手，示意易茹扶她。易茹向他摆摆手，他领会了她的意思。易茹刚开始也是一看到花红妈要去哪里就赶紧搀扶，每次都被拒绝。她发现，花红妈在自己家里要干什么起身就去，跟明眼人一样，如果不知道，根本看不出她是盲人。

花红母亲进了卫生间，并没有关门，原来她是去洗脸。馄饨哥想，花红妈到这份上还记得洗了脸才出门，一个多么爱美和自尊的女人。花红妈洗了脸，馄饨哥和易茹搀她下楼。

派出所的值班民警记录了馄饨哥反映的情况。在值班民警的询问中花红妈和易茹知道馄饨哥的名字叫柳青。他是脉隆市人，在新水卖馄饨为生。柳青要求值班民警查看小吃夜市前方的电子录像。民警带他们查看了录像。查出了掳人的电子录像。他们仔细辨认，车是江淮车，被掳的少女正是花红。两个男性戴口罩和鸭舌帽，帽子压得很低。派出所民警和交警辨认出车号，正是本地车号。打电话给车管所，经查竟然无此车号，说明车牌照是假的。

通过路上电子录像查找面包车的希望破灭了。这点线索几乎成了无用线索，上哪里去找花红，有什么渠道可以找到花红，柳青陷入一片茫然。他们回到花红家里，肖泽宇和夏朗都还没回来。他问易茹他们什么时候回来。易茹说，晚上七八点以后，有时回来吃点东西还要再去火车站汽车站转一下。

他感觉这样找不太对路，可究竟怎么找他也没底，只好等他们回来再说。花红妈从派出所回到家里，看起来很疲惫，好像有些支撑不住的样子，柳青和易茹劝她到里边床上躺着休息一下。花红妈在他们的劝说下进卧室歪倒在床上。在派出所里，值班民警说全市公安系统都发了寻人通报，但是，没有找到线索，他们也无法出警。公安局都无法寻找，靠花红的几个朋友每天出去碰运气能不能找到，他们能坚持多久，如果女儿从此丢失，杳无音讯，她一个瞎女人活在世上还有什么意义？花红从小就没了爹，带着她这个瞎娘上学都不得安生，还没过上好日子就这样不明不白地消失了，不知道在哪里受苦，也不知道劫持她的人折磨她没有……

这几天心怀一线希望，勉强支撑着自己，以自己的坚强、坚韧鼓励肖泽宇、夏朗、易茹他们不放弃寻找。几天过去了，杳无音讯，他们还有没有信心继续去找。她想着这些，眼泪禁不住地流下来……

柳青和易茹在外边坐着。柳青让易茹想想花红得罪过什么人没有。易茹想想说，夏朗喜欢花红，由由喜欢夏朗，由由知道夏朗追求花红后到诊所闹过，但是她也不至于绑架……

她说不下去了，越想越感到可怕。馄饨哥感觉易茹提供的线索非常重要。夏朗和由由都在缘缘酒吧演出，酒吧是个各色人等混杂的地方，由由长期在那里浸染，身上难免江湖之气，她要找人修理报复一下花红，一方面完全可能，一方面她在那样的场所容易找到对她来说合适的人选。

不一会儿，易茹妈打电话问花红有没有消息，让她好好劝劝花红妈，让她想开点，别伤心过度毁了身体。花红出事以后，易茹天天泡在花红家里，跑前跑后尽了不少同学之谊，她的父母也是一天几个电话帮助出了不少主意。易茹妈说，我和你爸觉得还应该利用电视寻找，花红曾经是十大感动人物，就冲这点，媒体都会炒作，这样会影响更大一些。

易茹把母亲的想法告诉柳青。柳青觉得可行。他们便给电视台打电话,电视台果然对花红失踪事件深感兴趣,说马上到花红家采访。

不一会儿就有人敲门,柳青和易茹互相看看,都说电视台不会这么快吧。易茹开了门,门口站着一老人。易茹问他找谁,他问,这是花红家吗?

柳青向门口看一眼,感觉老人很熟悉,可想不起来在哪里见过。易茹让老人进屋。老人说,他有天晚上出去吃馄饨,摔倒在路边,多亏花红救他,才算又拣回老命。

听了老人的话,柳青知道他是馄饨摊上的主顾。花红妈听到外边老人说话,擦干眼泪走出来。她和老人打过招呼,让老人坐下。老人在一只板凳上坐下说,你养了好闺女啊,好人有好报,这闺女一定能回来,你也别太难过了。

花红妈说,老天有眼,让我闺女别受罪了,平平安安地回来吧。

不一会儿,又有人敲门,柳青和易茹说,这次应该是电视台的来了。开了门,果真是电视台的人扛着摄像机来了。他们一进来就对准房间拍起来,拍了一圈,镜头对准了花红妈。

记者问,花红是你闺女吗?

花红妈说,是我闺女。

记者问,花红什么时候失踪的?

花红妈说,十一月二十七日晚上,我永远都不会忘记那一天,那天早上我闺女去上班,那天给我送了晚饭就再没回来……

花红妈说着忍不住哭起来。

采访了花红妈,他们又采访了易茹、柳青和老人。他们都报了自己的名字、身份,柳青特别强调了那天晚上有人见到两个男人将一个少女掳进白色面包车的细节。

送走电视台的人,老人有些惊讶地看着柳青说,你就是那个馄饨哥啊,我经常去你摊上吃馄饨。就因为想吃馄饨差点丢了老命,要不是碰到花红这闺女不知道还有没有我这把老骨头。

柳青听说花红救过老人,被她的善良所打动。他说,好人有好报,就是大海捞针也得想办法找到她。

他们说着,肖泽宇和夏朗前后脚回到花红家,两人都是一脸劳累,一无所获。肖泽宇因为和花红是恋人关系,便自觉地把自己看成花红家的一分子,在这特殊时期管大伙吃饭是他应尽的义务,晚上回来时主动买回许多吃的。

大家静静地吃晚饭，都有一番别样的滋味在心头。肖泽宇第一次见到馄饨哥的真面目，他们去他摊上吃馄饨，他戴着眼镜口罩，花红和和易茹她们就说他又帅又酷，露出真面目的他果真又帅又酷，又不仅仅是帅和酷。他身上有一种让人信赖和可靠的东西。夏朗看到又增添了一位馄饨哥找花红，暗自滋生许多猜测。不过还是找人要紧，他们都希望尽快找到花红，此时不是争风吃醋的时候。

大家都吃得不多，对他们来说，吃饭更像是决心找到人的仪式。十来分钟，就都说吃饱了。易茹收拾了碗筷。肖泽宇说花红会不会已经离开新水，是不是应该扩大寻找范围。夏朗正想说什么，柳青打断了他，问他由由的情况。

夏朗吃惊地问，由由，由由不至于干出劫人的事吧？

柳青说，我们不妨观察观察，或者找她来过来问问。

夏朗想了一下说，好，我这就去酒吧看看。

18. 由由认错

夏朗已经几天没到酒吧了。这些天到处跑着找人本来就累，猛一进酒吧，感觉里边乱糟糟闹哄哄的。

乐队正在演出。他倒一杯水坐在吧台边上，不时地看一眼正在表演的伙计们，当然他主要观察的是由由。他感觉到由由早看到他，可她表现出没有看到他的样子。他开始并不觉得她会干出劫人的事，他同意来看看也只是想应付一下馄饨哥，可他坐着看一会儿她的表现，越看越觉得不对劲。具体怎么不对劲，他自己也说不上来。

等乐队停下来，他走到他们中间。几个队友都和他招呼，问他是不是要上班了，只有由由在旁边冷冷地坐着。他感觉她心事重重。

凌晨两点，演出结出。由由夹在队友中间走出酒吧。他跟在后面，由由正要上车时他叫住了她。如果在以往，由由听到他主动叫她，不知道高兴成什么样子。可这天晚上，她好像有意想躲开他，唯恐他找她麻烦。他叫她，她不得不停下来。

夏朗上前两步说，我怎么看你心事重重的，有什么事堵在心上，可以给我说说。

由由说，没啊，可能有些困吧，都这么晚了。

夏朗说，平时没见你困啊。

由由说，我今天困。

夏朗说，你知道我这些天都在干嘛吗？

由由说，我怎么知道？

夏朗说，我在找花红，花红被人劫持了。

由由做出奇怪的表情问，怎么可能，她都那么大人了。

夏朗看她神色慌乱，又向前迈进一步。他说，你最后一次见花红是什么时候?

由由说,在医院,你住院的时候。

由由说着就想转身离去。夏朗说,由由,花红和她母亲相依为命,她母亲是个盲人,她们生活很不容易,如果找不到花红,她母亲将来的生活都是问题。

由由说,你让我做什么事吧,我和你一起找,要不我去看看她妈吧。

夏朗想,不可能马上从她口里问出情况,明天带她去花红家看看也好,也许会触动她。如果是由由在花红身上捣的鬼,她大概不会对她有太残忍的举动。他虽然不喜欢由由,但他觉得由由还算得上是个善良的女孩。夏朗和她约好上午十点在酒吧门口见面,然后一起去看花红母亲。

夏朗回家已经是凌晨三点,洗都没洗就睡了。他定了早上八点的闹钟。闹钟一响,他就赶快摸到床头柜上的手机。他睡时就计划等天亮给馄饨哥打电话,告诉他由由上午去看花红母亲,让他在那等着。可手机拿到手里,突然想起没有他的手机号,他只好打电话让肖泽宇告诉他。肖泽宇接了电话说他们已经都来到花红家,他们等着。

由由回到家,翻来覆去不能入睡。那天晚上她因为再次遭到夏朗拒绝而心灰意冷。三个外地男人再次请她喝酒时,她带着被损害的伤痛,想放肆,想愉悦,想醉倒,想报复,想刁难。人家请她喝玛格丽特她要红粉佳人,喝了啤酒要威士忌,她借着几个男人对她的好感,想胡闹,想装疯卖傻,以此麻醉伤痛和失意。酒喝多了,伤痛和失意似乎并没有减弱,反而有种咬牙切齿的痛恨。醉眼蒙眬中,她的痛恨被酒精燃烧,花红仿佛是她杯中的魔影妖孽,不下法力驱除,难解心头之恨。那一刻,她觉得自己是清醒的,她的头脑越清醒,她的恼恨越深刻。她不仅在陌生男人面前装疯卖傻地胡闹,还要让几个喜欢她的男人为她解除心头之恨。她感觉出那个高个男人,三个男人中的老大,看她的目光中闪烁着迷离和多情。他们要带她出去耍,她就让他们帮她修理情敌。她当时以为自己有多聪明,利用外地人修理、报复花红,让她陷进泥潭掉进井里都不知道自己为什么失足。

第二天,她一觉醒来想起头晚上的事就后悔起来。她这是干嘛呢,利用几个男人去报复修理一个女孩子。她想打电话阻止他们,可是她没有他们的联系电话。她似乎有些不安,可是想想,那几个男人看起来还是斯文的,不像街上跑的野蛮人,也许人家根本就没放在心上。想到这里,嘴上一连说出几个但愿,但愿。

她在忐忑不安中度过一天。晚上一到酒吧就四处搜索请她喝酒的几个外地男人。可是,没有,酒吧的各个角落都没有他们的踪影。也许他们晚一会再来。她带着期待和不安开始了演出。演出到一半,是乐队的休息时间,客人请她喝酒也是这个时间。乐队停下演出,她的目光再次搜索,还没有发现头天晚上请她喝酒的人。凌晨两点,演出结束,酒吧打烊,他们一直没有出现。她隐隐地感到担忧。她聊以自慰的是她交待他们不可过分,教训她一下就可以了。

第二天晚上,他们仍然没有出现。演出时间到了,夏朗还没有来。鼓手是乐队的灵魂,鼓手不来,乐队无法演出。在大家的等待中,夏朗的哥们儿来了。他说夏朗家里有事,来不了。

又一天,她在夏朗的微信上看到寻找花红的启示。由由啊,由由,你太任性了,你真的把花红送进狼口里了吗?从她得知花红失踪那一刻,就陷入了后悔不安和恐惧之中。她夜不能寐,食不甘味。她一出家门就不由得左顾右盼,看到路上有像花红的人都要上前去辨认,看到路上有人围堵着看热闹的地方便去看个究竟。她想过报案,也想过向夏朗坦白,可是,她想,也许花红的失踪与她指使的人并无关系,如果她坦白了报警了,会不会把自己也牵扯进去,把她扣留了,夏朗和肖泽宇都那么爱着花红,他们会饶她吗?

几天过去,夏朗来到酒吧,他是那样消瘦疲惫,平时他一丝不苟整理的长发也像干草一样失去光泽。夏朗一进酒吧由由就看到了,他端一杯水坐在吧台旁边,她感觉他在看她。她掩饰着慌乱弹贝斯,不敢和他对视。中间休息时队友们都和他打招呼,她只在旁边偷偷地看他。她想躲他,可还是躲不开。他和她说那些话是什么意思,难道他已经怀疑花红的失踪和她有关了吗?她在慌乱中之中提出去看望花红母亲。她想这应该没有问题,她去看看花红妈也算是人之常情吧。虽然她和花红关系微妙,甚至还有过冲突和矛盾,可总算是熟人吧。她想她一定不能说漏了嘴,更不能承认自己指使过别人去修理报复花红。

上午由由提着人们走亲串友常用的礼品跟夏朗来到花红家。花红妈从柳青、易茹他们口中隐约知道一些由由和花红之间的事情。面对有可能致使女儿被劫的由由,她以礼相待。她想解铃还须系铃人,也许由由害了她闺女,还能救回她闺女。

由由叫她一声阿姨,她上前拉住由由的手。她问由由多大了,由由说二十二了。她说跟花红一样大。说着声音哽咽,涕泪奔涌。由由哪里见过这样的感情阵势，劝不知道怎么劝，口里不停地说花红会回来的，花红会回来的，心中的惭愧和亏欠让她几近崩溃。

这几天花红妈强撑着把悲愤埋在心里。除了见柳青那天忍无可忍哭过，肖泽宇和夏朗还没见她哭过。她哭得声音不大，却是锥心泣血，撕心裂肺。柳青、肖泽宇、夏朗、易茹、由由劝了好大一会儿才算劝住。易茹给花红妈端一杯水，都安慰她说，不止他们几个人在找花红，好多人都在转发微博微信，各网站都有寻人启事，不仅认识花红的人在找，还有许多不认识花红的好心人也在找。

就在这时，易茹的手机响了。接通了，对方说是电视台的，他说昨晚在晚间新闻播出花红失踪的消息以后引起社会各界关注，公安部门根据路上的录像，已经部署全市各交通要道严查江淮牌白色面包车出入，还发出通告向社会各界征集破案线索。易茹按了手机免提键，大家都听清了电话内容。听完电话，都有些激动，感觉寻找花红真的已经不是他们几个人的事，也不仅是公安警察的事，而是全社会的事了，都期待尽快找到花红。

花红妈说，还是好人多呀，只是不知道我闺女正在哪里受苦。

柳青说，阿姨，昨天晚上我想了许多，都说好人有好报，像花红这么好的女孩应该有好报，我个人的力量可能有限，但是，哪怕是踏遍万水千山我也一定要找到花红，让你们母女团聚。

肖泽宇说，阿姨，花红是您闺女，她是我的女朋友，只要她一天不回来，我就一天不停止寻找。

夏朗和易茹也都说，找不回花红绝不罢手。由由听着他们的话，感觉像是鞭子抽在身上。由由从事的职业，总是让她日夜颠倒，没有心情也没有时间关心社会上的事情，她的生活里只有与她相关的人和事，当然不知道花红曾是轰动一时的新闻人物。花红失踪后，她的一些新闻事迹和照片不断有人在微博微信上转发，使她对花红有所了解，也对她有些佩服。这样她对自己所做的事情更加懊悔和惭愧。她又亲耳听到，亲眼看到这么多人都在关心花红，关注花红。如果花红被找到，事情的原委终会真相大白。她的罪恶也会大白天下。到那时候，别说社会舆论，就眼前这几个人都难面对，还有花红妈，双眼失明，女儿失踪，孤苦伶仃，太可怜了。自己对她们做出这样的事情，真是猪狗不如。如果再不说出真相，还是人吗？

想说，口难开，可她还是开口了。她“扑通”一下跪在花红妈面前。叫一声阿姨，便哭起来。所有人都明白了，花红失踪与她有关，都屏着呼吸等她说出真相。可她止不住哭声,呜呜嘤嘤,没完没了。夏朗在一边着急地想说什么,柳青看到,使眼色制止了他。花红妈拉住她的手说,闺女,有啥话,起来说,阿姨不怪你。

由由终于停止哭泣,低着头哽咽着说出了那晚的经过。所有人听了都觉得不可思议,事情竟然是这样发生的。肖泽宇和夏朗更是恨得疾首蹙额,恨不得一脚把她踢到楼下。

花红妈听后松开了她的手说,闺女,你还算个有良心的人,你知道自己错了,虽然说得晚了,可还是说出来了,总算让我们明白我闺女是为啥失踪的。

由由只听他们口音像是四川的,不知道他们的姓名和电话。寻找花红仍然像解谜一样,只有谜面没有谜底。

19. 画　　像

听了由由的叙述，易茹想起那天下午，诊所去过一个操四川口音的人。那人个子不高，应该就是由由说的三个人中的小个子。他一进诊所就说有颈椎病，要治的话需要多少钱。花红和易茹都正忙着。花红让他先坐椅子上等一会儿，忙完给他检查一下，看需要怎么治。他坐下不到两分钟，又说颈椎不是随便治的，问她们有没有医师资格证什么的。花红向挂着执业资格证的墙上指了一下，说在墙上挂着，让他自己看。

他便站到墙边看，给人感觉看得很仔细，像检查证书的真伪一样。看了一阵，对花红说，你是花红？花红说，是，我是花红。

他又坐了一下，坐的时间很短，可能连一分钟也没有，又站起来说，我还有事，你们这么忙，我等等再来吧。

那人说着就走出了诊所，哪想到他是来踩点的。

柳青问，那人开车没有。

易茹说，他应该是步行去的，也没见有人和他一起。

夏朗问由由，他们每天都请你喝酒，给你献花，你怎么会没有他的手机号码？

由由说，我从来不给酒吧的客人留手机号，也不要他们的手机号。

柳青说，由由说不知道肯定就是不知道，他们车牌照是假的，作案时戴墨镜口罩，肯定是惯犯，轻易不会给人留下联系方式。现在他们肯定不在新水了，可是他们会上哪里呢，回他们四川老家？

柳青此话一出，立即引起肖泽宇和易茹对他本人的警觉。他这几天在花红家里才去掉了口罩和墨镜，他们曾怀疑他是涉案人员。他们默问，他这样看别人，他到底是什么人呢？

夏朗说，是啊，我们下一步怎么找，去哪里找？

由由说，我可以大致画出他们的轮廓。易茹给她找来纸和笔，没几下，由由就在纸上画了三个人的速写。夏朗看后说，像，好像就是这个样的。柳青认真看后，感觉有个人的画像面熟，想不起在哪里见过。

柳青仔细看了几遍画像后，感觉有了一些思路。第一，他觉得应该要求公安方面查看进出新水所有路口的录像，查找江淮牌白色面包车离开新水的方向。第二，能不能以画像通缉嫌疑人。

他向他们几位说了自己的想法，他们都觉得应该没有问题。于是，他们便一起去了公安局。公安局的一位中年干警接待了他们。花红失踪因为上了电视新闻节目和许多微信群不停转发，公安部门还做出过专门部署，公安系统的人几乎无人不知。中年干警听了他们的想法说，你们这想法很好，在各个路口查看监控录像，问题不是太大，但是通缉嫌疑人是有规定的，第一必须是刑事犯罪，第二犯罪事实清楚，第三案犯在逃，符合这三个条件才能上报通缉。根据你们所反映的情况，都是怀疑这样，但是没有确凿证据说你们画出的人就是作案罪犯。这样，他们只好放弃通缉查找的请求。

经过公安部门排查，这些天在全市各个路口驶出新水的江淮白色面包车共有三百多辆，各个路口都有数十辆上百辆，查看一天，并没有他们要找的车牌号。

又是无功而返。晚上他们各自回家。肖泽宇和夏朗的父母都知道花红失踪的事。肖泽宇的父母见过花红，早已把她当自己的准儿媳对待。花红失踪，他们痛心不已，积极为寻找花红出主意想办法，还专门去看望了花红母亲，请她在这段特殊时期搬他们家住。花红母亲说坚辞不去，她说要在家里等着，万一哪天花红真的回来，家里不能没有人。眼看着儿子天天早出晚归，日渐消瘦，他们心疼儿子，可也不能阻止儿子寻找花红。他们能做到的只有每晚等着儿子回家，盼望儿子能有好消息带给他们。可是，已经五六天了，还是没有消息。这天肖泽宇回家告诉父母由由说出的真相，老两口感叹竟有这么狠毒的女孩，花红遇到由由，真算是遭殃了。他们还想给儿子说，花红是好，就是太漂亮了，太漂亮的女人不见得好，红颜薄命。就算是找回来，经过这一折腾，再不是他们喜爱的花红。可这话只能放到心里，等花红回来才能告诉儿子。花红失踪本不是花红的错，她错就错在长得人见人爱，漂亮得出格了。毕竟找人要紧。肖泽宇父母唉叹一声，让儿子早点休息，别累病了。

夏朗的父母也是每天晚上等着儿子回家。孩子遇见这样的事，父母只好跟着操心。夏朗回家也告诉了父母由由的所作所为。夏朗的母亲听后目瞪口呆,好半天说了一句话,你千万不能娶个这样的媳妇回来。真是又傻又狠的女孩子,她爸妈咋养出来的?他们本来不太情愿支持儿子天天这样疲累地跑着找,可听儿子这么一说,觉得人家闺女失踪毕竟和儿子有关,如果不是他追求人家,也不会引起由由的嫉妒,也就没有由由这个又蠢又毒的报复方式。这样想起来就不由得埋怨儿子追女孩追出这种境况,可是事已至此,埋怨有什么用?只好安慰儿子,也许很快就找到,哪天她自己突然回来,也说不定。

儿子睡了,老两口商量着明天去看看花红的娘,人家闺女失踪和自己儿子有关,养大一个孩子,多不容易啊,这说没影就没影儿了。

易茹回了家,她的爸妈也知道了由由,知道花红就因为被两个男孩子喜欢失踪了。他们深知养女孩子要比养男孩子多操好多心。花红是个好姑娘,她不是爱惹事的孩子,可是她碰到爱惹事的人,她不惹事事要惹她。好好的,在路上走着就被掳走了。真是步步惊心。他们的女儿易茹也是好闺女,安守本分,不张扬,不惹事,大三时和父亲同事的儿子齐亮亮谈上恋爱。那孩子在外地上大学,读完本科又读研,好在他们从小一起长大,感情基础牢固。花红出事,让易茹父母更加小心看护女儿,他们盼着亮亮顺利毕业,和易茹早日结婚。这些天,易茹天天老早就去陪花红的母亲,他们两口子有时间就打电话问花红有没有线索,在手机上发微信发微博寻找花红。花红是女儿的朋友,他们也喜欢花红,把她当做自己的孩子对待。

柳青回到一个人租住的家。家里很冷清,随身歪倒在床上。满脑子想的都是和画像很像的那个人。但是他想不起在哪里见过。他已经参与寻找花红两天了,这两天他不断提出一些查找线索的想法,可一个个最终都没有结果。花红,花红,会在哪里呢?如果花红从此消失,再不回来,她的母亲该怎么活下去?自己照顾她一辈子?照顾她一辈子也没什么,就当自己多一个老人。他有了这个念头,花红青春的笑脸马上就在眼前浮现。不行,还是要找到花红,她们母女谁也离不开谁,在一起才会幸福。

花红已经失踪多天,没有一点音信。白天有易茹陪着,还有肖泽宇、夏朗他们来来去去的,一到晚上,就剩下她一个盲人,生活不方便没人照顾不说,一个人的时候容易胡思乱想,想到没有指望,产生绝望走极端也是女人常有的。柳青想到这里的时候猛然一哆嗦。他一个人胡思乱想,倒不如陪着花红妈一起胡思乱想。在这个特殊时期,她太需要安慰了。

柳青又回到花红家敲门的时候，花红妈正在念阿弥陀佛，求告观音菩萨保佑花红有惊无险，尽快回家。花红妈听到敲门声，心中一惊，谁会半夜三更跑来。肯定不是花红回来了，花红敲门的声音她能分辨得出。她摸索着到门口问是谁，柳青在外面说了一个我，她便听出了他的声音。柳青一进屋，她就说，我知道你为啥大半夜地跑来。

柳青这两天和她相处，已经感觉到她的敏感和智慧。他说，我在家也是一个人，不如和您在一起，都有个伴。

花红妈说，你是不放心我一个人，怕我没有闺女的音信，泄了气，想不开。我给你说，你放心吧，再煎熬我也等我闺女回来。闺女不回来我没法活，闺女回来了没有娘她咋活下去？我要等花红回来，除非阎王爷不让我等，非收我去。

柳青暗暗佩服花红妈，他说，阿姨，咱们一定找到花红，哪怕踏破铁鞋也要找到她。不早了，先睡吧，花红回来之前，只要我在新水，就住你这里，咱俩做个伴。

花红妈说，那你睡我这个房间吧，我去睡花红房里。

在这样的情况下，花红妈还想着花红的心思，让一个男孩子睡在她床上，怕她知道了心里不乐意。花红妈躺在闺女的床上，感受着闺女留下的体味，想象着她不知身在何处，是不是受尽百般的折磨，更是忧心如焚。

街上有动静传到耳中，她知道黑夜又将过去，人们又开始了一天的生活。过一会儿，听到柳青在房间里走动的声音。柳青进了厨房，好大一会儿没出来。她想他可能要做饭。这段时间都是每天早上肖泽宇给她送早饭，易茹照顾她的午饭。她本想起来告诉他少做一些，够他一个人吃就行，肖泽宇会来送饭。可想想，他做就做吧，这个屋子里这么多天没有烟火味了，做多了中午热热再吃。

柳青果然是做了早饭，她走出花红的房间就闻到了饭香味。洗漱完出来，柳青已经做好早餐。有柳青在，她心情还是好了一些。吃着柳青做的早饭，她想起昨晚柳青说的话，踏破铁鞋也要找到花红。她感觉柳青心细，胆子也大。她想这孩子应该是个说话算数的人。

他们正吃着，肖泽宇提着饭盒来了。肖泽宇看到柳青和花红妈正在一起吃早饭，顿时有种酸溜溜的感觉。他把自己当什么人了，一大早就在这里。柳青似乎看出了他的心思，他说，我昨晚想阿姨一个人怪孤单的，就来陪阿姨了，我给阿姨说了，在花红回来之前，我只要不去外地，就来陪阿姨。

肖泽宇听了这话有些气不过,压抑着内心的不满说,要陪阿姨也是我来陪,不能太麻烦你啊。

柳青听出他话里的不满,也理解他的心情,平静地说,现在是特殊时期,我是把你和花红、还有易茹当朋友待的。我反正是一个人,在哪里都一样,你天天早出晚归的,要不回家住,叔叔阿姨该多不放心,你就别跟我客气,这段时间咱们照顾好阿姨才是正事。

花红妈听出两个大男孩话中的话,她既不想让他们为谁来陪她发生争执,更不想让花红回来后再起什么风波,她在心里已经认可了肖泽宇做她未来的女婿,他们都是为她好,她也得顾及他们的好意。她说,你们谁都不要争,我一个人就行,你们天黑各回各家,泽宇早上给我随便带点吃的。

正说着,易茹来了,他们不再提这事。柳青收拾了碗筷进厨房去了。一会儿,夏朗也来了。夏朗刚到,由由和她的父母一起来了。他们提了许多礼品,由由父母见了花红母亲,便连连说他们不知道闺女作了这么大的孽,对不住花红母女,让花红妈打由由一顿出出气。花红妈说,都这样了,说啥都晚了,就是打她一顿又有啥用,现在能把花红找回来就好。

由由父母见花红妈是个如此明白事理的盲人,既感到愧疚,又佩服她。由由父亲掏出一沓钱放在花红妈手上说,这是两万块钱,找人少不了钱,先花着,需要多少钱都由我出,您千万别客气,我闺女作孽,我当牛做马都该。

花红妈说,钱不能收,咱只找孩子不要钱,你们能操心帮助找找孩子就行了。

由由父母都说,别说是由由造的孽,就不是这样,遇到这事也该操心也得操心啊。

柳青看他们该说的都说差不多了,便打断他们说,眼前是找人要紧。

肖泽宇、夏朗也都说是,找人要紧。他们都觉得不能再像前几天那样找,但又说不出应该怎么去找。柳青说,我分析花红很可能已经不在新水,我觉得应该出去找。

肖泽宇说,从监控录像上并没有发现那个车牌号离开新水啊。

柳青说,我们已经查过车牌号是假的,既然是假的,就有可能不止这一个假牌号,可能有两个甚至更多假牌号,也可能他们劫到人后就找地方换了真牌号。

夏朗说,也是,可是全中国这么大,我们也总得有个大致的寻找方向。

柳青陷入了为难之中。新水四通八达,他们可能向任何方向出逃。他觉得现在最有价值的寻找线索就是由由画的画像。他说,我们多复印几份画像,每个人都带着,还要分给我们周围的朋友、家人,就不定会帮到我们。

他这话一出口,由由就说我现在就去复印。看着由由出门,柳青又说,我感觉有一张画像上的人面熟,似乎在哪里见过,我仔细想想,可能不是在新水见的,我想马上就回我原来工作的地方去看一下,也许对回忆在哪见过这个人会有帮助。

肖泽宇问,你在哪里工作过?

柳青说,脉隆市。

夏朗说,不算太远,虽然跨省,但是在两省交界处。你怎么去?

柳青说,坐火车,下午两点有趟火车,不知道能不能买到车票。

由由爸说,既是这样,越快越好,让我的司机送你,现在就去。我的车就停在楼下。

柳青说,也好,我就不客气了。

夏朗说,我们也不该再重复找下去,由由说,那几个是四川口音,我们是不是应该有人到四川去找。

柳青说,四川、山东、贵州山区都存在买妻恶习,但是我分析这帮人不像是一般的人口贩子,也有可能拐卖女性到南方开放地方,强迫她们从事色情行业。

肖泽宇听着柳青这些话,着急得心脏都想停止跳动。这几天到处跑着寻找花红,花红会遇到什么样的情况,他想过多次,也想过许多可能。柳青说这种情况他也想过,可他总以为自己是胡思乱想,从柳青口里说出来,就觉得完全不一样,好像柳青是个目击者,向他描述他所看到的情况。听着难以忍受。他闭上眼睛,双拳紧握,似乎准备随时砸碎整个世界。

夏朗也是不忍听他继续说下去,打断他说,那这样,肖泽宇我们两个分头去找,一个去四川,一个去广东。

由由爸说,这样不行,我们要有目的去找,没头苍蝇一样乱撞不行。我看你们还是好利用网络和微博微信,网络现在太厉害了。从现在起把找花红变成找劫持花红的几个男人。我觉得柳青的思路是对的,但是还需要开阔思路。现在能不能以别的方式寻找这几个人。

肖泽宇、夏朗和易茹都不明白还有什么方式寻找,都希望他赶快说出好主意。他说,不要再用你们原来寻找花红的微信微博账号,以避免他们知道信息躲起来,重新换名字申请账号,把这个画像发出去,以找朋友或是叙旧这类的名堂找人。试试看,哪怕有人说大致在哪里见过此人,我们再去找可能就容易得多。

在屡找无果的情况下,大家都没有更好的办法,觉得这个办法可以试试。由由回来,给每人分发了复印的画像。柳青拿到画像,便坐由由爸的车去了脉隆市。

20. 想你到永远

柳青走后，易茹和由由负责写好微信微博文稿，配上画像。他们都更改了微信微博的名字，每人都转发了来自“想你到永远”的微博微信：我曾在一个偶然的场合见到这位先生，和他有过一面之交，说过短短的几句话，可是转眼已经过去一年，他的脸庞，他眸子，他的一举一动已经深深地印刻在我的脑海我的心上，挥之不去，这难道就是人们常说的一见钟情？但是我不知道他是哪里人，他姓什么叫什么，请大家帮我转发，帮我寻找，这也许是我生命中的不可错过，如果有哪位亲知道这位先生的下落或在哪里见过他，请留言告诉我，如果这位先生看到，请加我，联系我，我将幸福之至。文字之上是画像。文字下边是叩谢的图片。

微博微信发出后不到一天，就收到跟帖留言许多。有人赞叹，有人说还有这么傻的人，相信一见钟情。这些对找花红都价值不大。第二天，由由再发微博微信，后边又加一句，感谢亲的大力支持，我思人心切，还望亲们鼎力相助，继续转发，在下无比感谢。下边是抱拳作揖的图片。

这条微博微信发出后，果然有人留言说在兴元市见过此人，又过一天，有人说前不久在新水见过此人，都说不一定认得准。兴元市、脉隆市和新水市，三个地方正好形成一个三角形，说明这个人经常在这三个地方活动。由由看到留言后马上与肖泽宇、夏朗、柳青他们联系。他们三人通话后把重点放在兴元市、脉隆市。

柳青得知由由的信息后，更加认定见过此人。他回到脉隆市这两天，带着画像找他以前的同事，问见没见过此人。有人问他为什么找这个人，他便说朋友的妹妹一年前和这个人有过一面之交，对他印象深刻，非说注定与此人有姻缘，再有任何人追求她，或是有人介绍，一概不谈不见，非要等这个人。说好歹要和这个人见上一面，如果他是结过婚的，或者不喜欢她，她就死了心，再与别人交往。

有人感慨还有这样的奇女子，遗憾自己怎么就没遇上过这样的好事。编出的故事不算离奇，但是柳青在脉隆市的朋友圈中没人认识这个人。不过有几位热心的朋友愿意帮他寻找。遇到帮他寻找的人，他马上便拿出手机加他微信，和他分享“想你到永远”的微信。

工夫不负有心人，又过两天，还真有朋友告诉他有了那个人的下落。朋友让他劝朋友的妹妹不要再异想天开，寻找什么一见钟情的恋爱。那人根本不靠谱，黄赌毒偷无所不涉。

听到这样的消息，柳青兴奋不已，忙问此人在哪里。朋友说，他是脉隆市人，但是经常出去游逛，说不准在哪里。又问这位朋友认不认识他。朋友说，他也是听了“想你到永远”的故事觉得好离奇，和他家邻居闲聊时说起这事，让邻居看了画像，邻居说，嗨，还有人喜欢这样的人，这是我同学呀，从小就被劳教，听说后来又勾结上什么黑社会，无恶不作，啥坏事都干，赶快告诉那闺女，别再发微信追着找他，说不定会引火烧身的。

柳青就想知道那个人叫什么名字，身在何处，他说，问下你邻居他叫什么名字，家住哪里吧，既然受人之托，就都给人打听了，也算有个交代。

他那位朋友答应帮他问一下。

肖泽宇和夏朗去了兴元市，兴元市离新水不算远，也就一百多公里。他们各自驾车前往。他们都有同学在那个城市，各自都以办事路过为由去找了同学，也都在闲聊时拿出“爱你到永远”微信上的画像，踅摸两天，一无所获。

又过一天，柳青那位朋友给打他电话说问了邻居，邻居说那人叫张光宪，他家好像住在猫耳胡同。柳青觉得这次终于有了准信，接完电话就去猫耳胡同。可是猫耳胡同早已不是原来意义上的猫耳胡同，猫耳胡同整个就是一个步行街，除了商铺，还是商铺，几乎没有什么住户。柳青在步行街走来走去好几趟，仔细观察周边，胡同口还有一栋老居民楼。他想也许能打听点什么。一楼都改成了商铺，二楼才有住户。他敲开了二楼的一家房门，开门的是一个女人，女人说这个楼上住的大都是在这里做生意的，都是租房户，几乎没有老住户。她说三楼好像有一家是这里的老住户。柳青上了三楼，终于找到那家老住户。老住户开门的是位七十来岁的老人。听了柳青的意思，他仔细地想半天说，想不起什么张光宪，可能他找的人太年轻，他不认识。柳青要他回忆当年胡同里住的有没有姓张的。老人想想说，姓张的是有几户，可是，不知道他们谁家的孩子叫光宪。

问不出所以然来，柳青只好告辞。冬日的阳光照着他，有些许的暖意。他来到猫耳胡同派出所，请求户籍民警帮他查找猫耳胡同的老住户张光宪，是不是迁了新住址。可是，查别人户籍除非报案，一般不让查。虽然在案发地已经报案，但是他没有当地派出所的证明。他问清了查户籍的条件，觉得如果走正常规渠道还不如撒个善意的谎来得容易。给户籍民警说，他小时有个同学叫张光宪，很久没有联系，只知道他家原来住在猫耳胡同，希望能查出他家迁哪儿了。户籍民警生硬地说，不符合规定不能查。柳青看看人多，再多说无益，便转身离去。

他到街上买了两条中华烟，快到下班时，又去了派出所。他在派出所门口，等那人下班。派出所的院子里停了好多车，他怕那人趁他不注意开车走了，就紧盯着院子里的进出人员。还好，看见他从办公楼出来，走到了院子里。他没有开车，步行走出大门。柳青跟在他后面，他向着公交站点的方向走。到了公交站点，柳青上前和他搭讪。他认出了柳青。柳青拿出中华烟，说自己思友心切，除了通过查户口，没有其他渠道得知朋友的下落。民警说，他寻找朋友的精神让人感动，只好担着违反纪律的风险破例一次。

他们一起回到派出所。经过一番查找，终于查出张光宪的名字。此人已于 2007 年 5 月由此迁往兴元市方山派出所。

21. 殷殷慈母心

柳青告别了派出所民警，在手机上查看开往兴元市的火车。最早的一班高铁是下午两点三十分。他打的赶到火车站。还好，有票。

柳青在兴元市下车时是三点二十分。他在车上已经给肖泽宇和夏朗打过电话，他们在兴元市高铁站等他。三个小伙子为一个年轻姑娘异地相聚，多少有些怪异，可他们都顾不上别的，一个心思寻找可疑的人。肖泽宇托在兴元市公安局上班的同学给派出所的户籍警打过招呼，他们可以直接去查。柳青坐了肖泽宇的车，他们在前面走，夏朗开车跟在后面。有熟人关照，查的过程很顺利，没费什么周折就查出了2007年5月从脉隆市迁入兴元市方山区的张光宪。户籍显示，张光宪，男性，年龄二十六岁，未婚，住方山区胜利路43号院五栋2单元302室，和他同住的是他的父母。

他们谢了帮忙民警，直奔胜利路43号院。他们也考虑到这样做事有些莽撞，但是如果求助警方，没有确凿证据警方不会抓人，而他们救人心切，等不到搜集确凿证据。三人商量由柳青和肖泽宇直接登门去找，谎称对他仰慕已久，想和他交往，以后互相关照。夏朗在车上等，因为他在酒吧厮混多日，肯定熟悉夏朗。如果能把他骗出到车上，便控制他的行动，把他押到新水市公安部门。他们也想到张光宪以拐骗敲诈为生，这么浅薄的理由极可能被他一眼识破，但是，事不宜迟，成败都只好一试。如果他不上钩，他们也不妨先见他一见，再做别的打算。

柳青和肖泽宇两个人直接上楼敲了他的家门。好大一会儿出来一位六十来岁的老女人。她问他们找谁。柳青问是不是张光宪家。老女人好像对这个名字很厌恶，生气地说，不在家，不知道死哪去了。

她的话让柳青心中有数，他说，您是光宪妈吧，我们是他的同学，阿姨，您能不能告诉我们他去哪里了。

老女人说，我不知道他死哪去了。

说完便做出逐客关门的样子。肖泽宇说，我们好久没见过面，出差路过这里来看看他，打他手机也打不通，我们以前来过您家，就只好找上门了。

柳青说，是啊，阿姨，我们大老远来一趟不容易，也许是我们记错了他的手机，要不您告诉我们他的手机号，我们再打一次试试。

老女人警觉地看着他们说，他的手机号你们咋会记错呢？我不知道他的手机号。

肖泽宇说，阿姨，您不相信我们呀，是这样的，我换了手机，原来存在手机上的电话号码全都没了，我们来时没有和他联系上，还以为来了就能见到他。

柳青说，要不这样阿姨，您给他打电话我们和他通话，您听着。

老女人经不住两个小伙子你一言我一语地纠缠，便说，我就不想和他联系，成年都不回来看我们一眼。

这样说着，回到房间拿出手机打儿子的手机。手机通了，对方接了手机。老女人把手机递给柳青，柳青说，光宪，还记得我不，我是王昌盛。

王昌盛是他随便编的一个名字。听出对方在犹豫中，想不起叫这个名字的同学，连忙说出在朋友邻居那里套出的情况。他说，你可能不记得我了，我小时候学习不好，也不调皮，就是个随大溜的学生，没特点，别说你想不起我，我后来见过的好几个同学说起来对我都没啥印象，咱们的班主任是张老师，教语文的。

对方不再刻意地回忆这位突然找上门的初中同学。他说，对，张立华老师。

柳青不想再和他继续啰嗦，便说，我听说你在兴元市，今天来办事，想找你吹吹，谁知道你正好就不在家。你在哪忙呢？

对方犹豫了一下才说，我，我在外地。

柳青说，哦，你什么时候回脉隆给我打电话请你喝酒，咱们一块吹吹，说老实话，我上学时就羡慕你有个性。

对方好像又放松一步说，好，我可能过几天就回脉隆，到时候联系。

柳青说，好，一言为定，待会儿我把手机号打你手机上。

挂了电话，他查看了老女人手机上张光宪的手机号码，然后用自己的手机打通了他的手机。张光宪接听后，他又试探着说，老同学你跑哪去了，我来找你，就这么不巧。

也许因为柳青的手机号正是脉隆市的区号，打消了他的疑虑，他竟脱口而出，我在海南。

柳青更深一步试探说，我正好想去海南进水果，要不你等着，我去海南找你。

张光宪说，你做水果生意？

柳青顺坡下驴地说，是的，我经常跑广西海南进水果。你在海南什么地方，我去进货一般就到海口的南北批发市场。

张光宪说，哦，我在天涯。

柳青还想顺着他的话再打探一些什么，可是对方说，先这样说吧，等我回脉隆和你联系。

挂了电话，他们和张光宪的母亲告别时，她的表情看起来和善多了，要他们到屋里坐会，喝杯茶再走。柳青他们说既然老同学不在家，就不多打扰她了。她见留不住他们，忙说，你们都是光宪的同学，看着你们都像是好孩子，你们见了光宪劝劝他，让他别在外面瞎逛荡了，好好地找点正经事干，因为他在脉隆不正经干，三天两头给警察打交道，我和他爸感觉出门没法见人，想着反正老了，退休了，在哪儿活着都一样，就趁房子拆迁时让开发商赔了钱，搬到兴元来了。

柳青和肖泽宇听着张光宪母亲的话，被一位母亲的殷殷之心所感动，可是他们又能说什么呢？他们只能安慰老人，光宪随着年龄越来越大，会慢慢懂事的。

柳青、肖泽宇和夏朗离开张光宪家住的小区，在一个僻静的街心花园停下。他们想在那里商量下一步怎么寻找。天色渐晚，路灯亮起，寒气逼人。他们下车碰头。夏朗问他们去张光宪家的情况，肖泽宇和柳青简单和他说一遍经过，都觉得下一步有门，仿佛看到希望。

肖泽宇仗着平时身体好，冬天总是穿得少，在寒风里站一会儿就有些受不了，也到了晚饭时间，他说找个地方吃饭，在饭馆里说话也暖和一些。街心花园不远处就有一家小饭馆，他们停好车，走了进去。他们要了一些简单的饭菜，便吃便说下一步的行动。

夏朗和肖泽宇都说应该回新水向警方汇报他们的调查结果，他们配合警方进一步找人。柳青同意他们的想法，但是他说，证据确凿，警方才会出动警力作战，我们虽然找到张光宪，但并不能证明张光宪就是作案人，因为我们完全靠主观推断，也许劫持人的不是这伙人，最大疑点是张光宪是本地人,不是四川人,而由由和易茹说的情况都是操四川口音的男人。

他们感觉柳青说得有道理。柳青又说,得有人去海南一趟,找到张光宪再做打算。

肖泽宇和夏朗都争着要去海南。柳青说三个人他去最合适,因为他从小在属于脉隆市的县城长大,一口脉隆口音,他又在脉隆市上学工作多年,对脉隆的情况熟悉,和他攀同学关系不会引起怀疑。

他的话有道理,肖泽宇和夏朗便不再争执。他们商定,当晚就出发,柳青飞往海南,肖泽宇和夏朗回新水。约定保持联系,互通情况。

22. 柳青会“同学”

柳青几经辗转,到了天涯。北方正值隆冬,而海南温暖适宜,椰影婆娑,海阔天高,正如诗人所咏“一湾椰影三面海,水琼天碧处处花”。而对柳青来说,除了换掉来时的棉衣,心境焦躁,目的明确,关注眼前走过的匆匆人流,希望突然看到花红的身影,美景根本进不了他视线。

他踏上天涯就打张光宪的手机。可是,无法接通。他不停地打,不知道打了多少次,足有几十次上百次,仍然无法接通。为什么接不通呢,难道张光宪已经离开海南,他说过几天要回兴元市。他和他打过电话就赶到天涯,中间空出的时间不足二十四小时,他已经去了兴元市?他不相信张光宪已经离开海南。他推断,张光宪靠作案获不义之财,以此为生,对他来说,作案就是他的工作,时时刻刻都在想着作案,行着非法之事,他一定正在哪里作案,不方便打开手机。他决定不停地打他手机,直到打通。

他在一个酒店住下。仍然不停地打张光宪的手机,直到晚上,不知打了几百次也没打通。张光宪他们在新水劫走花红没几天就来到海南,他们会不会把花红带到了海南。一想到他可能和花红在同一个城市,就觉得离花红很近,甚至想在某一个地方会和她不期而遇。想象五光十色,现实却令人扼腕叹息。

联系不上张光宪,就到处转转,也许能启发他找人的想法。他想人贩子的销路无非就是两个出路,不是卖给贫穷落后的山区给人家做媳妇,就是卖到色情场所做妓女。他按着自己的思路,去找洗头店。洗头店满街都是,每个洗头店的门口都坐着一到三个穿得很露的女孩。他每到一个洗头店门口,都会有坐着的女孩子摇曳多姿地站起来,一种欲说还休的样子,试探他是不是要洗头的,也有女孩直接地说,大哥,洗头吧,不贵。

柳青徘徊在那条洗头铺子林立的街上,感觉有些晕头转向。他从来没进过所谓的色情场所,他下不了决心走一家洗头店。这些女孩年纪轻轻,不知道有几个是自愿,有几个被逼迫。自愿也罢了,自己不知羞耻,不值得让人怜惜。可是,他一想到花红,善良,能干,有追求,如果被卖进色情场所,对她将是不可忍受的悲哀,她还会活着吗?想到这里,他狠狠地握了一下拳头。

救人要紧,他终于下决心进去一看究竟。在一个洗头店门前,一个胖胖的女孩操着南方腔调的普通话说,大哥,进来呀,你会很舒服的。

女孩看起来肉嘟嘟的,一脸稚嫩,如果不是穿着暴露的衣服,怎么都不会想到她是干那个营生的女孩。柳青鼓着好大的勇气走进去。从外边看是一间小小门店,进去则别有洞天。他跟在女孩身后,曲里拐弯进了一个小房间,房间里一张小床,女孩问他要全套服务还是单项服务。他对她们的所谓服务不感兴趣,只想通过她了解一点什么。他说,我感觉好无趣,只想找人说说话。你陪我聊聊天,我按全套服务付钱。

女孩自然高兴。可他说,你要保证向我说实话。

女孩警惕地瞪大了眼睛,他说,你放心,我不是警察,我只是一个打工的,一个人闲下来感觉无聊,想找人说说话。你告诉我什么,我都保证不说出去。

女孩是广西人,家里很穷,也没上过几天学,跟人出来打工,在厂里干,很辛苦,听人说,当洗头工收入高又不累,就来洗头店。来了才知道洗头并不挣钱,赚钱多的洗头工并不洗头,只把洗头作幌子。后来她就做上了。柳青对这样的女孩子一点也不同情,甚至有些厌恶,为钱就丧失底线。他问她有没有被人逼迫干上这行的。胖女孩说,有啊,多的是。经常有人说是帮助找工作的,结果就被骗来做了这个。

柳青问,不愿干跑掉不行了?

胖女孩说,哪里能跑掉,她们都被骗出来,送到这地方,老板要给钱的,老板出了钱才把她留下来,还能让她跑掉吗?

柳青说,你们这店有没有这样来的?

胖女孩说,好像没有吧,前一段听说上边一个这样子骗出来又被卖掉的,老板发现她想跑,抓回来狠狠地打一顿,那女的在接客的时候,趁机用客人的手机给家人打电话,被老板发现,又狠狠地打一顿,现在也不闹了,天天接客。

他心惊肉跳地想,那女的不会是花红吧。他又问,那妹子叫什么名字?

胖女孩警觉地说，你是不是出来找人的？

柳青说，我都给你说了，我只是一个打工的，就是觉得无聊想找人聊聊天。你陪我聊天，我给你做全套的钱。我向你保证，我不是找人的，也没人可找。

女孩问他是哪里人，他说他是河北人，从小和父母走失，被人收养，养父母又早逝，他十六岁就自己出来闯荡养活自己，哪里会有人可找。

看来胖女孩相信了他的话，告诉他那女孩是江西人。听说那女孩是江西人，柳青是又失望又庆幸。失望没有花红的信息，庆幸她不是花红。女孩陷入这样的境地无异于陷入狼窝，不能自保，连求救都困难。花红这么要强，她遇到这样的情况，会怎么样？柳青不敢再想下去。他惦着给张光宪联系，给胖女孩五百块钱便离开了洗头屋。

出来终于给张光宪联系上，张光宪果然已经回到脉隆市。问他在脉隆市停留几天，他说也不一定，他说伙计在脉隆市办事他得陪着。必须尽快见到张光宪，见了张光宪事情才有进展。他说他来海南是和一个水果农户签合同，事情基本谈妥，只待谈好一些细节，签了合同就可以回去了。一回兴元市就和他联系。

挂了电话，柳青在所住酒店订了第二天上午的航班。柳青中午回到脉隆，因为怕追得太紧引起张光宪的怀疑，第二天下午才和张光宪联系。联系张光宪的那天中午他请朋友和朋友的邻居一起吃饭。他从朋友的邻居口中打听到张光宪小时候在哪儿所学校上学，他们的老师的以及他上学时的一些事情，连他坐几排，座位在哪都打听了。他打听这么细，朋友的邻居都感觉他神经不正常，懒得理他了。他顾不上别人怎么看他，只想尽可能对张光宪了解多一些，免得说漏了嘴。

晚上，柳青在一个酒店里请张光宪喝酒。张光宪带一个伙计过来。柳青提前赶到包间里等待张光宪。终于等来了他请的“客人”。一高一低两个人进了包间，低的走在前面，高一点的在后面。柳青一眼认出走在前面的低个就是张光宪。

柳青朋友的邻居说张光宪从小习武，果然具有武者的风范，身板硬朗，体态灵动。张光宪面带微笑，双手合掌向柳青恭了一恭，便向里边的座位走去。跟在他身后的那位在他旁边坐下。他不向柳青介绍跟着他的人，柳青也不多问。

柳青说，老同学变化真大，一看就是身手不凡的人。张光宪谦虚地说，哪里，随便混着玩呗。

柳青说，我记得上学时你天天最大的爱好就是练武术，然后找同学试身手。

张光宪哈哈大笑几声说，你还记着我这长处，我以为见了你会有印象，我现在还是想不起你，你坐几排？

柳青说，实话说，我从小就个子高，坐后排，你坐前几排，靠窗。

张光宪随口哦了一声。几道凉菜和酒端上桌。柳青让服务员斟了酒。柳青说，老同学，咱开始吧，边喝边说。

柳青端起酒杯在张光宪和他带的人面前晃了一晃，张光宪和那人会意，都端起杯子，三个人碰一碰杯，都干了下去。猛一接触张光宪，感觉他还算斯文含蓄，但经不住几杯酒，便满口雌黄，不知天高地厚。他说他上学时多牛，老师都怕他三分，同学没人敢惹，他在社会上多玩得转，他如何因为把人打伤坐牢三年，在牢狱里如何收买狱头当上犯人的头，又如何被减刑半年提前出狱。

听着他的满口胡话醉话，感觉他就是社会上的一个小混混儿，从他口里套出话也许不并太难。柳青端起满满的一杯酒说，你才是一条汉子，我从小就想和你交朋友，可是我就怕你看不起我，这么多年了，多少同学和熟人都忘了，就记着你，早想和你联系，今天我总算请到你，我再敬你一杯，以后你是老兄，我是老弟。

说完，端起酒杯一饮而尽。张光宪看他又干一杯，忙端起酒杯说，你是慷慨人，我就喜欢你这样的，以后咱兄弟一块干，不卖水果了，你跟着我，保证你吃香喝辣，卖水果干啥，辛辛苦苦的。

柳青又端起一杯酒说，好，说定了，以后兄弟就跟着哥干，来，咱哥俩再干一杯。

他们碰着杯，柳青拿出手机向着跟他来的那人说，你给我们哥俩拍张照片，立照为证，从此，我们就是亲兄弟。

那人为他们拍了二人碰杯的照片。又一杯酒下肚，张光宪更管不住嘴巴，满口喷粪，胡说八道。他说，这社会就认两样东西，一个是钱，一个是哥们儿，有好哥们儿一起才能捞钱。你看我，我靠着和哥们儿一起混，就不缺钱。

柳青趁机问，老兄，你哥们儿来钱容易，你得多提携兄弟。

张光宪兴奋地满口答应，那是，那是。

他们两个正在真真假假地胡喷胡说，那个人的电话响了。他拿出手机接听电话，柳青能隐约听出对方说话。好像是让他看好张光宪别让他喝多了，免得胡说。那人喏喏地说好、好。

那人打完电话，对张光宪说，老三，老大打电话让你别喝多了。

张光宪说，没事，不多，这是我老同学，我的好兄弟，喝多了也没事，坏不了他的事。

张光宪说完，那人没说话出去了。他们老大、老三地称呼，柳青想应该没错了，就是去酒吧的结拜兄弟。那人一走，柳青就拍着张光宪的肩膀问，老兄，我去海南追你都没追上，你在那做的什么大买卖，这么快就做完了。

张光宪说，唉，别提了，我们去送货，这趟货送得不划算得很。

柳青说，送货，什么货？

张光宪嘿嘿笑着说，啥货，肉货，人肉。

柳青吃了一惊，脸色都白了问，人肉？

张光宪哈哈大笑两声说，看把你吓的，女人，知道吧，女人不是肉吗？

柳青已经笑不出来，他恨不得把他捏成碎末。可是他不能出手，还必须和他继续周旋下去，套出花红的下落。他强忍住愤怒说，哦，是女人呐，把女人送到海南干嘛呀？

张光宪说，唉，兄弟，你太幼稚了吧，这都不懂。

柳青做出恍然大悟状，哦，我懂了，送女人去做妓吧，送去一个女人能挣多少钱？

张光宪伸出三个手指说，这个数。

柳青说，三万？

张光宪说，三万还算多呀，要指望这吃饭都不够，送女人是顺带的，做别的货才能多赚钱。

柳青说，送一个女人就三万，不少了，我卖水果几个月也挣不了三万呢，老兄，上哪弄女人，我也试试。

张光宪说，女人也越来越不好弄来了，以前好骗，现在的女人都成精了，别说骗她，不被她们骗就好了，我们送这个女人太厉害了，这是老大看上的，好不容易弄来，老大也上不了手，硬扛着几天不吃不喝，要死要活的，老大看降服不了才送出去的，到海南我都怀疑珊姐能不能驯服她。

柳青只怕张光宪带的人过来，他又不说了。抓紧问，那个女人这么厉害，她是干什么的？

张光宪说，就一个按摩店的，我们还以为她在按摩店也干男人的活，好摆置呢。

柳青说，那珊姐是专门接收女人的吧？

柳青的话刚一出口，那人推门进来。那人说，老三，好了吧，老大催了，让赶快回去。

张光宪像领了圣旨，呼 下站起来说，走，走。

张光宪摇摇晃晃地拍着柳青的肩膀说，兄弟，后会有期。

张光宪说，老兄，你喝多了，我送你回去吧。

那人说，有我呢，他是我三弟，我会照顾他的。

23. 另类“嫖客”

柳青送走张光宪两人,又回到包间给由由发微信,让她看他和张光宪的合影,确认是不是去过酒吧的人。由由很快回了微信,说是,是那个小个子。

其实柳青凭着画像就确认了他,可还是觉得有必要做进一步确认。由由在微信上给夏朗、肖泽宇和易茹他们转发了他们的合影。

肖泽宇、夏朗和易茹都给柳青打了电话。事情进展到这一步,他们都觉得有了门路。找到警方,抓了张光宪就大功告成。柳青原本打算回新水等待警方抓人解救花红,可想到那个江西女孩的遭遇,就觉得等不得,他现在已经确切地知道花红在海南,还知道海南有个老鸨叫姗姐。双管齐下也许更好,如果顺利,也许他能尽快救出花红。柳青和张光宪谈话时录了音,他把那些录音发给肖泽宇,让他们向警方提供证据。

柳青当天下午又飞回天涯。柳青打的到一家酒店开了房间。进了房间,困意袭来。这几天跑来跑去,体力精力深度消耗。本想在房间里冲洗一下,到娱乐场所看看,寻找机会打探珊姐的情况,冲了澡后感觉困顿,想在床上休息片刻,哪知躺下便睡着了。睡得正香,床头的电话像拉警报一样响起。他迷迷糊糊地拿起电话,听筒里传来香软娇绵之音,问他要不要服务。他猛然惊醒,是小姐。他有些生气地说不要。

沉沉地睡一觉,感觉精神多了。想到来天涯的目的,再也不能入睡。躺着也是翻烧饼,不如干脆起来。穿上衣服下床,开了电视,正要倒水,电话又响了。天涯这地方搞特殊服务的女人多,他上次来时就在房间里多次接到这样的电话。又是一个要上门服务的。他想要不要让她进来,和她聊聊,打听打听珊姐的情况。她们干那行的说不定知道一些情况,或许恰好就打听到了。柳青是个规矩人,除了上次壮着胆子和洗头女聊过,再没有接触过色情场所的人,又怕被她敲诈。电话还在响着,他犹豫着接还是不接。

电话铃声停止了。柳青知道过一会儿还会有女人再打来,他还在纠结要不要和主动上门的色情女人谈谈。果然又来了电话。他想,怕什么呢?讲好价钱,不和她发生关系,就请她陪聊一会儿,能敲诈什么呢?她干的又不是什么光彩的事,不干那事,给钱不少,她只有庆幸的份了吧。这样想着,他接了电话。电话里的女人嗲声嗲气,他忍着别扭和反感问多少钱,女人说大哥,你看着给了,你满意就多给一点,不满意就少一点了。

柳青不知道她们的行情,也不会和她搞价,坚持让她说个价,合适她就过来,不合适就拉倒。那女人大概听出遇到了生瓜蛋子,便狮子大开口,要一千块钱。柳青凭直觉认为她要价离谱。没再说话,直接挂了电话。挂断电话,他有种解脱般的轻松。可是他还没离开电话两步,电话又响。他想到是那女人又打来了,想也没想又接了电话。女人说缘分嘛,玩一玩了。

柳青感觉又好笑又鄙夷,婊子也说什么缘分。他说,只想找个人聊聊,让她出个实在价。

她说。四百是最低价了。

柳青接受了她的价格。女人长得不算漂亮,但是妖艳。柳青像对待客人一样文明礼貌,还给她倒了水。这女人大概没有这样被男人尊重过,有些无所适从,总坐不端正。柳青和她谈话的方式和上次见洗头女一样。拐来拐去地说些无用话,绕了半天,总算绕到珊姐这个女人的话题上。

女人说珊姐在她们那个圈子里大名鼎鼎,但是她没见过。柳青问上哪儿能找到珊姐。女人说她也不知道,听人说她好像是听泉山庄的公关经理。问她听泉山庄在哪儿,她说应该好远吧,她也没去过。听说珊姐在听泉山庄搞了好多娱乐项目,艳舞、模特、二人转表演什么的,吸引了许多来客。

达到目的,柳青便付钱让她离开。他感觉这五百块钱花得很值,也许找到珊姐就能找到花红,仿佛花红已经有迹可寻。他坐着,眼睛盯着电视,心却不在电视上,满脑子想的都是找到珊姐救出花红。

他感觉已经过了很久,看看表还不到零点。大脑的思绪像野马一样驰骋,很难再入睡。他决定出去走走,外面不安全,就在酒店里走走也好,活动活动筋骨,熟悉熟悉天涯的环境。一楼大厅灯光明亮,空旷静谧。一楼前厅的服务员见他半夜下楼,问他有什么事。他说没事,睡不着,就想下来走走。

他边说边向酒店门口走去。他站在门前的台阶上。门外是一条南北向街道,路面宽阔,霓虹闪烁,车流不息,行人寥寥。躁动和神秘的夜色似乎正在孕育不安和危险。他出来救人,必须保证自身安全。他又回到大厅,站在服务台边缘,向服务员询问去听泉山庄怎么走。服务员看他一眼,问他是不是现在要去。他说,不,明天去。

服务员说,坐公交车要转两次车,打的去大概要五十元。

24. 珊　　姐

清晨五点柳青退房离开酒店,打的去听泉山庄。

开出租车的司机是一位四十多岁的中年男人,特别爱说话。他操一口海南普通话说海南这几年发展得如何好,治理腐败多有力度,一位老家在海南的贪官被查后在老家搜出的财产拉了多少卡车,家里搜出黄金多少。一路上嘴就没有停过。他问柳青是哪里人,来海南出差还是办事。柳青没有心思聊天,也只好哼哼哈哈地应着。快要到目的地时,他突然说,传说这个山庄的模特好多好靓啊。

柳青问,还有模特?

他说,就是小姐呗。

柳青这段时间听到小姐一词就感到揪心不安。司机像是感觉到他情绪不好,也不再说话。车停下来。司机说到了。柳青下车,已在山庄的大门处。以白蓝两色为主的现代建筑,不知深有几许的园子里树木葱郁鲜花盛开,看起来充满生机,干净气派。柳青走进去,感觉好大好大,好像没有尽头没有边缘。他在园子里走着遇到一位身穿工作制服的年轻人,柳青问她姗姐在不在,到哪能找到她。那人狐疑地上上下下打量他一阵说,不知道她在哪里,我们也很少见到她。

柳青说,她肯定在这里上班了。

那人说,她只在晚上来,白天很少来。

柳青这下放心了,只要她在这里,别说她只在晚上上班,哪怕她几天才来一次也总算有地方可以找到她。只要能找到她,她就不是一个传说。

柳青到客房部,想登记一个房间,可是一看价位,最便宜的房一天也要八百元。他有一些积蓄,银联卡就带在身上,可是,他那点钱在挥金如土的地方哪敢任性。寻找花红不知道还会遇到什么情况,没有钱寸步难行。他想想，还是到附近找个便宜的地方住下再说。再回到园子里，随便在里边转着，希望有点意外的发现，甚至幻想正好碰到花红。

园子外部三面环山，内景碧水红花，山光水色，蓝天白云，里边吃的住的玩的洗的泡的可以说应有尽有，堪称人间仙境。柳青在园子里走走停停，看似闲庭信步，其实内心五味杂陈，焦虑不安。他一个外地游客的身份怎么才能接触到珊姐。他应该多了解一点她的情况。中午时分，露天泳池没人游泳，那一块地方鲜有人至，很僻静。一个女工正在搞卫生。他在泳池旁边的椅子上坐下，貌似小憩。搞卫生的女人到他身边，他向她笑笑。她也回他笑一笑。他主动和她打招呼说，大姐，扫地啊。

她的回答只有一个字，啊。从她的一声啊，可以听出是四川人。他说，大姐是四川人吧，在这里干活挺忙的。

她喜笑颜开，是啊，是四川人。

他说，一个月多少钱？

她说，不多，就两千，你是哪里人？

他说，我是河北人，我也想来这里找工作，不知道还要不要人。

她说，要不要人我也不清楚，不过你可以到那里去问问。

女人向西南方指了一下。他顺着她指的方向看，是一幢三层楼房。

他又问，大姐，我能给你打听个人不？

她问，什么人，我只是个扫地的不一定知道。

他说，就是这山庄的人，都叫她珊姐。

女人说，珊姐呀，这里干活的人都知道她，她好漂亮，又能干，她带模特队演出，搞公关啥的，我也不懂，都是这么说。

他说，她平时在哪里办公，是那里吗？

柳青说着也向她刚刚指过的方向指一下。那女人说，可能吧，我也不清楚。我们一般人很少能看到她。你要找她就去那里问问。

女人和他说话没有停止干活，说着就干到别处去了。柳青想接触到珊姐，可不知道怎么样才能接近那个叫珊姐的女人。他想去问问他们这里招不招保安，或者厨师也行，在这里工作几天，说不定能打听到花红的下落。如果不招人，他只好再想别的办法。

没有肖泽宇和夏朗的消息，不知道他提供的证据有没有用。想着就打了肖泽宇的电话。肖泽宇说，他和夏朗一起去的公安局，公安局对他们提供的证据很重视。当即就与脉隆市警方联系，前往协同抓人。结果两市警方赶到张光宪他们住的酒店时,已经人去房空。

这个消息对柳青简直就是闷头一棍,怎么会这样呢?难道张光宪对自己有所怀疑,立即撤换了地方。他们那号人都疑心重。他怨自己太没经验,沉不住气,得一点消息赶快就透露出去,如果不急着向警方提供证据,完全可以再约张光宪喝一次酒,说不定再灌醉他一次,就把花红的下落说出来了。再想想,又觉得报告警方是对的,即使再请他喝一次,也不见得有用,很可能他们和珊姐的交易就是一手交钱一手交货,当然,他们所谓的货是贩卖的人。唉,花红竟成了一帮了人口贩子手中的货品。这真叫人心酸。

看来警方不可能马上抓到张光宪一伙了,他们就像被钓的泥鳅,太滑溜,眼看着抓到手里又滑脱了。本来想自己打前战,寻找着花红的下落,等公安一出手就能解救出来。这下完了,他的证据又成了断线的风筝,暂时起不到作用,他只有赤手空拳,孤军作战。

到山庄度假的人都是养尊处优的有钱人,都有午休的习惯。过了午睡时间,园子里人渐渐多起来。有人下去游泳,人一波一波地赶来。柳青满腹心事,不喜欢人多。人一多,他就撤。

柳青在园子里转着转着就转到了搞卫生女人指的那幢楼前。他看看,一楼到三楼都是搞经营的,四楼才像办公区。他在楼前转悠,迎面遇到一位保安。他向疾步前行的保安打招呼,问他想来找工作应该去找哪一位。保安看看他,问他找什么工作。他说,什么都行,只要有活干就行。

保安伸手向上指了一下说,四楼,第二间。

柳青上了四楼,敲了第二间的门。门只是关着,他敲了两下,一推就开了。里边一个年轻女人正玩手机。女人问他什么事,他说找工作,问这里要不要人。

女人说现在不招人,不过他可以留下特长和联系方式,招人的时候和他联系。女人拿出一张表让他填。柳青不想留下他的信息,婉言拒绝填表。柳青在听泉山庄东游西转,不觉天色已晚,肚子饿了,才想起没吃午饭。他走出山庄,在路边小店里随便填饱肚子。饭后,不由得又向山庄走去,仿佛那里有他的家、他的魂儿。天晚了,园子里安静好多。他在住宿楼前的长凳上坐着,任风拂面,看人来人往,希望发现花红,或者珊姐也行。可是他不认识珊姐,即使和她走碰面他也不知道是她。

他坐着瞎想,忽然看到五个光鲜靓丽的女子向迎宾楼走去。个个身材高挑,一袭长裙,像高雅的贵妇。接着三三两两的绝色女子像断线的珠子,不断涌向迎宾楼。靓丽女孩还没过完,又见许多帅哥鱼贯而入,个个衣冠楚楚,玉树临风,帅气十足。柳青看着他们,忽然想起那位小姐说过听泉山庄每晚都有珊姐的模特队演出。

他问迎宾楼门前的值班保安,楼上是不是有演出?

保安说,是。

他问,能不能进去看?

保安说,在这里住的客人都可以看。

他问,怎么收费?

保安说,每人一百。

柳青说,在这住的客人还要收费啊?

保安没回他的话。他又说,听说有位姗姐,她去不去演出?

保安说,她肯定在,但是她不演出,她是模特公司的经理。

柳青自己都嫌自己话多了,可还是忍不住地说,珊姐什么时候来,她会不会已经在楼上了。

保安说,还没见她来。

柳青不再说话,他想珊姐上楼一定要经过门口进去的,他就等着。认准她,才能行动。模特队的帅男靓女还在往迎宾楼里赶。他感觉进去足有几十人。这些人难道都是像花红一样掳的买的。可是,他们看起来都很幸福的样子。

一辆保时捷直接开到迎宾楼前停下,车里走出一位四十来岁气质独特的女人。女人一下车,迎宾楼里的帅男美女嗲嗲地叫着姐姐围上去,簇拥着她进了大厅。

保安看一眼他们的背影,笑着对柳青说,看到了吧,刚才那个就是盛传的大姐大珊姐。

柳青终于见到了姗姐,领略了她的美貌和不同一般的气质。如果没有张光宪酒后那些话,他怎么也不能把倒卖人口和她联系起来。他无限感慨地想真是徒有其表,败絮其中。但是他必须和她有交际,即使和她接触不了,也要和她身边的人接触,从侧面了解花红的下落。

25. 百河在哪里

柳青在迎宾楼服务台登记了房间，顾不上看一下房间，直接去了六楼的歌舞厅。厅里灯光昏暗，人也不多，稀稀拉拉，都是成年人。柳青一个坐在一个角落，眼睛不停地在表演台上搜寻珊姐。可珊姐不知躲在哪里，演出结束也没见她露面。节目大都是歌舞，模特人体表演，也有香艳粗俗东北二人转。节目时间很短，不超过四十分钟。

演出开始，灯全部暗下来，前来观看的人越来越多。演出结束，主持人温柔地说下面进入互动时间，如果你喜欢哪位演员可以个别交流。那些衣冠楚楚地先生们鱼贯而出，不知去了哪里。柳青在两个男人小声的嘀咕声中听出，他们到别处让女人挑选去了。柳青以前听说过做鸭的男人，那天他亲眼见到了从事性职业的男人。为了钱，多少人把尊严丢弃。

刚刚还在台上表演的女人被纱幔笼罩。台上的女人不时有人被人带走。柳青知道她们被看上的男人带到了房间，进行所谓的单独交流。台上刚刚还人气旺盛，不大一会儿就只有寥寥几位。柳青产生一个大胆想法，她要带走一个女人。他挑了一个看起来稍胖一点的女人。他感觉胖女人善良，爱讲实话。

柳青点了一个女人，竟花四千八百元，钱款当场结清。柳青咬咬牙掏出四千八百元钱，带一个女人去房间。他仍是像接待贵宾一样对待她。他给她倒一杯水。房间里有水果，当然吃掉是要另外计费的。他给女人拿了芒果。女人大概从来没有遇到过这样的嫖客。看他这么年轻，肯定以为遇到神话了吧。女人说别浪费时间，说着就向他身上贴。柳青说，我不干那个，我只想和你说说话。

女人说，是让陪聊啊。

柳青说，你是哪里人，为什么干这个？

女人说,我拒绝回答。

柳青说,好,说点别的。我看你演出时就感觉你好。

女人笑了,笑得很阳光,不像卖笑的婊子那种笑。柳青说,你们这行收入不少吧?

女人说,还行吧,没有公司收得多。

柳青说,是模特公司吗?

女人说,是呀。

柳青说,你们怎么去的模特公司?

女人说,怎么,你也想去啊?

柳青说,我不行。

女人又笑了说,只要珊姐要你就行啊。

柳青也笑了说,你们当初去的时候都是自愿去的?

女人说,当初都是说招来做模特的,来了就培训,有做模特的,有的呆久了就干上这个了,毕竟出来都是为钱吧。

柳青说,你们的模特都是招来的,有没有走别的渠道来的?

女人说,有吧,也不太清楚,模特之间的交情都很淡,互相都不多说话呢。

柳青说,有没有来了不愿干又走的?

女人说,应该没有吧,只要是珊姐看上的人,不容易走掉的,走不出这个山庄大门的,再说吧,有的人刚来的时候是又哭又闹的不干,可是后来就慢慢想明白了,人活一世,干什么不一样,这个挣钱还快些。

柳青说,我看你们在这个园子里挺随便的,怎么就走不出园子呢,你们不和家人联系吗?

女人说,反正是走不出,到处都是她的眼睛。家人都以为我们在模特表演公司,天天在T型台上表演呢。

柳青说,有没有模特是买来的?

女人警觉地说,这些事情我们不敢乱说的,这事老板也不让我们知道。

她说话闪闪烁烁吞吞吐吐。柳青看出她不敢乱说,一个连人身自由都没有的人肯定也没有说话自由。他必须打消她的顾虑。花红来海南时间不长,如果从张光宪一伙手里买花红的珊姐就是听泉山庄的珊姐,即使她捂得严实,也不可能没有一点风声。小姐的时间有限,她不可能无休止地和他聊下去,他必须抓紧时机。柳青只有冒险直接摊牌。他说,实话告诉你吧,我是来找人的，她是我的朋友，已经失踪多日，她的母亲是盲人，只有她一个女儿，除了女儿，她无依无靠，找不到女儿，就没法活下去，她就在你们珊姐手上。如果你知道她的消息，请你告诉我，我向你保证，绝不向任何人说是你告诉我的，再说，整个听泉山庄也没有人知道我，所以对你不存在任何危险，如果你能提供准确消息，我给你一万块钱作为酬谢。我找这个女孩大孝，她是带妈妈上的大学，还被评为我们那里的十大感动人物。你想想，这样的人，如果长期限制自由，不能照顾母亲，她绝不会活着，所以你如果帮我，也是救人一命，将来她重获自由，她会感激、记挂你一辈子。当然如果可能，我也愿意和你成为永远的朋友，只要你有难处，我义不容辞。

女人瞪大了眼睛听他说完，沉默一阵。听泉模特公司的模特大部分是明目张胆招来的，然后逼迫他们卖身。还有一部分人是社会上不良人员四处拐骗有美色的男女青年，再卖给姗姐的。姗姐手下有一帮打手，只要到了这里，根本别想逃走。他们在园子里看似自由，其实，他们的一举一动尽在姗姐眼中。

女人想一会儿，觉得柳青说得有道理，她自己当初就是仗着姣好的容貌和身材，报着当名模的愿望来到姗姐的模特公司，哪想到阴差阳错地干起了皮肉生意，她前段见过一个陌生女孩，每晚就让她坐在台子的角落里看他们演出。女孩看似憔悴但遮掩不了她的美丽。模特们私下议论过那女孩，说她这么漂亮，如果出道，肯定厉害。可是她只出现过两天，后来就不见了。她们都猜想或许是姗姐打发手下的人把她处理掉了。所谓的处理，就是姗姐对花钱买来的男青年就转手卖给别的娱乐场所，女青年就卖到山区给人做老婆。姗姐不会白白地放掉他们。放掉他们，赔钱的买卖她不干，把他们放出去成为危险因素更不干。他要找的人，如果在珊姐手里，就可能是那个女孩。想想他说得有道理，救人一命，还可以得到一万块钱，她为什么不干呢？在姗姐手里转出去的女孩极少，一年不见得有一两个，她听说去年有一个，也是烈性女子，经阿根的手转出去，好像是卖到一个叫百河的地方。百河在哪里她也不知道，是个县名、镇名还是村名更不知道。这个女孩是不是也被卖到百河，她也不知道。

女人把她见到、听到的都告诉了柳青，她说不能保证是不是他要找的人，给不给一万块钱随他便，她权当做好事了。柳青相信她说的是实话。女人说如果他不干那事，她就走了。柳青如数给她一万块钱。

女人走后，柳青陷入了思索。他想过报警。如果警方介入一定能很快查个水落石出，可是，他所掌握的情况都不能作为证据，珊姐只是一个绰号，连个全名都不是，女人只是说有个女人在表演台上坐了两个晚上，且不说是不是花红，仅凭这一点也不能判定那个珊姐参与了拐卖人口的勾当。公安部门注重证据，如果能拿出确凿的证据就好办了。

柳青只有单打独斗，继续寻找。他凭直觉认为女人说的那个女孩子就是花红。他相信能打听到百河是个什么地方，无论是一个县名、乡名、镇名还是一个村名，都一定能找到。他在手机上搜出海南地图，找遍所有标注的地名也没找到百河。他想百河一定是个很小的村子。明天他将去找百河。

他正要睡下，手机响了。是个陌生号码，这么晚了，谁打他的手机，而且是海南的区号，在海南他没有一个熟人。他隐隐感觉不妙，犹豫着还是接了。是个男人的声音，男人说的四川话，让他小心点儿，如果再纠缠下去要他的小命。

没等他说话，对方就挂断了手机。这个电话让他睡意全消，再也无法入睡。他在海南没熟人，在四川也没熟人。对方不说什么事，只说再纠缠下去要他的小命。他所说的再纠缠下去的事肯定是指寻找花红的事。他猛然想到了张光宪，一定是张光宪。由由在酒吧见他时就说的四川话。他跑海南来追他。他想想觉得不可能，他怎么知道自己来海南了呢。张光宪可能是用海南的手机号诈他。想来想去，都觉得还是应该小心，他吃过黑道的亏，知道他们心黑手狠。

如果张光宪真追到海南来，第一站肯定会在听泉山庄，他甚至怀疑是不是刚才那个女人拿了钱又告了密，可想想这种可能几乎没有，尽管如此，他还是觉得应该尽快离开听泉山庄。他想到这里，立即穿好衣服，收拾了随身带的东西到楼下退房。走出听泉山庄，路上行人稀少，只偶尔有车辆来往。他小心地观察着周边，见过来一辆出租车，马上拦了下来。他说到市区，司机向他要二百块钱。他说来时才五十块钱。出租司机说，夜间就是二百，嫌贵就下车。身处险境，只好任宰。司机一路无语，柳青感觉危机四伏，好像张光宪就在车后面追着。车进入市区，他感觉像进了解放区一样心情一下子就轻松了许多。

26. 柳暗花明

柳青乘出租车到达天涯市区时已是凌晨四点。他在一个农贸市场旁边下车。农贸市场上卖菜卖鱼的商贩已经开始忙活。他感觉那里是最安全的地方,在农贸市场走两个来回天就亮了。天一亮,他就去长途汽车站。

他在汽车站询问去百河的车。工作人员问百河在哪里,是县名还镇名?他说忘记了,请售票员帮他打听一下。售票员真好,马上就问几位同事谁知道百河属于哪个地方。一位售票员说听说过,好像是问理县山旮旯里的小村。帮他打听的售票员问她怎么知道,说那里有亲戚。售票员说你先买到问理,到了那里再打听。柳青拿着票去上车。车上都是海南人,说话叽里咕噜,他一句也听不懂。他坐在车上,一路想着怎么找怎么问,想累了就眯一会儿,一眯上眼还真睡了一会儿。路上停车时,上上下下的旅客把他惊醒了。他看看,公路两边都是山。山间的公路像一条飘带,弯弯曲曲,忽高忽低。

车继续在山间前行。柳青因为晚上一夜没睡,又不停地在路上奔波,感觉困极了。眼睛都懒得睁一下,闭眼坐着。将近五个小时,到了终点站问理。问理既是县名也是镇名。在问理下车,这个偏远的县城看上去开阔干净,蓝天白云,鲜花盛放,姹紫嫣红。这么好的地方竟然藏污纳垢,有人买卖人口。

已经过午了,他感到饥肠辘辘。他想先找地方吃点东西,顺便打听一下怎么去百河。这些年海南各个地方都在开发旅游项目,就连问理这样偏僻的县城也不例外,到处都是茶馆酒肆,小吃店、水果店、茶馆、咖啡馆应有尽有。柳青走进一家小吃店。过了吃饭时间,小吃店里冷冷清清。他要一碗牛腩粉,慢慢地吃着。看老板闲下来,便向他询问去百河怎么走。老板的海南普通话吭吭巴巴,还算听得懂。老板说好远喽,好远喽,几百里吧。问有车没，老板说山路，没车，不通车。只有坐摩的或者机动三轮车才能到。柳青又问要多长时间才能走到。老板说他没去过，也说不准。老板问他去那里干什么。柳青说去找战友，忘了他的电话，没法和他联系，就跑来了。老板说天晚了，最好明天再去，夜路好难走的。

柳青看看时间才三点，他决定不在县城耽误时间，早些到地方，早些知道究竟。他向老板打听了去哪里坐车、大概多少钱等。柳青向小吃店老板道了谢，便去找车。找车很顺利。一溜等着载人的摩托车停在路边。见柳青走近，摩托车主都围上来，问老板去哪儿，争着送他。柳青选择了一位和他年纪差不多的年轻人送他，送一趟要一百块钱。讲好价，柳青便上了他的车。

全是很窄的山路，真可谓羊肠小道。刚开始坐摩托还行，走了一个小时以后柳青开始感觉腰酸屁股疼，浑身不舒服。可想想身负重任，只能咬牙坚持。一路上摩托车风驰电掣，山风呼呼，和骑摩托的人根本无法交流。柳青强打精神，想象着兴许到了百河村，很顺利就能找到花红。说不定很容易就能把她带走。这样想着心情好些，身体的难受好像也减轻了一些。走着走着天空就呈现出暮色，路上的人也越来越少。柳青又担心起来，在这样人生地不熟的地方，如果骑摩托的劫持他怎么办，后悔没有带把刀出行。

胡思乱想着就看到暮色中的房舍了。有房舍，就是有人，有人，被劫持的可能性就小得多。摩托车在路边停下。骑摩托的小伙说到了，让他下车。柳青问他，这就是百河村？他说是了。柳青说，这儿没几户人家，就是一个村子？他说，有，往里边走还有，这里肯定不像北方的平原，一个村子的人都住在一起，这里都是分散住的。

柳青下车，给他一百元钱，看着他很快消失在山路上的背影，想着这一百元真不是好挣的，来来回回几百里，还要赶夜路。他转身向村里走去，有目的却不知在哪里落脚。路边有一户人家，房门开着。他走进去。一位老人在院子里，看到有陌生人进院，哇啦哇啦对他说着什么，他一句也听不懂。他猜大概是问他找谁，干什么之类的话。他上前叫一声老伯伯，说他来这里找战友，没找到他，天晚了，问他这里有没有旅馆。老人也听不懂他说什么，看他有礼貌，不像坏人，对着屋子叫。屋子里出来一个十来岁的女孩。女孩看到院子里来了陌生人，有些羞涩。老人和女孩说些什么。女孩用普通话问，你找谁？

柳青明白孩子是老人叫出来给他们说话当翻译的。他忙对孩子笑笑说,他是来找战友的,没找到,想找旅馆住下。老人听孩子的话,笑着说,我们山里哪有什么旅馆。当然这话是孩子用普通话说给他的。柳青给孩子说,他想住他们家,让她给老人说说,他不会白住,会掏钱的。

老人听了孩子的话,看看柳青,想了一会儿就同意了。柳青在老人家里安顿下来。老人和老伴带着两个孙女孙子在家,儿子和媳妇都出去打工了。被老人叫出和老人说话的女孩是他们的孙女,她还有个弟弟,六七岁的样子。他让老人给他一点饭吃,他们家已经吃过饭了,老人给他一碗剩饭。老人让他睡在外面的棚子里。第二天早上,老人让他和他们家人一起吃饭。饭后,他给老人一百块钱,说是在这里吃住的钱。老人不收,他把钱放在老人院子里的一张桌子上。老人的孙子孙女要去上学,他给老人说和孩子一起走,到他们学校附近看看,如果找到战友就不回来了。老人没说什么。

他跟在两个孩子后面出了门。孩子的学校并不远。在高高的山坡上,柳青看到一排房子掩映在淡紫色的雾霭中。在路上,他问两个孩子他们这里有没有从外地娶来的媳妇。孩子对他的话好像不是太懂,一会儿说有,一会儿又说没有。可能他们脑子里还没有形成外地人的概念。

快到学校了,柳青想等孩子进了学校,就在附近转转,再找户人家了解一下当地的情况,最好能到一户有年轻人的家里看看。年轻人好交流,也许能发现点有关花红的蛛丝马迹。可是,后边竟跟来了一群人,都是六十岁以上的老人。他们哇啦哇啦地叫着追上来,有的手里掂着木棒,有的拿着绳子。柳青不知道他们什么意思,停下来看他们干什么。哪知他们上来就围住他,指着他哇啦哇啦地吆喝,上学路过的孩子都围着看,他不懂他们说什么,只听一些孩子用普通话说他是来骗小孩子的。柳青听出是留他住宿的老人怀疑他拐骗孩子,带人追来了。柳青连忙拉住身边一个女孩让她告诉老人们,他是来找他的战友。那女孩用当地话把他的话说给他们,有老人让孩子问他战友叫什么名字,他刚才问两个孩子名字的时候知道他们姓谢,急忙随便编了谢学斌这个名字。那群人互想看看,问谁家的孩子叫学斌,都说不知道,没有听说有叫学斌的。一个老人喊了一声什么,其他的人便不由分说抄起木棍绳子朝他身上打来。他喊着为自己辩解,他们听不懂他说什么,也不想听,他不忍心对老人们下手,逃又无处可逃,不一会儿就被打晕了

柳青醒来时又到下午了。他躺在山坡上,看看四周,满目荒山野岭,鸟儿在枝头鸣叫,似乎在嘲笑他这个被人看作拐骗孩子的人。他没有一点力气,他伸一下腿腿疼,伸伸胳膊也疼,摸一下脸,脸像是肿着,浑身上下没有

一处好地方。他仰脸躺着,如果死在那里也不会有人知道他的下落。他试着摸手机,可是手机不在了。他摸摸裤子口袋,钱也没有了,他清楚地记得身上还有六千八百元现金,可现在一毛也没了。他想起银行卡在屁股口袋里,忍着疼摸一下,还有。是那帮人不懂得银行卡可以取到钱还是他们没有想起搜查他裤子上屁股口袋呢。管他呢,只要在就好。银行卡里可是他多年的积蓄,也是他的全部家当。救花红就指望这些钱了。

那些人把他扔在这山坳里,是想让他自己死在那里还是想让他被野兽吃掉?想到这里,他不由得打个哆嗦。真够狠的,把人往死里整。可是想想,他们以为他是来拐骗孩子的,村里可能有孩子被拐骗过,对待拐骗孩子的人就该这样,谁叫自己不会说他们当地的话又听不懂呢,没法沟通就容易产生误解。还好,自己跑这么远找人本身就是冒险的事,遭遇这场意外,没有被打死就不赖,不赖,真不赖了。赶快走吧,离开这里,这荒山野岭的地方,也许真会有野兽。

他忍着疼爬起来,走几步,头有些眩晕,腿也疼得厉害。他伸手抚着身边的树又坐到地上。坐一会儿,揉一揉双腿,又试着站起来。感觉好多了。他走着,又拣一根棍,拿着做拐杖。他转了许久也没有找到出口,幸好是晴天,不然辨不清方向。处处奇木异树,山岭绵延,扑朔迷离。每看到一个叉口都试着走走,可走着走着又成了绝路。这样试了几次,他凭着记忆又回到他躺过的地方,直觉那附近该有出口。他不知道几时,看着太阳的位置应该已是下午三四点钟。如果在天黑前走不出去,真有可能命丧于此。他又疼痛,又着急。他告诉自己别急,不由得还是着急,能不急吗?山里除了鸟鸣和风声,幽静得让人窒息。他这里走走那里走走,找不到出去的路。他如果照着一个方向走很可能累死饿死也走不出去。他突然听到有人说话,立刻来了精神,真是柳暗花明。

他寻着声音向前走,好不容易看到几个人,他趔趔趄趄走过去。那帮人看到眼前突然出现的他,都感到吃惊。他们看他鼻青脸肿,失魂落魄,对他充满怀疑。他们是本地人,也可能不是本地人。他们的口音是本地的,衣着打扮不像是本地的。也可能口音也不是本地的,海南话由于地域不同也有很大区别,他这个外地人听不出。他没开口问路,人家先盘问起他。问他在山林里干什么。他说来山里玩迷路了。问他来山里玩脸上怎么会有伤痕。他说来这里串亲戚和亲戚家闹了矛盾,打架了,打完心烦就跑山里散心,结果就迷路了。那帮人大概不想多管闲事,没再问什么,给他指了道。

他走了好远，也许没多远，只是他身疲力竭腰酸腿疼才觉得远。那帮人指给他的道他来来回回走过几次，可是没看出来，几棵大树盘根错节，树根的下面是一个好大好大的洞，下到洞里才能看到通向外面的路。

走出大山，他好感动，犹如重生。他背着阳光向前走，他感觉像是来时走过的山路。他想如果遇到摩托或者三轮车他就拦下，反正银行卡在身上，让人把他直接拉到县城的银行门口，在自动取款机上就能取钱。走了好远都没碰到摩的，又渴又饿又累，实在走不动了，只好坐路边休息。天无绝人之路，他跟自己打赌，如果来了摩托车，就是天赢了，如果等不来摩托车，就是他赢了，天赢了他就可以回到县城好好地吃一顿，找个旅馆好好地洗个澡睡一觉，如果他赢了只好困在荒山野外，生死难料。坐一会儿，感觉稍好一点，便打起精神继续前行，无论天赢还是他赢他都不想在荒山野外过夜，路在脚下，走一小总是少一步，前进一步就会离目标接近一步。走着走着他竟听到有摩托车的声音，等一会儿，果然有摩托人从后面过来。他停下等，唯恐摩托车从他身旁飞驰而过。摩托车越来越近，摩托车减速，他的心跳加速。他太激动了，此时的摩托车堪比救命稻草，他本能地牢牢抓紧。摩托车还在几米之外，他疲惫的脸上就现出笑容。摩托车到他面前时，他唯恐不停，双手打恭作揖做出拦截的姿势。摩托车停下，他谄媚地笑着说，大哥，我去县城，载我一程吧。

摩托车主说他不是载人的，他有急事去县城，有人在医院住院。柳青说，大哥，我也去县城，正好顺路，你行行好，载我一程，我给你双倍的钱。

那人沉思一下说，好，你给多少钱？

柳青说二百。

那人伸出五个指头比划一下。柳青说，五百？

那人说，五百了，我又不是载人的，你碰不到我的话，下午很少有摩的了。

柳青同意他要的价钱。他要上车，那人说，拿钱来了。

柳青掏出银行卡在他面前晃着说，我身上没钱了，这是我的银行卡，到县城你直接载我到银行取钱。

那人说，这样不行了，到了你又不给钱了，我不要和你扯皮，再说谁知道你卡里有没有钱。

柳青诚恳地说，我卡里绝对有钱，我一个外地人，没有钱怎么来这么远的地方，你载了我，就是我的恩人，我再请你上饭馆喝酒。

那人说,我家人在医院住院,酒就不喝了,再多加五百块钱好了。

柳青说,好,那快走吧,到县城取钱。

柳青浑身受伤,又饿又疼又累坐在摩托车后,竟没有像来时感觉那么难受,他只想赶快到县城,给人取了钱找个地方先吃点东西。轰轰隆隆几个小时,到县城时已经夜色浓重,霓虹闪烁。摩托车在农业银行门口停下,柳青腰腿麻木,四肢像是散了架,瘫在后座上,下不了车。那人厌恶地把他拉下车,催他快去取钱。可是他瘘在地上,四肢麻木,站不起来。他让那人稍等一下。那人说,你想要赖皮啊,讲好的到县城取钱,你在这装死鬼,你要耍赖,我就送你上派出所,我看你被人打过,不像好人。

柳青乞求那人说,大哥,稍等几分钟,我脚腿麻木站不起来。

柳青说着拍打双腿,过一会儿,稍好一些,便挣扎着起来,一瘸一拐地走进取款机的小房子里。那人紧跟他身后,好像他会突然消失一样。柳青怕再有不测,没敢一次取出足够的钱,先取出一千,那人拿钱走出去才又取出他要用的钱。

柳青在一个小饭馆吃了饭,感觉身体好多了。走出饭馆,在一家小旅馆开了房间。旅馆的条件很差,只能迁就,一天的遭遇让他不敢大方花钱了,后边不知道还会发生什么事。他提着塑料桶在冲凉房冲洗一下,倒在床上就呼呼睡去。一觉醒来,已是日上三竿。自从有手机,他就不再戴表,没了手机,也不知道时间。好好地睡了一觉,精气神是足了,可伸展一下身体,感觉比昨天还疼。他忍着疼起床洗脸。到楼下退房,看到收银台后面墙上的挂钟已经九点。

吃过早饭,他觉得应该先去再买一部手机,没有通讯工具,再出什么状况,连报警都没办法。他感觉自己已经身处险境,处处险象环生,想任何事情都准备随时报警。

柳青买了手机和手机卡。第一时间和肖泽宇、夏朗他们通了话,说手机丢了,有事让他们打这个海南的号码。他们也在四处寻找花红,肖泽宇和夏朗都想来海南和他一起寻找。他说花红已经让人贩子几经转手,是不是在海南还不一定,还是人员分散寻找把握更大。

在北方隆冬时节,海南却是气候宜人,花红树绿。如果心无杂念,走在美丽干净温暖的大街上,会让人沉醉忘返。可是柳青身负重任,不知花红在哪里受苦,再美的景致也无心流连。他毫无目的地在大街上踅摸,脑子里想着以什么身份再次进入百河。眼看又到中午,也没想出明堂。他想在县城里买些文具日用品，扮成小商人进村去卖，可那样很难进入村民家里，人家买东西也不可能和他东拉西扯，这样并不合适。他甚至想扮成无家可归的人，去那里寻找无儿户当入赘女婿。这样的想法一出他自己哑然失笑。他默默地嘲讽自己，搞不好又被人家当成拐卖妇女的再打一顿。

想不出结果，肚子有些饿了。饭总是要吃，现在他千万不能让身体出问题，健健康康才能救人。他又到一个小吃店，要了一份煲仔饭，坐角落里慢慢吃着想心事。感觉饭馆门口站了一个人，随意抬头一看，是一个和尚托钵化缘。和尚说是什么寺院的，为整修寺院出来化缘。

柳青灵光一闪，这样好，天助我也。昨天打赌天赢了，天无绝人之路，天继续助我，天佑花红。他大口吃完饭，出了饭馆便去了理发店。不一会儿就成了光头出来。又找到一个叫善缘堂的佛教用品店，买了佛珠和僧袍居士背的棉布包。又到蛋糕店买了一些点心和矿泉水。

第二天一早，光头柳青身穿僧袍，背着灰色布包，出现在一溜摩的前面。可能因为他的打扮，让那些拉客的人也矜持起来，没有像前天那样，他一出现，那群的哥不是一窝蜂地围上他。他步态从容地走向一个看起来比较憨厚的年轻人，说他要去百河，问他要多少钱。年轻人说八十元。他坐了他的车。

将近中午，柳青又一次来到百河，下了摩托没走多远又路过前天晚上他留宿过的那户人家。他看了一眼，那户人家依旧没有关门，老人在门前忙活。他走过那户人家，他想那天一定是他跟着老人的孙子孙女走后让他多疑起来，叫了乡亲审问他，然后就打了他。尽管老人家带人打了他，可他还以为他是个善良的老人。那晚他收留了他，给他饭吃，才使他没有露宿街头。

再往前走一段路，就快到学校了。他在村子里穿行。山村的人家住得很分散，走多远才看到一两户人家。山民家都没有院子，直接在山坡上建了房子。百河明显是个穷山村，没有太好的房子。村里也鲜见人影。他穿着僧袍背着布包，已经走过好几户人家，可他还没有下决心入户化缘。进入山民家里开口要钱，他的步子难迈口难开。

前面又是一户人家。他真心地念一句阿弥陀佛，他向佛祖保证，他伪装僧人只是为了救人，化缘的钱，他将全部捐给南山寺。他双手合十，口中念着阿弥陀佛，小步走到一户山民门口。他从包里拿出一个铁灰色瓷杯，双手托着唱道，南无阿弥陀佛，南无阿弥陀佛。他唱了几句，屋子里走出一位六十多岁的年老女人。老女人毫无表情地看看他,好像不知说什么好。柳青说,南山寺即将重修,请布施一点人民币吧,这是弘法利生,请您广结佛缘,造福积德,广结善缘。阿弥陀佛!

老年女人从衣袋里掏出一个一块的硬币放进他的铁灰色瓷杯。柳青念一声阿弥陀佛,转身离去。再往前走,又是一户人家。有了第一次,再进第二户人家时紧张减少许多。再以后渐入无我状态,好像南山寺真的等他化缘重修。进入到这样境界,并不忘寻找花红。每到一户人家,他都特别警觉,耳听八方,眼观六路。第一天,只是大半天的时间就顺利进入四户人家。

他打听到百河村属于茅化镇,相距十几里路。傍晚时他顺着茅化镇方向走,他决定到茅化镇找旅馆过夜。在平原十几里路对年轻力壮的小伙来说,不过个把小时的路途。十几里山路对走惯平路的人来说不太好走,沟沟坎坎,蜿蜒崎岖。柳青走了整整两个小时才到镇上。这是一个大山深处,交通不便,还未开发的小镇。小镇很精致,保存着许多具有民族风情的古老建筑。从这些建筑可以看出这里少数民族居多。

柳青在一个木质结构的旅馆住下。旅馆虽小,但是吃住合一。饭菜和住宿都比县城里便宜多了。身穿僧袍,他当然只能吃素食。旅馆里住客不多,清幽静谧。这几天,柳青没少走路,没少受苦。住进古意犹存的旅馆,仿佛置身世外桃源。晚上沉沉地睡一个好觉,早上醒来精神饱满。在旅馆吃了早餐便又匆匆去了百河村。上午他进了四户人家,没有发现可疑对象。中午他上到一个山坡,一个人躲在没人的地方吃点心喝水,算是午饭。下午接着入户化缘。山里人家户与户之间相隔较远,他一天不停地跑也只能去八户人家。从村里到镇里还有十几里的山路,他不敢独自一个人走夜路,只能下午早点收工。

这样的日子已经重复五天,仍然没有一点花红的影子。这样找下去能不能找到?难道他们把她转卖到别的地方?柳青每天穿着僧袍在百河村转悠,如果被村民引起怀疑,后果不堪设想。第五天下午,他又踽踽独行于山间小路,想到被人识破假僧人的可怕后果,决定当天晚上就换一家旅馆住。晚饭后他换了平时的衣服到镇上随便走走,发现他住的旅馆前面还有一家更小的旅馆。他没有回到一直住了几天的旅馆,直接去那家更小的旅馆。更小的旅馆叫路边小客店,也是吃住合一。这家旅馆各方面条件都差一些。柳青想凑合住吧,安全就好。

第六天,柳青没有去百河,而是去了百河前边一个村子,他不知道那个村叫什么名字。反正地形地貌都一样，都是交通不便，比较闭塞的地方。换个地方碰碰运气，也不见得花红就一定在百河。他打算到另外一个村子找两天，如果没找到，两天后再去百河。村口两间旧房，门口挂着杏子村委会的牌子。他记住了这个村叫杏子村。他从进村的第一户人家开始化缘。仍然是上午四户下午四户，中午躲到没人的山坡上吃东西，天快黑时收工回镇上的旅馆安身。在杏子村两天，感觉杏子村比百河还闭塞。百河的大多数青壮年都去山外打工，家家户户几乎都只剩老人和孩子，而杏子村许多家庭都有年轻人。

隔两天柳青又去百河。在百河转悠两天还是没有结果。那天他从最后去的那户人家出来，正要拐向通往镇上的山路，一男一女向他迎面走来。远远地看，这两个人年龄相差十岁不止，女的看起来到更年期了，男的二十多岁，个子不高，胖瘦适中，脚步利索，精神饱满。女的明显是本地城里人的打扮，男的仅从衣着看不出是哪里人。女人在前，男人在后，两人隔着几步距离。柳青自从接过张光宪的电话以后，一直警觉，无论在哪里都不轻易与人说话。碰到有人看他一眼，他都要小心防备。男的年龄和体态都与张光宪相符，柳青看不仔细哪能放心。山路处处可以隐身，他转身进了山林，装出小解的样子躲在一棵老树后边。待两人走近，他仔细看女人身后的年轻男人。他的心霍霍紧张，虽看不十分清楚，但十之七八可以断定是张光宪。身形体态发型都像。他判断他们刚到百河，或许也要去镇上的旅馆住宿。他看到他们的同时，他们一定也看到了他。没有注意他很可能因为他身穿僧袍，张光宪想不到他会乔装成僧人寻找花红，再说他们两人只见一面，本来印象不深，他又剃了光头，形象大变。

待他们走过，柳青在山林里朝着相反的方向走去。他不能再去镇上住了。柳青判断，他们一到镇上，首先会到每家旅馆寻查打听他的下落。他在第一个旅馆用身份证上真名实姓登记住宿，他们只要翻一下旅馆里最近几天的登记单就能查出。旅馆里每天都是一个姑娘登记收钱，他们问一下，乔装僧人就会暴露。柳青这样一想，顿感庆幸和紧张。他们如果早来一步，自己也许当晚小命难保。他们拐卖人口，早已丧心病狂，为了自保，绝不饶他。

可再想想，张光宪也不一定是来追他，张光宪怎么可能知道他来这里找花红。如果他是来追他的，说明花红在这里，他们做贼心虚，怀疑他通过什么方式打听到花红的下落，如果不是来追他，他们来这里干什么？这样一想，他觉得张光宪是不是来追他，都与花红有关。说明花红就在此地。

无论如何，他都应该避开张光宪，晚上绝不能再去镇上住旅馆。可是天色越来越晚，此夜他落脚何处？再赶往县城，不好碰到摩的不说，知道了花红十有八九就在此处，他更不死心离去。他心事重重地向前走着，在山里露宿肯定不行，比住镇里的旅馆更危险，去山民家里投宿？上次在山民家投宿之后被不由分说暴打一顿，想起来就后怕。亏他醒过来得早，没有遇上野猪野狼什么的。

他想去杏子村看看，杏子村年轻人在家的多一些，年轻人毕竟上学读书多，交流起来容易一些。这样一想，他就转身往回走。这一段山路柳青已经走得很熟，不用问路，也没有一丝犹疑。他走得很快，最好能赶在山民家里晚饭之前，在他们家吃饭住宿。进村走过几户，家家房门紧闭。再走一段，看到一户人家人来人往，抬桌子拉板凳的，一派繁忙景象。他上前走去，想去给他们帮帮忙，再给一百块钱，在他们家住上一晚。刚走几步，从屋里出来一个女人让他惊得七窍阻塞。正是刚才和张光宪一路的女人。还好，张光宪没有和她一起。他后退几步，蹲在地上。女人走出屋门，一个瘸腿男人跟在她身后。看得出他们在道别。瘸腿男人是这家的主人，她是他家的客人。瘸腿男人送她走。女人向男人挥挥手，向出村的路上走去。张光宪没和她一起，他一定在哪里等她。

柳青蹲在地上看着女人的背影消失在夜色中。又过了好大一会儿，柳青才站起来。女人来这户人家干什么，这户人家用这么多桌子凳子干什么？张光宪又在哪里，是在某个地方等那个女人还是在那户人家？柳青本来不一定非进那户人家。可他见了那个女人后，直觉那户人家大有玄机。顾不得许多了，他大胆地走进去。那些正在抬桌子、搬凳子的人停下看他。他双手合十，来到门前。屋子里灯很亮，摆出许多喜字和办喜事的用品。几个女人在屋子里忙碌。这家人要办喜事，娶媳妇。

屋子里有女人叫一声什么，刚才的瘸腿男人走出来。看得出男人春风满面。男人站在柳青面前叫一声师傅。普通话蹩脚，柳青还能听得懂。柳青说，多有打扰，阿弥陀佛。贫僧来自南山寺院，天晚路远，多有不便，见施主家要办喜事，如果方便，贫僧愿意帮忙干活，在施主家留宿一晚。

瘸腿男人让他等一下，他要进屋商量一下。柳青双手合十站在门口，眼睛盯着屋里来回走动的人。几分钟后，瘸腿男人出来说，可以留他住宿，干活就不用了，有亲戚帮忙就够了。说完把他让进另外一间屋子。屋子里摞了许多桌椅，铺了三张小床。瘸腿男人让他先休息一会儿，吃饭时叫他。

柳青连说几声阿弥陀佛。瘸腿男人出去,柳青走到门口向外观察。这个屋子和正屋相连,只一墙之隔。他站在门口,只能看到外面,看不到正屋里的人。正屋里的女人们嘻嘻哈哈说得热闹,可他一句也听不懂。外面的人都在干活,他站着看,感觉怪没意思,便又进屋在小床上坐着。他拿出手机查一下日历,正好是腊月初六。在中原地带,腊月办喜事就算是春节结的婚。无论平原还是山区,无论南方北方,风俗都差别不大,结婚都赶着节庆,选日子都要双的。

瘸腿男人叫他出去吃饭。他掏出准备好的二百元钱说,出家人讲究随缘,赶上施主家里大喜,理当随喜。瘸腿男人说着客气的话接了钱。男人都在外面吃,女人在正屋里吃。正屋门口扯了一只灯泡,照得外面一片昏黄。在外面吃饭的人坐了两桌,大部分都还比较年轻。饭没吃,就先喝起了酒。饭吃完了,酒还没喝完。和柳青坐一桌的人对他还客气,总有人让他吃。柳青吃得很慢,当然只能吃素食,滴酒未沾。他们酒兴浓厚,柳青和他们打了招呼,先进屋子去了。他躺在床上,听着外面的动静。眼前总是浮现张光宪和那个女人。

外面喝酒很热闹。如果没穿这身僧袍,他一定和他们打成一片,随便问几句就什么都知道了。可他的身份是僧人,不能随便诳语,不能喝酒吃肉。他甚至不能多走动,只能安静,以免被怀疑。他出去小解,试图一探正屋的情况。他进出两次路过正屋门口,看到正屋收拾得利索了一些,有几个女人忙活,没有发现什么可疑的事情。

柳青在床上假寐。外面那帮人终于闹够了,都进了屋子。他听到他们在下面铺垫子。几个人刚躺下时还说说笑笑,柳青听不懂,能感觉他们在开一些男女方面的玩笑。转眼就听到有人打起呼噜。两个人诡秘地窃窃私语。柳青屏气聆听,不完全懂,偶尔也听出一点名堂。似乎是说这户人家要结婚的那人年龄快四十岁了,一直找不到老婆,这下好了,娶一个年轻貌美的女人。

柳青几乎一眼未睡,他感觉花红可能就是这桩婚姻的主角。整夜都在想如果真是花红,该怎么应对。一大早,他们就起床了。柳青也跟着他们起床了。他们一起来就开始干活。贴对联和喜字、抬桌子、摆板凳、支锅、搬柴、洗菜,男女齐上,井然有序。柳青也帮着干一些抬桌子搬凳子之类的小活。门前酒桌摆了一大片,很是壮观。瘸腿男人进出几次,一身新衣,精神焕发。早饭后,贺喜的客人一波一波地到来,屋子里外到处是人。

柳青看人来人往，怕有人识破他的真面目。按常理，他吃了，住了，就该走了。可他不看究竟，不甘心离开。他看晚上睡觉的屋子没人进去，便悄悄地躲了进去，躺在床上，装出不舒服的样子。乱场易躲藏，如果有人来问，他便说不舒服，休息一下就走，没人来问，他就装下去。外面是忙乱场景，每个人参与其中，偶尔有人进屋拿东西也不看他一眼，没人在意他这个借宿的僧人。

接近中午，估计客人都来得差不多了，听到外面大声哇啦哇啦说什么，像是安排什么事情，不一会儿，就听到噼噼啪啪的爆竹声。爆竹声响过，听到又有人哇啦哇啦讲话。柳青知道婚礼就要开始，哇啦哇啦讲话的人就是主持人。他下床，到门口看，门口围着许多人。他没法看清。婚礼就在门外举行，婚礼上少不了新郎新娘。他必须看一眼新娘才甘心离去。

他走到窗边，隔窗向外看去，人头攒动，也是不容易看见。可比门口好多了。透过不断走动的人缝，依稀可见新郎笑眯眯地站着，挨着他的新娘只能看到半个身体。他不知道他们结婚的风俗，新娘的头好像用红布盖着。话筒里不断传出主持人哇啦哇啦的说话声，都说些什么他一句也听不懂，但从语气上能感觉到都是祝福的吉祥话。他看到外面那些人都在挪动身体。仔细看，原来是要腾出地方让新郎新娘拜天地。这样倒给柳青腾出了宽阔的视线，能看清婚礼场景的全部。新娘身材高挑，瘦弱不堪。柳青看到拜天地时有个年轻女人一下一下地按着她的头，一下一下拜下去。结婚是隆重的人生大事，如果郎有情女有意，拜天地不该别人按着头吧。柳青不懂结婚的风俗，只想一些常理。终于拜完天地，有人给新郎递上一杆秤，新郎忍不住嘿嘿笑着轻轻挑去盖头。

柳青瞪大眼睛看新娘。花红，花红，花红，是花红。他差一点叫出声来，他翻山越岭，吃尽苦头，终于找到她，她在这里和一个比她大好多的瘸子举行婚礼。花红，你还好吗，他们打你了吗？你想母亲和朋友吗？你一定想回家，想你的诊所，你等着，我一定救你，救你出去。他自言自语，不知是激动还是悲伤。他不知道外面有两个人正在找他。婚礼结束，婚宴即将开始，贺喜的客人各自找位入席。从观看婚礼时人们挤在一起的乱进入分散的乱。这种乱让他视野更开阔。他又看到了那个女人，那个女人左顾右盼着和新郎说什么话。新郎表情惊悚，下意识地向旁边的屋子扫视一眼。

柳青设想过无数次的危险真的来了。屋门没关，他快步走向门后，脱掉僧袍。掏出棉布包里的钱和墨镜装进裤子口袋。包和僧袍随手扔在门后角落。透过门缝看看外边，新郎不知去了哪里，等着喝喜酒的客人还在乱着，许多人还拿不定主意该坐哪张桌子。那女人有些失落地向村子里的路上巡视。柳青感觉张光宪应该距离女人不远。他以女人为轴心，在她的四周寻找张光宪的身影。果然，离她不远处，张光宪出现了，正从对面的斜路上走来。

正是离去的有利时机。脱掉僧袍，混杂在热闹的客人中，不再引人注目，可是，一个光头高个男人突然在客人中亮相，也够显眼的。可是没有别的办法，窗户他昨晚就检查过，防护钢筋做得很结实，只能冒险逃出了，也许客人都沉迷在热闹景象中，并不注意一个光头高个男人。

如果走村里的大路出去，必须从热闹的客人中间穿过。可是，一个接近一米八的大个光头突然现身，太显眼了。山里人家没有院墙，四通八达。他打定主意不从客人中间穿过，而是出门向左，如果没人发现他的可疑，只几步就可以脱身。这是柳青昨晚就想好的预案。他沉着地走出屋子。迈着正常稳当的步子向左转身。如果有人看出破绽，要追他打他，甚至遇到意外，他昨晚已经给肖泽宇和夏朗发过短信，问理县茅化镇杏子村一个瘸腿男人家。花红很可能在此户人家里，如果明天没有联系，万一我发生意外，请寻着这个地址来找。不便联系。勿回短信。

柳青出跨屋门就注意着客人的反应，没有发现有人对他过多关注，沿着屋子的墙向外大步走上两三步，一转身就躲开那堆乱哄哄的人的视线。柳青转身时做出要小解的样子回头瞄一眼，大多数客人都找好位置，对着桌上的美味佳肴，准备大快朵颐。他加快步子，离瘸腿男人家越来越远。他隐没在山间小道旁的林子里，大步向通往县城的路上走去。

27. 天敌的朋友

柳青以老同学的名义请张光宪喝酒，套出他们一伙人把花红带到海南，卖到娱乐场所。那天柳青身上带着录音笔，把他的话录得清清楚楚。酒后，柳青把录音交给肖泽宇和夏朗，让他们带着录音向警方报告。新水警方带着肖泽宇和夏朗前往脉隆市，请求脉隆市警方配合抓人。张光宪和他的哥们儿所住酒店归脉隆市三里沟派出所管辖，脉隆市公安局接到新水警方的请求后通知三里沟派出所派人前往抓人。

新水警方和脉隆市警方一行七八人来到酒店，在前台查住宿登记时被告知张光宪三人已于二十分钟前退房离开酒店。就在抓捕前的二十分钟，他们离开了酒店。他们有神机妙算的特异功能，嗅出了警方的行动，还是果真这么巧合？

张光宪从小在脉隆市长大，不务正业，就喜欢和一帮狐朋狗友在社会上惹是生非。短短二十几年人生就几次被判刑进监。和他打交道的不是他的哥们儿就是警察。他自己跟上他们的老大，才真正见识真正走黑道的人。六年前他因抢劫被判刑三年，在狱中认识了老二。老二先出狱，三个月后，张光宪出狱。老二出狱后遇到老大，成了老大的马仔。老大干着违法勾当，可从来没有被抓过。老二非常佩服老大，对他心甘情愿，马首是瞻。老大让他物色一个机灵能干的人和他们一起干。他想起了张光宪。张光宪在狱中给人感觉很会来事，他家里有人看他给他送什么好吃的总会让他分享。他找到张光宪，说要拉他跟一个能人干大事。张光宪出狱后正天天窝在家里，天天看父母的脸色。有人要带他去干大事，哪有不去的。他跟着老二见老大。老大的气度让他佩服得五体投地。老大干干净净斯斯文文，不多说话，但话既出口，一言九鼎。

他们跟着老大更多时候什么都不干，天天喝点小酒，泡个小妞，要多滋润有多滋润。老大只要带他们干事就是大事。不像他们之前就干点偷鸡摸狗的事,整天提心吊胆,动不动遭遇警察。他们常干的事是押货。刚开始押什么货老大不说,也不许他们多问,后来慢慢熟悉,他大概也觉得他们可靠,有时也让他们知道一点。有次,老大让他们到云南取药,他们不知道取什么药,也不敢问,到地方才知道是毒品。老大有时泡妞,泡腻便送给珊姐。他说他和珊姐是生意伙伴,两人沆瀣一气,胡作非为,约和女人都是珊姐让搞的。

那次他们到新水游玩,晚上没事就去酒吧坐坐,去两次老大看上了酒吧乐队的贝司手由由。老大经常这样,出去吃饭或者喝酒唱歌看上了小妞,就让张光宪,也就是他们的老三出面给人家献殷勤,原因是老二干这事老练,会讨好女人。只要是老大喜欢的事情,他让老二、老三干什么,他们就得干什么。张光宪为了和老大交流方便,他连四川话都说得跟四川人一样地道了。

老大喜欢上的小妞,只要老三把她领到他跟前,一般没有他摆不平的,没想到这次遇到了由由这个另类。连续几天给她献花请她喝酒,她竟不拿他们当回事,不拿老大当盘菜。老大发誓说一定把她搞定,不搞定她誓不为人。那晚由由喝得很兴奋,说要和她交往就先帮她办一件事。老大一听有戏,当然义不容辞。由由说花红是她同学,她总和她对着干,凡是她喜欢的花红一定说不好,她很生气,请她们去教训她一下,让她以后明白怎么做人。得到老大的同意,老三满口答应下来。由由看来没有真的喝多,临走还交代不能对她同学过分,吓唬她一下就行。

第二天,他们就按由由给的地址去了“和睦”针灸按摩诊所。

老大、老二在外面等,老三进去实地考察。老三从诊所里出来说,太漂亮了,以前没碰到过这么漂亮的妞。老大听后心里一动,比由由还漂亮?因为老大恋上由由,他们已经在新水住了几天。老大不想为个女人再耽搁下去,只想早点拿下由由,老三说以前没碰到过这么漂亮的妞,也想早点一睹芳容。当晚就下手劫持花红。

车是老大的车,老大不知从哪搞来那么多假牌照。只要干不法之事,到哪儿换哪儿的假牌照。那晚劫持花红,当然用标志为新水的假牌照。老大开车,老二、老三下车劫人。没想到花红如此娴静优雅,秀色可餐。老三说以前没见过这么漂亮的,在老大眼里,花红漂亮是肯定的,可又不仅仅是漂亮。老大见了花红,忘了由由。花红被掳上车,又用布堵了嘴巴。她叫不出声音,两个男人分坐两边,根本不可能求救。老大不与老二老三商量,在瞅着没有摄像头的路上拐进一个胡同换上了四川的真牌照。然后直接上高速去了脉隆市。

因为张光宪家原先在脉隆市,他们便把脉隆市当做一个活动的据点。他们在脉隆市租了一套房,还买通了一些派出所的警察和治安员。老大直接开车进了租房的小区,将花红带进他们租来的房子里。在路上老三就和花红交了底,是他们大哥喜欢她,只要她配合好,不会难为她。花红不能说话,谈判是单方的。到了他们租的房子里,老大让他们为她解了蒙面的布,让他们两个到别的房间。他要亲自和她谈。

花红夜晚遭劫,又恐惧又悲愤,比到世界末日更绝望。他们收走了她的包,关掉了她的手机。没了人身自由,一切都不属于自己。母亲这一晚怎么度过?以后不知道还有没有回家的可能,如果没有她,母亲怎么生活?她相信肖泽宇易茹他们发现她失踪后会四处找她,可是能找到她吗?她流着泪恐惧地想着这些。坐在她身边的小个子说他们老大喜欢她,只要她好好配合就不会伤害她。从他的话里知道自己是因色被劫。她想如果有机会拿利器她就给自己毁容,恶心他们,让他们不得不放掉自己。可是她马上又想到,她要能出去他们就可能受到法律制裁,即使毁容,他们也绝不放她出去。

车在路上走了那么久才停下来。他们揭开蒙在她脸上的破布,她能看到时已经在他们租住的楼下。她看着是一个居民小区,可不知道是哪里,是什么小区。在房间里,老大让老二、老三都离开,他自己和她谈判。他说他喜欢她,如果她好好配合就做他的女友。

她说,我求你,放我走,今晚的事就当没发生。

老大说,好不容易把你弄来会放你走吗?

她说,不放我走,我死都不会配合。

她突然想起听说过有人用迷药强暴女人,浑身打一个激灵,仿佛那个可怕的现实正在逼近她,她警告他说,如果你们勉强我,对我下迷药或者强暴我,我就死在你们面前,做鬼也决不饶你们。

花红说完这些话,无论老大再说什么她都不再出声。她看着他,眼里充满了仇恨和鄙视。第二天,第三天,她都滴水不进。他们还从来没遭遇过这么刚烈的小妞。老大有些恼怒地说,他败走新水,新水的小妞都是二百五,以后再不去新水找女娃。

老大的原则是不到万不得已,绝不牵连命案,牵涉命案,搞不好把自己小命都搭上,最不划算。坑蒙拐骗,苟且人生。他本来给自己设限不涉毒品和贩卖人口的,可人越来越精,防范意识越来越强,靠蒙靠骗游戏人生越来越不容易,不得已才走上涉毒和贩卖人口。他涉毒是认识珊姐以后的事,觉得他自己干的事就是帮她运货,即使出事也构不成主犯,还可以为自己狡辩不知情,大不了关上几天。

花红成了烫手山芋。他想把她当作金丝雀,精心养护,可她不是给她精美食物,便会歌声清脆嘹亮、悠扬动听的金丝雀。天下最可怕的人是不要命的人,如果一个人可以置生死于不顾,还何惧之有?看她那情形,真有破命上的可能。她是烫手山芋,拿在手里不安全。漂亮妞多的是,何必非要垂涎于她。与其让她死在手中,不如拿她去换钱。第三天,老大说要把她送给珊姐,她看不上我,就叫她去珊姐的模特队潇洒吧。三个人将计就计,说走就走。他们告诉她要送她去一个好地方,吃美食穿绫罗。几天滴水不进,她已经饿得没有一丝力气。他们要送她到另外的地方,也许中途会有逃走的机会。为了积蓄力量,他们再让她吃东西的时候就吃了一点。

临走前,他们又给她蒙上了眼睛。在机场他们不知用的什么手段,让她迷迷糊糊地跟他们顺利通过安检,上了飞机。

阿根在机场接他们,上了阿根的车她又被蒙了眼睛。珊姐对花红的长相气质非常满意,以前他们给她送一个美女两万块钱,这次破例多给一万。几个人拿了钱就回到脉隆市。脉隆是张光宪从小长大的地方。小时候经常偷鸡摸狗被派出抓来抓去,和派出所的干警都很熟悉。投靠老大以后,老大让他去接近收买警察,说这个对他们很重要。张光宪佩服老大的原因也在这里,他从来没想过和警察交朋友,他觉得自己与警察是天敌,根本不可能尿到一个壶里。老大就知道天敌也要交朋友。

为了完成老大交办的任务。王警察进入了他的视线。王警察大不了他几岁,感觉王警察见他没有像别的警察那样一副疾恶如仇的样子。他第一次找王警察,给他送了两条中华烟。王警察问他,又有事了?

他说,没有,我不干偷鸡摸狗的事了,跟着一个老板干正事。

王警察看着他手里的中华烟说,那你,这啥意思?

他故做害羞状说,哥,没别的意思,现在学好了,想想以前,我打过交道的警察,就哥把我当人看,说实在的,我以前看见警察都想躲,没干坏事也怕见警察,因为他们的脸色不好看,他们看我的眼光不对劲,感觉他们就想把我吃了,哥,你见我总是笑眯眯的,还把我当成是个人。

王警察在派出里就是出了名的好人,见谁都是先笑再说话。他见了被抓过的人也是笑眯眯的。他自己无所谓对这些人看得起或者看不起,他们犯事,该抓就抓,他们不犯事,与他不想干。王警察看他诚恳,又听说他不再偷鸡摸狗,做正事了,就接下了两条中华烟。没过多久,张光宪又找到他说,他的老板听他说王警察是位好警察,很敬佩他,要请他吃饭,和他交朋友。人都喜欢别人吹着捧着。王警察乐颠颠地去了。酒过三巡,老大拿出一个精美的首饰盒摆在他面前说,我只交值得交的朋友,我们做玉石生意的,这个请收下,留作纪念。

王警察不懂玉石,他让老婆拿到玉器店里鉴定,玉器店的老板竟说是难得的好翡翠,雕工精良,价值数万。王警察从来没有收过这么贵重的礼物,给他送这么贵重的礼物说明人家看得起他。没过几天,他做东请他们小酌一顿。后来就成了朋友。老大带老二、老三他们每次作案之后,必回脉隆市歇脚休整。每次来都请王警察小聚,而每次小聚都要送他一件玉石类的小礼品,虽然不像第一次那样出手大方,可毕竟也是一个物件。再说,小东西更显示出朋友之间的熟稔。这次他们卖了花红从海南回来,直接又到了脉隆市。第二天,张光宪就有同学找他叙旧。老大当时就感觉不对,有些不放心,派老二跟着他去。

新水警方接到肖泽宇和夏朗提供的证据后立即派人赶到脉隆市公安局。脉隆公安局的五名干警参加了这次行动,这其中就有王警察,王警察已经升任副所长。王警察得知要抓的人是张光宪他们,马上躲到厕所给张光宪打了电话。

王警察说新水的警察来抓他们,老大立即就想到了张光宪叙旧的同学,也想到这次劫持女人的事儿惹大了。他们撤离宾馆后,老大立即给珊姐联系,问送给她的美女在她手下如何,是不是又成了她的摇钱树。姗姐有些气愤地说,这年头竟然还有如此拿自己当回事的女人。她每天能干的事就是哭,饭也不吃,哭哭啼啼,如果非要她接客,她就去死。碰到这样的,我只好自认倒霉,把她处理掉算了。

老大知道珊姐处理掉是什么意思,不便再问。打完电话他又问张光宪有没有告诉他所谓的同学送那小妞去海南的事。张光宪知道自己惹了大祸,也不能瞒着不说。老大看他吞吞吐吐的样子就知道他没少在所谓同学面前卖能。让他马上和他那同学联系。他们都用假身份证办有海南的手机号码。他便用海南手机号给柳青打电话。柳青接到电话说在外地,他们怀疑他极有可能追到海南。老大只得再给珊姐打电话，告诉她这次送的人被警察发现，女孩家里也追着不放，让她有些应对的思想准备。

这次珊姐骂人了，蠢猪，挨千刀的，你们必须摆平。

被珊姐骂过之后，他让张光宪马上飞海南善后。而他带着老二回四川老家躲避。柳青被百河的几位老人怀疑拐骗孩子遭到暴打之后，他身上的钱和东西全被搜走，留他住宿的老人拿走了他的手机。就在第二天，柳青的手机响了。老人带人打了柳青以后，心情也不舒畅，他们把他送到山坡上，不知道他醒来没有，如果醒来不知道能不能找到出山的路，他们本地人到山上还容易迷路，一个外地人要找到出路更难。手机一响，他就接了，他想听听是不是那个挨打的人打来的，如果是他打的，就说明他没事了。这样老人心里也会好受一些，毕竟他并没有骗走他的孙子孙女。他接着一听，是别人找他的，而且找的人听出他说海南话，他马上也改说海南话。打电话的人问他怎么接这个电话，老人说他捡来的手机。问他是什么地方的，老人没有多想就告诉他了。张光宪还想问什么，电话断电关机。张光宪以为老人不愿和他多说，才关了手机。之后他又试着打过多次，希望了解柳青的更多情况，可是再也没有打通。

张光宪立即打电话告诉老大他了解的情况。老大不敢掉以轻心，马上又给珊姐打电话，问她们把花红处理在什么地方，是不是处理在一个叫百河的村子。珊姐留不住的人，都交给阿根处理，处理到哪里她统统不问。她把阿根找来一问，果然就在百河附近。她立即给老大打电话，要他必须找到寻找花红的人，就地干掉。

情况危急，老大顾不得自己平时不涉命案的底线，打电话要求张光宪必须尽快找到他所谓的老同学，让他从此消失，为了万无一失，他让老二马上出发去海南帮他。

珊姐给老大打过电话以后，仍然不放心，又交待阿根给张光宪提供找人线索。经阿根之手处理的人都给了一个专门拐卖妇女的人贩子。她叫黄小仙，三十多岁，就住在县城附近。他们一环紧扣一环，都是一根线上的蚂蚱，抓到一个，谁也别想跑掉。他们串通后，埋怨一阵，还是配合要紧。

黄小仙和张光宪在问理县城见面，直接就去了百河。黄小仙把花红卖到了百河前边的杏子村。他们在百河走一趟，村里依旧，来来往往都是本地人，没见着一个外地人。正如柳青所想，他们没想到他会装扮成僧人，所以他们擦肩而过。他们去镇上之前，黄小仙去了收买花红的瘸腿男人家，打探他们听到什么风声没有。他们再一次擦肩而过。

正如柳青所料,他们在镇上的几家旅馆打听他的下落。他们去的第一家旅馆就是柳青真名实姓登记过的旅馆。张光宪说他是柳青的朋友,找他有急事,不知怎么他的手机联系不上。再往下说没几句就问出他穿了僧袍,装扮成僧人。坐台收银的女孩说他已经走了两天了。他们在路上看到的僧人一定就是柳青了。竟然失之交臂,张光宪和黄小仙遗憾得捶胸顿足,牙根痒痒。女人说她从瘸腿男人家出来还看到过他,当时就想这个和尚是真的假的,蹲在地上装什么象。哪里想到他就是和他们捣乱的人。

张光宪听她这么一说,立即就急起来,他去了瘸腿家,他是不是知道了买主?

黄小仙说,你跟我急有什么用,都是你们自己坏的事,把我牵扯进来,要不我不管了,有什么事我都不知道,我什么都不知道。

张光宪忙说,别呀大姐,咱是一条绳上的蚂蚱,你跑不了,你不管,哪行啊?

两个人争来争去,得出的结论可能柳青并不知道买家,也不可能打听出花红的下家。他们说定明早再去瘸腿男人家看看。黄小仙在瘸腿男人家得知明天就是瘸腿男人的大喜日子,要让他小心一些。那天黄小仙怕瘸腿男人和他的家人不放心,她只说路过那里,顺便到他家看看,让他对媳妇好些,让她安心和他好好过日子。看瘸腿男人和他的亲朋家人正忙着准备举办婚礼,向他说了许多祝福的吉利话。

第二天,他们到瘸腿男人家的时候,正宾客迎门,热闹非常。看着人家正沉浸在即将举行婚礼的喜庆中,不好告诉他有人正在想办法把他新娘接走,便在外面转悠,希望发现柳青的踪迹。转悠半天也没有发现穿僧袍的人。张光宪不停地骂,他妈的,不知道的时候过来过去碰见他,认准他了,他倒成缩头乌龟了。

好不容易等到婚礼结束,黄小仙赶快把瘸腿男人拉到一边,问他见没见过一个穿僧袍的和尚。瘸腿男人有些得意地说,见了,他昨晚还在我家住了一晚,他是南山寺的和尚,说天晚了,要帮我干活在这里住一晚,我说活没得干,亲戚干就够了,要住就住一晚,赶上我家办喜事,人越多越好,肯定让他住一晚嘛,他还给了二百块钱的礼金。

黄小仙听他这样说,急得嗓子眼都要跳出来,连声问他,人呢、人呢?

瘸腿男人看了一眼柳青住的屋子说,走了,早上还见他在这里帮忙干活，吃了饭，就再没见到他了，肯定是走了。

黄小仙问，他见你的新娘子没有？

瘸腿男人说，没有，新娘子哪里好见的，从她来就没出过门，上午举行婚礼时才出来一下。他没看到就走了。

听他这样说，黄小仙快要跳出来的心才稍稍安稳一点。她小声告诉他，那个和尚是个假和尚，他是新娘的家人，来找新娘的。

瘸腿听后大为震惊，吓得嘴都裂成裤裆了。黄小仙提醒他冷静，别让客人都知道了。传出去对他会不好。瘸腿男人听她的话，装作什么事都没发生，继续招呼客人。

28. 解救花红

柳青顺利从瘸腿男人家出来，在山里走一段，感觉不会有人追来时，便一路小跑到去县城的路上。脱离险境，他马上给肖泽宇打了电话，告诉他已经找到花红，让他转告花红母亲及夏朗、易茹他们。肖泽宇说他马上订机票过来接他和花红。柳青觉得没必要，可想到他是花红的男朋友，也不好说不让他来接。他说他赶到县城就去当地公安局报案，如果顺利，今晚或者明天应该能解救花红。

挂了电话他大步走在通往县城的小道上。山重水复疑无路，柳暗花明又一村，昨天还怀疑花红是不是在此地，今天果然就在这里找到了。他无法到花红面前，如果她知道最多再过一天就能获得自由，回家和母亲团聚，她该有多么高兴。在这些天里，他吃了不少苦，可比着花红受的苦真是不算啥。柳青一路小跑地走着，有摩的在他身旁停下。

搭上摩的，几个小时就到了县城。他来回几次搭摩的在这条蜿蜒曲折的山道上往返，每次他都感觉又累又困，难受得像受刑。这天他只嫌摩托车跑得慢，好像没感到身体的疲累。他让摩托车直接载他到县公安局。下了摩托车，跑步进去。看到刑侦队的牌子，便推门而入。房间里一位年轻干警，问他什么事。柳青急切地一口气讲述了他怎么找到花红的经过。年轻干警边听边作笔录。柳青讲完经过后着急地问，今天能不能就去解救？干警说，他马上向领导汇报，再作决定。他让柳青稍等。柳青看着他出门，只得无奈地等候。几分钟后，一个四十多岁的警察和他一起进来，问他是花红的什么人。柳青来不及多想，随口回答表哥。

柳青从他们的表情和语气上看，好像是年龄大一些的警察向年轻警察交代什么。他们说的是本地话，柳青听不懂。他一急便打断他说，对不起，我作为受害人的亲人，很着急，可是听不懂你们说话，请你们说普通话好吗？

两个警察都看看他，互相对视一笑，改用普通话交谈。年龄大的警察吩咐年轻警察给镇上派出所打电话，让他们立即前往解救。柳青一听又急了，他听说发生过派出所保护当地人的利益，通风报信，让当事人躲藏起来的事情。他一路上都在纠结是向新水警方求援，等新水警察来了和当地警方一起解救，还是直接向当地警方报案。想来想去，他觉得还是应该相信，公安部门会客观公正处理事情的，搞地方保护只是个别现象，哪能让他正好碰到。他没有就近向当地派出所报案，可能也是出于这种顾虑。

柳青直接向他们提出了顾虑。两个警察听后都说不会的，不会的，谁敢那样干，不想穿警服了吧？放心，我们一起去，还要你带路，让他们在派出所等候我们执行任务。

他们稍作准备，又叫了几个警察，便带着柳青向着茅化镇的方向出发了。

公安局带斗的摩托车坐着舒服多了，柳青心情激动，再过几个小时，花红就能被解救出来。花红这些天不知道遭遇多少磨难，不知道挨打没有。还有，张光宪和黄小仙肯定还在四处找他，下一步他要保护好花红，一定要带她安全回家。把花红接到县城，要先带她好好吃一顿饭，这些天她肯定无心吃饭，他隔着窗户远远看她，形销骨立，弱不禁风。命运不公，这么好的女孩，遭受这么大磨难。

柳青一路上想着这些就到了镇派出所。派出所的警察早已集合等着。县上镇上公安干警浩浩荡荡十几人半小时就到了杏子村瘸腿男人家。瘸腿男人一家还沉浸在喜庆中，看到哗哗啦啦进来一群警察，他们料到为新娘而来，慌慌地不知所措。县公安局那位四十多岁的警察问他，办喜事了，新娘呢？让新娘出来。

瘸腿男人说，新娘不在，出去了。

警察问，不在，出去了？你不主动交出来我们就搜了！

瘸腿男人还想挣扎，只听里边女人大叫，警察救我，警察救我！

听到叫声，两个年轻警察循声而进。瞬间就带出了骨瘦如柴的女人。女人一身红妆，描眉画眼。为了这个大喜的日子，他们还给她化了妆。仔细看就会发现，她刚刚哭过，妆已经哭花了。柳青上前，叫一声，花红！

花红看看他，一脸迷茫。柳青看她没有认出自己，忙说，我是馄饨哥。

花红叫着馄饨哥，向他扑去，紧紧地抱住他哭起来。柳青拍着她的背说，好了，好了，不哭，这就好了。

花红哭不够的样子，柳青不知道怎么劝她，想起应该第一时间告诉花红母亲，让她老人家不再煎熬。他轻轻地说，不哭了，先给你妈打电话，让她老人家知道这好消息。

花红慢慢止住哭泣，柳青已经拨通了花红妈的手机，递给花红。母亲那边一喂出声，花红就忍不住又哭出声来，她哭着说，妈，我出来了，馄饨哥、警察救我出来了，等我回家，再也不离开您！

警察还要处理事情，柳青怕她们耽搁时间，便对花红说，控制情绪，办完这里的事情才能离开。

柳青这样一说，花红立即冷静下来，让母亲在家等她回来，便挂了电话。

解救工作结束，县公安局的人带柳青和花红去县公安局做笔录。镇派出所带走了瘸腿男人。他们到县公安局已经凌晨，做了笔录后，柳青要请几位干警吃宵夜，他们说什么都不去，说是他们该做的，要他们回家路上注意安全，不要再出什么岔子。柳青、花红对干警再三地表示感谢，一步一回头地离开公安局。

离开公安局后，时间尚早，柳青带花红去宾馆开了两个房间。柳青送花红到房间，让她冲个澡，放心睡一会儿，到时间他会叫她。花红欲言又止，有许多话说，又不知从何说起。柳青也是千言万语无从说起，只告诉她，肖泽宇、夏朗、易茹都在照顾她妈妈，老人家除了想念她、担心她，别的没事，让她放心。

张光宪和黄小仙还在四处找他，找到他绝不饶他。他们在这里步步危险。这些话他只能说给自己，绝不能给花红透露半句。她现在就像一只受惊的小鹿，不能再让她受到半点惊吓。

花红果真听柳青的话，在房间里冲个澡就躺床上休息了。她太累太困了，这些天，她自己都不知道怎么熬过来的。没有睡过安稳觉，要么不敢睡，要么睡不着。现在和馄饨哥一起，她感觉自己可以放心地睡一觉了。馄饨哥叫柳青，以前不知道他的名字，背后叫他馄饨哥，有时候当面一着急便脱口而出。在公安局作留笔录时才知道他叫柳青，以后记着叫柳青哥，他怎么跑来救自己，以前见他都是戴着墨镜和口罩，没想到第一次见他的真面目竟是在这样的场合。洗澡时这些问题一股脑地涌到她的脑子里。洗了澡，往床上一躺就睡过去了。

柳青到房间里冲了澡，他也是太困太累了，他怕一觉睡过去耽误赶车，就在手机上定了闹钟。可是，他的大脑很兴奋，躺在床上却睡不着。他还有一个心愿，要带花红去南山寺把化缘的钱捐了。经过许多危险最终能找到花红，他觉得离不开佛祖的护佑。他在百河和杏子两个村化缘九天，走门串家七十二户，每户多的五元、少的五角，一共化缘善款一百三十六元五角，这些钱他一分都没有动，专门装在一个口袋里。他冒充南山寺的僧人，是因为想不起寻找花红的办法，佛祖会原谅好人保佑好人。他化缘的第一天就发愿，有一天他将和花红一起去南山寺，将这些善款捐出，还要在大殿里向佛祖礼拜作揖。

睡不着觉，就在手机上查怎么去南山寺，查好了，又觉得坐长途大巴不够安全，说不定在哪里会和张光宪他们碰上的，有些事情可能就会那么巧，想想还是租个车去，花几百块钱，安全得多。再说，花红这段时间受了许多苦，身体消耗不少，也该让她舒服一些。这样想着，就决定租车去南山寺。

想了一会儿，困意袭来，翻个身就睡着了。六点半，手机叫醒他。他去敲了花红的门，唯恐再有不测，听到花红应声才回房间洗漱。洗漱出来，花红已经站在门口等他。在宾馆里吃了自助早餐，便退房离开酒店。吃早饭时柳青大致和花红说了自己的打算。柳青跑这么远救自己，不知经历了多少无法设想的困难和危险，当然得听他的。在县城的大街上走着，柳青小心极了，真正是眼观六路耳听八方，唯恐一不小心和张光宪正好走个碰面。

还好，走出酒店没多远，迎面来了一辆出租车。柳青拦下来，告诉司机要去南山，问他多少钱。司机要六百块。他不知道当地的出租车价，搞价也无从搞起，多少就认了。他照顾花红上车后，上了副驾的座。走高速也挺快的，九点多就到了。

南山寺依山面海，错落有致，庄严肃穆，清净幽雅。人一进去就不由得庄严清净起来。柳青和花红一起走进大雄宝殿，上香跪拜，恭恭敬敬地将他冒充僧人化缘得来的钱添够三百元整放进功德箱，庄严地绕佛三圈，才退身而出。柳青不会说佛家的话，也不知道上佛殿的规矩，但是他的心诚，他觉得从他穿上僧袍那一刻起，就与佛祖接通气息，佛祖会保佑好人化险为夷，平安幸福。他相信佛的威力，不用多说什么，佛祖知道他的虔诚之心。花红母亲信仰佛教，她算多少接触过佛教，能被柳青救出，深信有佛祖保佑。柳青做什么，她跟着做什么，她一直在心里默念南无阿弥陀佛，南无阿弥陀佛。

29. 煎熬的等待

肖泽宇接了柳青的电话后来到花红家里。这段时间花红母亲的早饭都是他送。花红突然失踪,他心里很不痛快。他怪自己没有照顾好她。上哪里能找到她呢?一想到花红不知在哪受苦,心就像刀绞一样疼痛。

那天半夜里柳青给他发短信,只发了一个地址,如果第二天不联系,让他们顺着那个地址去找,又不让回短信,又不能打手机。那个短信,让他感觉仿佛看到希望的火星,也仿佛嗅到绝望的气息。这样的短信他不敢让花红妈知道,老人家这段时间够坚强的,自己没有倒下,还一直给他们年轻人打气,坚信能找到花红。看来找花红到了最后的攻坚时刻,也许就要回来了,如果回不来,以后会怎么样就难说。柳青只得下楼去给夏朗和易茹他们打电话,告诉他们柳青发来的短信。柳青去找花红以后肖泽宇就陪着花红母亲一起住。他去外地找花红的时候由由来替他照顾。

花红或许即将找到,他们都不愿往坏处想。他们在电话上分析,柳青已经得到花红的确切消息,知道她在哪里,或者他已经潜伏在花红身边,只等时机带出花红。他们都不自觉地避开短信里的危险。都很激动,在电话里分析来分析去,肖泽宇和夏朗商量着去接他们。他们哪里想到第二天花红就要和别人举行婚礼,哪里想到柳青危机四伏,随时有可能被人灭口。

第二天,夏朗和易茹早早来到花红家,问肖泽宇有没有柳青的新消息。他们一听还没有新消息就有些急了。肖泽宇告诉过他们没有得到花红下落和确切消息之前不能告诉花红妈,免得给她增添担忧。都憋在心里,不敢说出来,实在着急,夏朗请肖泽宇和易茹下楼去看看。他们下楼,在楼梯上碰到那个晚上摔倒在地的老人贺爷爷。老人几乎天天来安慰花红妈妈,也顺便看看有没有花红的消息。

肖泽宇、夏朗和易茹来到楼下,在小区的花坛边停下。夏朗担忧地说,柳青昨天晚上发短信到现在十几个小时，没有新消息，会不会发生意外？

肖泽宇说，是啊，真急死人了，我急得心里发烧。

易茹说，也不能联系，太急人了，苍天保佑不要发生意外。

肖泽宇说，我想订机票去接他们。

易茹说，现在还不知道什么情况，你去合适不合适？

肖泽宇说，没什么不合适吧，当初他不让咱们和他一起去，要去两个人可能会好得多。

夏朗说，也难说，有时候有些事还真适合一人单独作战。

易茹说，我觉得还是再等等，馄饨哥稳当，也许他现在正和坏人斗智斗勇呢。

夏朗也附和着说，我也觉得应该再等等，到晚上，如果还没电话，订机票，咱俩一起去。

易茹说，我和你们一起去。

肖泽宇说，你就别去了，一个女孩子不方便。

易茹说，我又不需要特别照顾，有什么不方便的？

他们说到订机票，其实都想到了不好的一面，易茹说去，就是想到不去可能就见不着花红最后一面，去了，还能和她做最后的告别。他们嘴上不说什么，其实心情十分沉重。

在小区院子里站一会儿，易茹说，等到晚上馄饨哥再不打电话，我们三个一起去，照着他短信上的地址去找，我先上楼照顾阿姨了。

肖泽宇说，那都上楼吧，就再等等。

花红妈和老人正聊着什么，一听他们进屋，花红妈就问，你们这几个孩子是不是有什么事瞒我？

肖泽宇忙说，没，没，没啊。

花红妈说，有啥事都告诉我，别怕我接受不了，花红失踪这么长时间，其实我在心里边啥可能都想过，要是命不好，啥事都得接受。

肖泽宇说，有事肯定会告诉您，您多心了，我们都不放弃希望。

易茹说，阿姨，真有事，我们想瞒也瞒不了您啊。说不定老天开眼，这两天就让花红自己跑回来过年哩。

贺爷爷说，花红这么好的闺女，肯定有惊无险，不定哪天就回来了，就是太煎熬人了。

肖泽宇说，中午都在这吃饭吧，我去买吃的。

夏朗要回去吃，易茹也说回家吃。他们两个人都走，肖泽宇只好单独陪着两个老人吃饭。花红没失踪时他把自己当作准女婿，花红失踪后，他更是处处以准女婿的身份自居。肖泽宇和他们一起出门去买午饭。

刚走出小区大门，肖泽宇的手机响了。肖泽宇打开手机一看是海南的号码，他惊喜地说，馄饨哥。

他迅速按下接听键，打开免提，和他们一起接听馄饨哥打来的电话。馄饨哥急切地说，我刚从买花红那人家里出来，他们今天举行婚礼，我昨天晚上住在那家，他们举行婚礼的时候我在窗户缝里亲眼看见花红。我正去县公安局报案。解救花红不会有问题。先这样说，我还得拦摩的赶路，有情况再联系。你告诉阿姨他们。

没等肖泽宇多说什么就挂断了电话。花红能成功解救太好了，可是这个消息让肖泽宇感到酸酸的，花红和别人举行婚礼，拜堂成亲。虽然不是她自愿的，而且是被掳去买去的，可毕竟她是他的女朋友，听了这消息怎么不感到别扭？其实夏朗听着也感到别扭，花红是他的女神，想到被别人糟蹋就心疼难耐。从发现花红失踪那天起，他们各自都想过这个问题，花红经历这番遭遇，任谁掳了她或者买了她都不可能放过她。世事难料，人生无常。她是不幸的、无辜的，不堪的遭遇不是她的错，但是，他们想到这些的时候难免感觉心头不顺，怨天尤人。

易茹知道他们都恋着花红，为花红甚至动过手，打过架，受过伤。花红的失踪使他们和平共处，齐心协力，暂且忘了竞争和嫉妒。他们听到花红被迫与买家举行婚礼，肯定心中都是打翻了五味瓶，酸辣苦涩甜，难以言说。

花红被找到，再过几个小时可能就被成功解救，这才是最重要的大事。他们都不是鼠肚鸡肠的小气男人。心里别扭一下，很快便为找到花红高兴起来。肖泽宇说，你们两个别走了，咱们一起去买饭，回来一起告诉阿姨，让她别再忧心了。

三个人一起买了午餐。在外卖餐馆买了很丰盛的午餐提着回家。老爷爷说，吔，这俩孩子又回来了，好啊，还买这么多好吃的。

易茹上去搂住花红妈说，阿姨，花红有消息了。

花红妈紧紧地抓住她的手问，有消息了，快说！

易茹、肖泽宇和夏朗你一句我一句地向他们说清了柳青的电话。

花红妈听完了说，我听着现在还没有解救出来不是？

肖泽宇说，阿姨，馄饨哥打电话时正去公安局报案，他没说离公安局有多远,我听他口气可不近。咱就等着好消息吧。

夏朗安慰她说,阿姨,您放心,只要找到花红在哪里,就一定能解救出来。

花红妈打听清楚,再也忍不住哭出声来。易茹劝她说,阿姨,花红找到了,我们该高兴不是,我知道您这么久都忍着不哭,您要哭出来舒服您就哭,不过别哭时间长了,您这一段都在担心花红,天天也不怎么吃饭,趁这几天要多吃一些,把身体恢复好,等花红回来,要不然,花红回来一看您这么瘦,她有多难过呀。

花红妈哭声渐止,肖泽宇给她拿了热毛巾,夏朗给她递上了饭碗。吃着饭,老爷爷说,我就说花红这闺女有惊无险,这么善良的孩子就不该有大灾难。这下好了,花红要回来了,我就有福了,她对我跟亲孙女一样。

花红家里天天人来人往,可来多少人都压抑着,人人都一脸阴郁,这天中午他们似乎都告别了阴霾,迎来了灿烂的曙光。心情愉快,房间里也有了笑声。

吃完饭,他们坐在屋子里,谁都没说出口,但都是心急如火地等馄饨哥的消息。肖泽宇的手机响一次,他们都紧张一次,屏声静气听是不是花红的消息。可是直到天完全黑下来,柳青还没有传来消息。花红的妈着急地问,咋回事呢,还不来信儿,不会又有意外吧?

老爷爷也说,是呀,这么久了,还不打电话。要不咱给他打电话问问?

肖泽宇说,他说他给咱打电话,肯定是不方便吧。

夏朗说,要不就给他打电话问一下。

易茹说,耐心再等一会儿,咱们先吃饭,兴许吃了饭就打来了。不知道那边情况,万一打过去他们救人呢。我们这么长时间都等了,再坚持一下吧。

夏朗出去买晚餐。吃过晚饭他们又焦急地等待着。时间在一分一秒地流去,几个小时的等待,他们感觉是那样漫长,煎熬得难耐,难耐的煎熬,恨不能拉住时间一起走,赶快找到他们期盼的消息。花红妈说,都在这里熬一天了,太晚了,你们都先回去吧,有消息泽宇给你们打电话。

花红妈刚刚说完,她的手机响了。她接通,竟是花红。为了让大家都能听到消息,她摸着按下免提键,花红的声音嘶哑,呜呜咽咽,令人心疼。花红妈听到失踪多日的闺女的声音,恍如梦中,叫一声我儿便泪流满面。她说我等你回来,等你回来,闺女!

30. 爱你如初

花红被找到,并且已经被成功解救。

肖泽宇一夜未眠。柳青住花红家那天晚上,花红妈让他睡自己床上,她睡花红的床。她觉得他是别的男人,觉得花红会忌讳。这段时间肖泽宇来她们家照顾她,她让肖泽宇睡在花红床上。在她心里,肖泽宇就是她的准女婿,是花红的未婚夫。女儿和肖泽宇早晚会结成夫妻。她对肖泽宇很满意,她感觉肖泽宇是个不错的孩子。花红能和他结婚,她就放心了。肖泽宇躺在花红的小床上,翻来覆去不能入睡。

人就是这么怪。花红没有下落的时候,他一个心思地就是早点找到她,只要能找到花红,让他怎么付出都毫无怨言。花红找到了,解救了,自由了,马上就能回到他身边,这是多么好的事情。可是他的心思却多起来。

花红是他的女朋友,身遭不测,却是馄饨哥找到的、救出的。在这个本应该是他们两个在一起庆幸的时刻,他们却连话都说不上。他去不去接她,还要听馄饨哥的安排。花红遭受了这么大的苦难,重获自由首先看到的不是她的男朋友,而是一个和她不相干的男人,救她的人也不是她的男朋友,也是一个和她不相干的。这让花红怎么想,怎么看他这个身为她男朋友的人!

再说,馄饨哥他凭什么这么奋不顾身,跑大半个中国去救她。他就没有一点私心,他会不会乘人之危,浑水摸鱼?他越想越感觉不能在家等他们,他必须尽快到花红身边。花红需要他的安慰,他不能坐家里等她回来,他要去接她,一定的。

肖泽宇老早就起床了。花红妈听见动静,问他咋起这么早。他说睡不着,还不如起床该干啥干啥。花红妈也是一夜不安稳,睡一会儿,醒一会儿。她是想闺女想疯了,没找到花红的时候也没这样,也睡不着,也焦心,但是,和现在的睡不着和焦心不一样。那时候就一个心思，找闺女，提着劲找，只要花红还在这世上，就要找到，活要见人，死要见尸。闺女找到了，她的想法反而复杂起来。花红被卖到哪里，卖出去做什么，经历了什么？这些她都还不知道。花红回来以后，肖泽宇会不会嫌弃她，那个馄饨哥怎么会这么热心去找，花红和肖泽宇谈着恋爱，好好的怎么又岔出个夏朗，这个卖馄饨的是不是也对花红有想法，花红是他救出来，花红回来后会不会和他谈恋爱？年轻人的事她不懂，也不想过多干涉，可毕竟肖泽宇在前，肖泽宇做她的女婿她如意。如果花红非要和馄饨哥谈恋爱，我这个当妈的怎么办？她感觉那馄饨哥虽然只是个卖馄饨的，她觉得他人不错，有心计，又有胆量。如果没有肖泽宇，花红和馄饨哥谈恋爱她也会感到满意。花红失踪这段时间，三个小伙子都跑来跑去，没少出力，花红回来怎么面对？这些事她自己都觉得为难。不过她还是觉得肖泽宇更合适，这孩子心眼实在，他父母也好，花红跟着那样的公婆不会受气。可是，一想到花红被劫出去这么长时间，又担心肖泽宇嫌弃。她思过来想过去，实在困了才睡一会，可是一睡着就做梦，梦见花红被人追着赶着，她拼命地跑着叫妈。

感觉天还早得很，还没有听到外面赶早的粼粼车声，会有几点？肯定不到五点。年轻人都爱睡懒觉，看来他也是一夜都没睡安生。他想啥呢？该不会是嫌弃花红，想着咋和她断绝恋爱吧？她说，再睡会儿吧，还早哩。

肖泽宇来到花红妈的床前说，阿姨，花红找到了，您激动得一夜都没睡好吧？

花红妈说，可不是，费了这么大劲找着她了，她真是命大福大。

肖泽宇说，实话说，我也是一夜没睡，我想去接她回来。我想现在就订机票，能多早就多早。她失踪这么长时间，如果找不到她我没办法，现在找到她了，我急着想见她，再说，馄饨哥为找花红费了多大劲，咱也该去接他不是？

花红妈想，这孩子真有心事了，他怕馄饨哥抢了先机。

花红妈站在他的角度，觉得他想得有道理。她说，我看呀，你有这想法就去，见了馄饨哥得好好感谢人家。

肖泽宇说，我也是这样想，他出大力了。

花红妈说，不知道能买到机票不能。

肖泽宇说，我去看看，我刚才在网上看票都订完了，我想去售票点看看有没有人退票。

他们说了这么一阵子才听到外面街上传来轰隆隆的汽车声。花红妈说,现在还早,售票点还没上班吧。

他说,反正睡不着,我去看看。

肖泽宇从花红家出来,开车行驶在黎明时分的大街上。城市还在酣睡,冷清,气温低,几乎没有行人。到一个航空售票点,门锁得紧紧的,连灯都没有。又到一个售票点,还是铁将军把门。他开车回家,到楼下,突然想起爸妈睡觉反锁了门,他拿着钥匙也进不去。他也不想打扰他们的清梦。他在车上坐着,听一会儿歌,感觉还是难耐。此时,花红和馄饨哥在一起吗?他想想都烦得很。他又开车出去,兜一圈,天还没亮,看下手机,才五点十分。他又打了花红的手机,传出您打的手机已关机。他知道,花红早就一直关机了。可在这个无聊的时刻,就想打。他打开微信,写道我爱你,花红,无论你经历过什么,也无论你是否还有美丽的容颜,我都爱你如初,你永远是我心中的女神。

写完,重重一点,发过去。他开着车在清晨寥落的街上兜着圈子,心里乱糟糟茫然一片。兜着兜着天就亮了。他买了早点再回到花红家。花红妈已经起床,洗漱之后,端坐厅堂,收音机里正播放早新闻。

听到肖泽宇回来,先和他打招呼,问他买到机票没有。肖泽宇说售票点都还没开门,等吃了饭再去。

肖泽宇和花红妈一起吃饭。花红妈说,你给他们打电话说说吧,别走两岔了。

肖泽宇正为这事犯嘀咕,花红没了手机,馄饨哥应该多给他打电话才是,从救出花红,就不再联系。不知道他们都干些啥,也不说买到票没有,什么时候回来。他给花红打电话还要通过他,他不打是对花红不关心,打了又怕花红误解他什么,这电话他不打感觉不合适,打了感觉也不合适。

花红妈都说让他打电话问,他就只有打了。吃过饭,他当着花红妈的面打馄饨哥的手机。馄饨哥接了,说他们正要去南山寺拜菩萨。馄饨哥把手机给花红,让他和花红说话。花红经过了这么一场事情,似乎还没有从惊惧中走出来,说话慢腾腾的。他说,你们怎么现在非要去寺院,先回来以后再去不行吗?

花红说,我们在车上,电话里几句话说不清楚,回去再说吧。

肖泽宇感觉花红一句话把他推很远,一时都不知道往下说什么。他忍了忍说,你照顾好自己,我正在订机票去接你们,到时再联系。

说完就挂了电话。打完这个电话，肖泽宇感觉很别扭。花红妈坐在旁边，也听到了电话打得不顺溜。她还是装作什么都听不出的样子问，他们到哪儿了，买票没？

肖泽宇忍着心中不快说，他们去寺院拜菩萨，没说买票的事儿。

花红妈说，他们去拜菩萨，菩萨保佑花红得救，是得好好拜。那你给他们说去接他们，他们咋说啊？

肖泽宇说，他们什么都没说。

花红妈也感觉很没意思，哼啊两声。花红被困这么久才出来，情绪反常，肖泽宇不怪她，他心里不好受的主要是馄饨哥，因为救了花红，事事都是自作主张，不把他们这些人当回事。他从花红的语气里听出她并不快乐，只有他们俩在一起她才快乐。他打定主意要去接花红。他给花红妈说他去订机票。花红妈无话可说，只好任他去订。

他正要出门，他的父母来到花红家。昨晚得知花红被解救之后，肖泽宇打电话给父母报了信。花红失踪后，肖家父母也是一直操心，三天两头跑来看望、安慰花红母亲，全力支持儿子寻找花红。花红刚失踪时夫妇俩唉声叹气，彻夜难眠。他们的心情不是用失意和绝望就能形容。失意的情绪可以慢慢化解，绝望可无处逢生。花红失踪是撕心裂肺伤筋断骨的疼痛。不知道花红还能不能回来，即使能回来，不知道回来会变成什么样子。其影响会很长远。回不来，别人会说，肖家儿媳还没过门就失踪了，不知道让人给卖哪里去了，如果回来，别人又会说，他家儿媳被人劫走过。这些话无论别人说不说出来，人家看到他们一家肯定都会这样想，这仿佛成了肖家的标贴。

这是一对善良夫妻，他们最关心的还是寻找花红，希望早日找到花红。他们从不阻拦儿子去找花红，也从没说过让孩子放弃寻找、放弃花红的话。失踪是花红的不幸，而不是她的错。谁摊上这样的事都没有办法，他们作为准婆家不能袖手旁观。老两口商量好找人要紧，需要多少钱都出，只要出得起。他们的态度令花红妈感动。

老肖夫妇得到找到花红的消息，感觉心上压的石头被掀掉，精神马上好起来。老两口也是大半夜都没睡着，把埋在心里的话都说出来。肖泽宇妈说，真是命不好，从小长大这么不容易，好不容易能稳定一点了，又出了这么大个事。

肖泽宇爸说，找回来就好。

肖泽宇妈说，这么漂亮的闺女，在外边也不知道遭了多少罪。

肖泽宇爸说，也许这下该遭的罪都遭完了，以后就顺了，能救回来不容易，咱以后对她好些。

肖泽宇妈说，看看吧，泽宇这孩子心眼实，我看他还真娶她。

肖泽宇爸说，没找到花红，你不是也天天牵挂着，两天不去看她妈都着急，人找回来了，咋又说这话？

肖泽宇妈说，这是两码子事，不矛盾啊，孩子的女朋友丢了，我能不急吗？别说是泽宇的女朋友，就是不相干的人，我们知道也得为人家想想不是，能帮点什么也得帮不是。花红能回来，是好事，这和她是不是一定要成咱家儿媳妇是两回事。

肖泽宇爸说，现在还说这话，花红找不到，你都没看孩子天天失魂落魄的样子。

肖泽宇妈说，是，从这方面说，花红能回来就更好，这花红要是永远找不到，会成泽宇的心病，没准他还真会再不恋爱结婚哩。

肖泽宇爸说，只要孩子能过好，我们就迁就着吧。

肖泽宇妈说，这不是迁就的事，你想，人家一看见咱这三口嘴不说心里也会想，那家媳妇被人劫过，被人劫过，啥意思啊，那还不是叫人糟蹋过？我一想到这我就气不顺。花红是个好闺女，没啥说的，要不遭遇这一场子事，我们排排场场地把她娶回来，该多好。

肖泽宇爸说，叫我说，只要泽宇不嫌弃，别想人家想啥说啥，咱还是排排场场地把她娶回来。咱图个啥，不就图个看着孩子过得如意，过得满足吗？

肖泽宇妈说，孩子要非娶她，我也没办法，走着再说吧。

他们反反复复说到很晚，实在困了才睡。第二天吃了早饭就来到花红家。听说儿子要去接花红，夫妇俩都觉得该去，让他赶快去买票。这段时间，肖泽宇爸妈没少来家里，为花红失踪难过、操心。花红找到了，解救出来了，花红妈再见他们，勉不了说些客气话。肖家夫妇说孩子回来就好，这孩子大难而后生，必定有后福。

花红妈听他们说这话，喜欢得合不拢嘴。她想，他们能说这话，大概就不怎么嫌弃花红被劫的遭遇吧。

一会儿，肖泽宇回来说正好有人退票，是后天的。

肖泽宇爸说他们该走了，让泽宇送他们回去，也顺便准备一下出远门带的东西。说着还没走，易茹和她的父母也来了。易茹父母也经常来看花红妈，他们和肖泽宇父母在花红家里遇到过。花红失踪让他们成了熟人。他们一来，肖泽宇爸妈不好马上就走。他们正闲聊，夏朗和他的父母也来了。花红家平时还没有一下来过这么多人，屋子里地方小，也没那么多凳子，都站着说些高兴话。肖泽宇爸妈第一次见夏朗。女人总是敏感的，老肖只顾和人说话，还没想那么多，泽宇妈就想到要不是这孩子和儿子争女朋友，花红就不会出事。她对这家人淡淡的招呼也不打。

夏朗的父母看电视时知道花红被劫持。他们后来知道花红被劫与儿子有关，为儿子感到惭愧。他们来看望过花红妈一次，也表示全力支持寻找花红。他们含蓄地向花红妈表示，如果花红找不回来，他们负责她以后的全部生活。这话没法明着说出来，花红妈能听得出他们的意思。她当时就在心里说如果女儿回不来，她一个瞎老婆子活着还有什么意思。女儿失踪，与人为有关，可是已然如此，她也不便说什么难听话，只有鼓劲让大家帮助寻找才是上策。她自己天天睡不着，吃不下，一个劲地忍着不哭不闹不给人脸色不给人说难听话。

夏朗爸妈感觉到肖泽宇母亲对自己的态度，他们视若不见，该怎么和他们相处就和他们怎么相处。肖泽宇爸说，你们说，我们真该走了。

正要走，花红和夏朗半夜救过的贺爷爷也来了。肖泽宇爸妈和老人打了招呼，便和肖泽宇一起离开花红家。

老人第一次见夏朗爸妈，夸他们养了个好儿子。说起夏朗和花红救他，夏朗爸妈还是第一次听说儿子干过这样的壮举，为儿子感到自豪。他们说，我们都是小生意人，天天钻到钱眼儿里，教育孩子一直就是好好学习，出人头地，没想到儿子还这么有出息。

他们正热闹地说着，由由和她的父母也来了。由由爸一进门就说，这下好了，花红回来，我的思想包袱卸多了，我天天就是想啊，要是找不回花红，我这辈子怎么过，由由这辈子怎么过，这么大的良心债，可不是用多少钱能还的。我天天祷告，主保佑我，保佑花红回来，哪怕让我的一切财产都失去，也要换回花红。花红一天不回来，我们家就一天不得安宁。主真灵啊，真保佑花红回来了。我也没信过什么，以后就信主了。

由由爸大大咧咧地说道着，由由嫌他说话张扬，轻轻地叫一声爸。听到由由叫他便笑着说，俺这闺女又嫌我了，好，我不说了，我听你们说。

你一句我一句地说一些好听话，无非是花红妈好福气，养了一个好闺女，花红经过这次磨难，以后一定大福大贵之类的话。花红妈听着这些，知道大家都在安慰她。她说，我也不想闺女有啥大福大贵，以后只要顺顺利利地生活就行，这么长时间了，这么多人都关心她，也关心我，这就是俺娘俩的福气。我一个没眼的农民，要不是跟着闺女来城市，这辈子可能也走不出村子，以前一直想着城里人傲气，谁知道恁这些城里人这么好，我这一辈子就靠别人活着，在农村老家，那些乡亲邻居帮着，这来到城市，又有这么多好人帮俺娘俩，这就是俺娘俩的大福。等花红回来了，我把这些天发生的事儿，叫恁这些叔叔阿姨对她的关心都跟她说说，让她永远记着，没有恁这些叔叔阿姨的帮助，还有易茹、夏朗、泽宇、由由这几个孩子的帮助，我都不知道能不能撑住，叫她永远记住大恩大德。

大家说花红妈说这话就客气了，大家都是因为缘分才走到一起，谁有事了帮一把是应该的。话说到这里，似乎到了告辞和退场的时候，由由爸问，花红啥时候到家？

花红妈说，还不知道，可能还没买到票吧。

由由爸说，等花红回来，我做东，今天这波人，还有老肖一家，咱们给花红压惊，好好聚一聚。

贺爷爷说，压惊的事等花红回来再说，你们各有各的事，都先去忙吧，这地方小，坐又坐不下，都先去忙吧，等花红回来再说，我也走了，让花红妈休息一会儿吧。

贺爷爷说着就向外面走，大家都随声附和，是，花红妈好好休息休息吧，这段时间太操心了。

易茹爸妈让易茹继续留下照顾花红妈，由由也要留下，夏朗也要留下。花红妈说，都不用留下，我一个人就行，你们都去忙吧。这么长时间都一直照顾我，花红也快回来了，你们都放心去忙吧。吃饭我叫外卖就行。

易茹说，要不到时候我给您送饭，就别叫外卖了。

花红妈同意她这样安排。这样，由由和夏朗也没理由留下，都各自散去。

31. 告别不幸

柳青和花红从南山寺出来直接去长途车站坐大巴去机场。柳青在手机上查过机票,将近春节,近两天的机票全部出售。他只能和花红一起去机场碰运气,看有没有人退票。如果运气不好,他们必须停留三天以后才能回到新水。

这情况早饭时柳青也告诉了花红。柳青给花红说什么,花红都说,柳青哥,听你安排,我没出过远门,对外边事情都不懂。

柳青说,我知道你归心似箭,我们尽量趁早回家,阿姨在家等你早就望眼欲穿了。

他们先到机场派出所为花红办理了乘坐中国民航飞机临时身份证明。然后到机场售票处询问,被告知没人退票。柳青只好买了两天以后的机票。

离开售票处,柳青和花红商量住哪里。花红说,我不懂,柳青哥,你看着办吧。

柳青想,这姑娘真是吓怕了,连一点主见都没有了。他和她虽然说不上十分了解,从她每次在摊上吃馄饨时的表现看,她不是没有主见的人。她出事以后,从她身边人的言谈里更感觉她是个有主见的人。一个能带母亲上大学,自己开诊所创业的女孩不可能没有主见。现在问她什么都是你看着办吧,我不懂,我不知道。

柳青想,世界说大也大,说小也小,人与人之间,说远也远,说近也近。有时候看似不可能的事情出人预料地成为现实,诡异的事情在寻常的日子层出不穷。如果在机场附近,极有可能与张光宪或者与张光宪相关的人碰面。为了尽可能避开诡异的事情发生,柳青决定带花红返回南山寺。柳青知道寺院里接待信众。他觉得南山寺是最安全的地方。

他们再到南山寺时已经晚上八点多钟。他们在寺院外面的小餐馆吃了晚饭,便进了寺院。和寺院看门的师傅说明情况,打听了接待处在哪个位置。在接待处办了入住手续,便有师傅分别带他们去了寮房。寮房干净整洁,在寮房住的信众都低声细语。花红一走进去就有种安全的感觉。花红住的寮房有八张床,住了六个人。花红去的时候三个人在看书,两个人正打坐。花红到房间认了床铺便去冲凉房洗澡。回到房间,两位打坐的同修结束了打坐,看样子正准备睡觉。她们在睡觉前还在互相交流修行的体会。见花红进来,便亲切地和她打招呼。

花红感觉正睡得香,听到洪亮的钟声响起。昨晚来时义工师傅向他们介绍,早上四点半起床,五点开始早课,钟声响过,感觉同住一室的人都起床了,花红也赶快跟着她们起床。洗漱后,她们说要去上早课。花红跟随她们来到大殿门前,已经有好多僧人和同修居士排着队进入。花红不懂,随着人向前走。看人家拜她也拜,看人家绕佛她也跟着绕。别人念经她不会就听着。拜佛,唱诵佛经咒语,都在当当的木鱼声中进行。花红感觉神秘庄严,心静如水。早课结束,人们都向斋堂走去。

好大好大的斋堂,人坐得满满的,谁都尽量不发出声音,都静静地坐着等待义工师傅送餐。花红看四周,想找下柳青,瞅几圈也没看到。斋饭来了,分饭的义工师傅也是静悄悄地,给每个人面前碗里添饭添菜,几乎没有响动。每个分饭的师傅分的饭菜都不一样。花红喜欢那里的斋饭,感觉从没吃过这么好吃的饭菜。大家吃饭也都不出声,慢慢咀嚼,不慌不忙。她暗自赞叹,这里真是太好了,比世外桃源还好。将来有机会一定带妈来看看,她老人家虔诚信佛,要能来此感受几天,不知道会有多满足呢。

用过斋饭,花红随着信众回到寮房。同住一室的几位居士都还没有回来。她以为寮房的门锁着,哪知一推就开了。这里真好,无须上锁。身心自由,无须防范。上哪里找这等好地方。她想今天无论如何都要再去拜拜佛祖,他创建了佛教,让多少人走出藩篱,解脱痛苦,放下包袱,看到光明。

在屋子里小坐一会儿,脑子里想着这些她不曾想过的事情。还不见同住的人回来,她决定出去走走。走出生活区,看到已经来了许多游人。她朝大殿走去,她要趁人少的时候好好拜佛祖,把自己不能向俗人诉说的苦难告诉佛祖,求佛祖保佑她们母女安稳。大殿里人还不多。看到别人上香。她想起人们常说的一句话,佛争一炷香。可是她没有钱请香。她又想,这是俗人说的,佛以慈悲为怀,怎么可能向信众争一炷香呢,心诚则灵,她要以自己的诚心求得佛祖的保佑。她念着南无阿弥陀佛,在佛祖面前跪下。她口里念念有词，佛祖，我叫花红，新水人氏，从小丧父，母亲因病失明，我们母女贫穷度日，我不以此为苦，我努力学习，希望以自己医学知识为病人解除痛苦，医院已经和我签了拟聘协议，竟然因为我不愿与人同流合污被拒聘，这也不算苦，只要我有知识，在哪里都能给人治病。我在同学易茹父母的帮助下开了一个小诊所，许多人来我诊所治病，我感谢我的同学易茹，感谢她的父母，也求佛祖保佑他们一家。我和肖泽宇谈了恋爱，可是又有一个人闯入我的生活，一个叫由由的女孩误以为我抢了她的男朋友，去我的诊所摔东西，骂我，这我也不以为苦，因为我相信黑的总是黑的，白的总是白的，早晚她会明白我光明正大做人，对肖泽宇一心一意，根本不会抢去她的男朋友。可是，就在我们母女生活日渐好转的时候，我突然遭到劫持，被辗转贩卖……

她眼泪狂奔，哽咽失声，再也说不下去。为了遮掩自己的失态，额头触地。她身体抽搐，好大一会儿才平复下来。她抬起头，面对佛祖，哽咽着说，大慈大悲佛祖，南无阿弥陀佛，您法力无边，我受的苦您都看着，恭请佛祖护佑花红母女，从此远离灾难，让好人平安。

花红慢慢地起身，双手合十，又向佛祖作揖，退身而出。走出大殿，她感觉轻松舒服，身体轻盈。她深信以后会有佛祖护佑，已经向不幸和苦难永远告别。走了几步，听到有人叫她，一回头，看见柳青跟在身后。她停下脚步，站着等他。他到她跟前，她问他怎么知道自己在这里。他说，他去她住的寮房找她她不在，便随便出来转悠，没想到就碰见了。

柳青也去上了早课，早课结束时找花红，可能人太多了，竟没有找到她，他想她也可能睡觉没来。她太累了，该好好补觉。他怕她睡过吃斋时间，便到寮房去叫她，结果她没在。不知道她去哪里了，后悔没有先给她买个手机，方便联系。又想她也可能去斋堂了。便疑疑惑惑地去斋堂。斋堂也是好多人，满堂的人都端坐不动，自己又不好来回走动。只好坐着吃斋。心想也许她就在这儿，吃斋后再找她，如果她没来吃，再带她出去吃。

吃斋后还找不到她，他有些着急，但他知道在这地方绝不会有意外发生，只是怕她饿着。他便在寺院里来回转着找她，果然就碰见了她。他说他去上了早课，去斋堂吃了早饭，一直瞅她没瞅见她，便转着找她。她说她也参加了早课，吃了斋饭，也没见他。他想只要她没饿着就好，便说到外边去看看，先给她买个手机，万一有事也好联系。她说还有啥事，明天就回家了，回家再买不迟，回家还用她的老手机号。

看她执意不肯，知道她是不想花他的钱，便不再勉强，她既然不愿意，勉强买了也是给她增加精神负担。他说即使不买手机也要出去给她买两件衣服,这里的气温高,穿短袖都行,明天回到老家一下飞机就冷得很。花红想想也是,便同意和他一起去买衣服。

走出寺院大门没多远就有一家商场,柳青给花红买了一件棉袄和一套保暖内衣。花红拎着衣服和柳青一起走出商场,生出许多感慨。她和他本无太大关系,不过是生意人与主顾。可是,阴差阳错,他穿越几千里来救她,又成双入对逛商场,宛如一对恋人。他为她买衣服,她连一声谢谢都没说便拿在手中。柳青对她恩重如山,谢谢之类的客套字眼轻飘得如春天里的桃雪花,在空中飞一飞,落地就化,甚至等不到落地就化掉了。花红想他跑这么远找她救她,一定花费不少,生意停了,也损失不少,他情感上的付出也许一生都无法偿还,但金钱上的一定要慢慢还清。

他们刚走出商场,柳青的电话响了,一看是肖泽宇打的。柳青把手机递给花红接。花红接手机。肖泽宇一听是花红的声音,小有不悦。他们难道时时刻刻都在一起?肖泽宇忍着不悦,说他已经来了,刚下飞机,问到哪里找他们。花红看看柳青,有些不好意思。说他们在南山寺,已经买了明天的机票。肖泽宇问她是几次航班。花红问了柳青明天的航班,又告诉肖泽宇。肖泽宇说买了机票去南山寺找他们。

挂掉电话,花红告诉柳青,肖泽宇来接他们了。他们打电话时柳青就在旁边,已经听出他们的对话。他觉得他该来接女朋友。柳青说下午他们一起去汽车站接他。他们回到南山寺各自的寮房,洗洗手,办些杂事就该吃饭了。柳青来到花红住的楼层等她一起去斋堂。他们和满堂的僧人居士一起等着用斋。花红小声给柳青说,我感觉这里真好。

柳青说,我也觉得好,经常来这里看看净化灵魂。

花红说,我妈整天在家念佛,将来一定带我妈来看看,她肯定喜欢这里。

送饭的义工师傅来了。他们默默地吃饭。饭后,从斋堂出来,肖泽宇又打柳青的手机。柳青说,肖泽宇,你接吧。

花红摆摆手说,你接。

柳青便接电话,问他买到机票没有。

肖泽宇说,买到了,这次航班正好还有一张。不然我们得分两批回去了。

柳青说,那太好了。

肖泽宇说他正在去南山寺的路上。柳青说他和花红到车站接他。

肖泽宇下午三点到了南山寺。花红经过这场劫难，肖泽宇再见花红，紧紧地拥抱着她，满心都是怜惜和疼爱。按照常理，花红失踪，历经劫难，再和恋人相见，应该激动不已，泪流满面。可是，花红见了肖泽宇，竟没有想象的那么激动，她任他拥抱着，表情平静，好像他们约好分开了几天。对花红的淡然，肖泽宇并没有多想，他以为她一直生活不易，对苦难有特别的承受能力。

肖泽宇终于放开花红，离她远几步，仔细看她，本来就显瘦弱的身体看起来更瘦得经不住风吹雨打。他说，都怨我没有保护好你，以后我再也不让你单独行动，我上哪里都带着你。

花红说，不能怨你，要怨就怨我该有这一劫。

肖泽宇说，那天晚上发短信你没回，我还以为你睡了，哪里想到出这么大事，如果我打你电话打不通去你家看看或许就没事了。

花红说，不怪你，只怪我该有此劫，你就是看看也是找不到我，那伙人把我劫车上就拿走了我的包，拿走了我包里的钱，关掉了我的手机。

柳青怕触痛她的伤疤，没有问过她劫的经过。花红也一直没有机会主动和他说起。柳青听着他们谈话，花红轻描淡写说起被劫的事，感觉她是个坚强的女孩。肖泽宇拉了花红的手，他们一起向南山寺走去。

肖泽宇问他们为什么住这里，而不住机场附近的酒店，柳青说寺院里清静。他们一起到接待处给肖泽宇办了住宿登记。接待处给肖泽宇安排了住处，他们送肖泽宇到房间。安置好就到了晚餐时候，他们一起去了斋堂。

在斋堂里用晚斋，肖泽宇感觉很新鲜和好奇，也感受到信仰的力量。第二天吃过早斋后，他们就要离开寺院。三个人到接待处消号后，柳青说还要去一下大殿。肖泽宇和花红以为辞别寺院之前再拜一拜佛祖，便跟他去了。时间尚早，大殿里几乎没有外来的游人，只有几个在寺院里住的居士在门口转悠。肖泽宇和花红随柳青走进大殿。柳青进殿对着佛祖跪下，虔诚地磕了三个头，起身后又作了揖，走向功德箱，从衣服兜里掏出一千元钱，放进功德箱。对他们说，可以走了。在柳青跪拜作揖的时候，他们跟着跪拜作揖。见柳青向功德箱里捐钱，两个人都感到意外。花红知道他们第一次来，柳青就已经在这里捐过钱，不知道他又来捐钱是什么意思。花红身无分文，看柳青捐钱也不多想。肖泽宇看柳青捐钱，自己也掏出一千元，放进功德箱。

走出大殿，柳青说，我们吃住在这里，寺院护佑我们安全平静，不捐点功德，心里过意不去。

肖泽宇连忙说，那是，那是，还是哥想得周到，我就想不了这些。

肖泽宇没见柳青和花红时，还以为他们在寺院里闲逛，更怀疑他们出双入对会发生什么让他恼火的事情。来这里一看，感觉这样的地方，是预防男女犯忌最安全的地方。这样看起来，柳青就没有了心怀鬼胎的样子。他不由得对柳青敬佩几分。上了飞机，柳青又和肖泽宇换了坐位，让他和花红坐在一起。

飞机准点起飞，花红望着窗外，心朝起伏。这个碧海蓝天、云淡风轻的地方留下了她此生难忘的伤痛。她在这里被恶魔缠身一般度过了凄风苦雨的日子，像一只送到虎口的羔羊整日提心吊胆，担惊受怕。如果没有柳青来救她，她不知道现在会怎样活着。柳青来了，带着警察。他们带她离开那个瘸腿男人，结束了她想起来就不寒而栗的日子。好了，她就要走了，回家，回家，回到有母亲、有朋友、有自由的家里。飞机已经升空，那个让她恐惧痛苦悲伤绝望的地方已经在她脚下。窗外白云翩翩，紫气升腾。这是一个好天气，能躲过这一劫难，该庆幸才是。

空姐送饮料来了。肖泽宇轻声问她想喝点什么。她看看眼前的饮料车，说咖啡吧。

咖啡可以提神，让人兴奋。她被解救三天了，可是感觉好像身体被解救，思想还被禁锢着一样，木木的，沉沉的，没有一点生机，她要让自己活起来，让自己的精神活起来。肖泽宇接过咖啡，小心地放在她面前。闻到了咖啡的香味，默默地告诉自己，从现在起必须让自己高兴起来。被人劫持，实属不幸，可是，被劫多日，虽然经历多种困难和艰险，可是最终的结果不错。她不能再让被劫持这样的字眼困扰她，她要跳出那个已经属于过去的遭遇。她向空中挥一挥手，像是做了一个告别的动作。她伸向空中的手慢慢地落在面前的咖啡桌上，端起咖啡，深深地闻了一闻，然后轻啜一口。她希望咖啡的香味驱赶她的忧虑，活跃她的思维。她的母亲、朋友都为她担惊受怕这么久，她要精精神神出现在他们面前。她不能总沉湎于这种状态，她不调整好自己的情绪怎么面对母亲，怎么面对以后的生活。她不是娇生惯养的小姐，温室里的花朵，她就是一农家女，是一草根，受一点委屈就念念不忘，不能自拔，她不能。她要坚强！

32. 花红任性

航班经过三个多小时的飞行，终于在新水降落。柳青、花红和肖泽宇依次走出机场。夏朗和易茹到机场迎接他们。

在机场出口处，易茹和花红紧紧地拥抱。她们泪流满面，许久她们才想起还有其他人，还要顾及别人的情绪。花红用纸巾擦着眼泪，看到夏朗在看她，有些不好意思地向前和他打招呼。夏朗下意识地摊开两只胳膊，像是要拥抱的样子。花红上前伸开双擘，和他拥抱了一下。

花红妈端坐家里，仔细倾听楼梯上的脚步声。已经好久没有听到花红上楼的脚步声，她盼望着花红的脚步声。在她听来，女儿的脚声就是世上最动听的声音。今天女儿花红的脚步声就要重新响起，她有些等得不耐烦了。站起来在屋里转一圈，又坐下。她听到了一个脚步声，是贺爷爷的。她想，这老人又来了。花红真没白救他，从他知道花红失踪，差不多天天来问问花红有没有音讯，得不到花红的消息，也是愁得唉声叹气。他每次来，到门口就喊，花红妈妈，花红有消息吗？今天他又到了门口，喊道，花红，花红回来了吧？

花红妈赶快摸索着到门口给他开门。她说还没回来呢，叔叔进来坐吧，咱等着，快回来了吧。

老人进门，花红妈又听到楼梯上响起了熟悉的脚步声。她说，肖泽宇的爸妈来了，真是一对好人。

老人打开他刚刚关上的门，向外边看看说，没人呐。

花红妈说，就来了，正上楼呢。

老人站门口等着，果然肖家夫妇就上楼来了。老人真佩服花红妈的耳朵。上帝真是不亏待任何人，关上一扇门，就会打开一扇窗。肖家夫妇见老人在门口站着，便叫他叔叔。老人说，花红妈说你们来了，我开门看看，说没人呐,她说正上楼哩,她这耳朵比眼睛都好使。

肖家夫妇说着真是、真是进屋。他们劝花红妈说,等会儿孩子回来,你别想太多,一激动就哭成泪人,孩子回来就好,都过去了,你哭,孩子也哭,她在外边不容易,哭多了对她身体不好。咱尽量控制着,平静点,好吧?

花红妈说,是,回来就好,我控制着,不让花红跟着我狠哭。

肖泽宇妈说,泽宇说,等花红回来,恁娘俩搬我们家去住,互相都好照顾。

花红妈说,我一个瞎老婆子,住你家多影响你们,花红回来再说吧。

他们正说着,花红妈说,易茹的爸妈来了,这段时间这么多人都跟着操心受连累。

肖泽宇爸说,人与人之间就要互相帮助,一家有难大家帮,这样才是好风尚,人活着才有意思。

易茹爸妈看门开着,以为花红已经到家,在门外便问,花红回来了?

说着进屋。花红妈说,你们这么早就来了,班也不上了,我真是不知道说啥好。

易茹妈说,你啥都不要说,花红来新水上学报到第一天,我和易茹爸一见她就喜欢,真不把她当外人。

易茹爸说,是啊,花红真是个少见的好孩子。

贺爷爷说,现在像她这么善良的孩子哪儿找去?老人路人摔倒没人扶,都怕麻烦,怕讹诈,我要不是碰上花红和夏朗这俩孩子,这把骨头不知在哪儿呢。

花红妈说,由由来了。

稍过一会儿,又说,她爸妈也来了。

由由和她爸妈来到花红家门前,由由爸看到那么多人都先到了,便埋怨由由妈说,我说早点来,你说吵着花红妈了,看看,来晚了吧。

屋子里人都说,不晚,不晚,来得正是时候,花红马上回来。

他们一家三口进屋,屋子里都已经人多得站不下。由由爸说,我已经在酒店订了二十多人的大包间,等会儿花红回来在家稍停一下就去酒店。

花红妈说,不用破费,你们都忙着呢,花红回来,你们都忙去。

由由爸说,老姐姐你就别操心了,我都安排好了。

由由妈也附和着说,是,都安排好了,闺女回来,这么大的事,大家该一起高兴高兴。

正着着，花红妈说，回来了，回来了。

屋子里有人还没反应过来，不知道她什么意思。大家都安静下来，过一会儿才听到楼梯上哗啦啦的脚步声。易茹和花红先挽着手进屋，夏朗、肖泽宇和柳青跟在后面。花红没想到家里这么多人等她回来，可她顾不上和他们打招呼，一头扑进妈妈怀里，叫一声妈就哭得稀里哗啦，花红妈搂着失而复得的闺女也是哭声不止，在场的人无不唏嘘掉泪。

花红母女在大家的劝解下终于停止哭泣。花红给在场的人都打了招呼，去洗手间洗了脸，出来时给母亲拿热毛巾擦脸。这个细小的动作大家都看在眼里，无不感受花红孝顺之心。由由爸说时间不早了，让大家去酒店，边吃边聊。

花红妈告诉花红，她不在家这段时间，她这些叔叔阿姨都不少为她们母女操心，都着关心着她，天天来问有没有她的消息，还照顾她，由由爸为庆贺她回家，特意在酒店安排了宴席。花红听了母亲的话，非常感激，她说她一进屋就感觉到被关心的温暖，她感谢各位叔叔阿姨，还有易茹、夏朗、肖泽宇、柳青和由由对她们母女的关心。她为生活在他们中间感到幸福。

易茹爸妈大概觉得和他们不熟悉，不好意思随便吃人家的宴席，委婉谢绝。可他们的心思一下就被见多识广的由由爸识破，他说在这个特殊的群体，谁都不要客气，这是一个友爱的群体，不能以平常的客套相处，以后大家要保持联系，不能因为花红回来，就断绝来往，经常感受大家在一起的温暖。今天谁都不能走，对我来说，安排一顿饭不算什么，大家尽兴，我就高兴。

易茹爸说，恭敬不如从命，我们就不客气了。

大家从花红家出来往酒店里赶。由由爸又叫住夏朗，让他给他父母打电话，他说前天在这儿都说好的，花红回来大家好好聚聚，一个都不能少，你爸妈都要来。

夏朗给他爸妈打电话，他爸妈说正要往花红家去，因为一点事情缠身，要不早就去了。夏朗让他们直接去酒店。

宴席很丰盛，各种美味佳肴摆满了餐桌，酒水有白酒、红酒和果汁。男性都喝白酒，女性能喝红酒就喝红酒，不能喝酒的喝果汁，对谁都不勉强。由由爸做东宴请，自然也是由由爸主持。他说，今天我们这个大家庭终于欢聚一堂，庆贺花红回来。花红不在家这段日子，在座的各位都很着急，都出主意想办法，齐心协力寻找花红，都说现在的社会很冷漠，从这个事上，我感觉我们的社会并不全是冷漠，还有更多温暖和关爱。花红回来了，但是我们的关爱、友爱不能结束，以后我们要常聚常乐，我们要像一个大家庭一样，把关爱、友爱和温暖保持下去。时间也不早了，我们还是端起酒杯，第一杯酒欢迎花红回家。

干了第一杯，由由爸说，第二杯酒要为柳青干杯，柳青大智大勇，不辞辛苦，跑几千里地寻找花红，不用问也知道他吃不少苦头。

他这番话说完，柳青端着杯子站起来说谢谢、谢谢，然后自己先干了杯，以示他的谢意。第二杯酒后，由由爸说，第三杯酒，为花红妈干杯。花红妈很不容易养大花红，她教女有方，花红知书达理，品质优秀，这与她妈妈的教育分不开，我们这杯酒祝愿花红妈苦尽甘来，生活安然。

酒过三巡，由由爸让大家随意尽兴。席间，不断有人单独敬酒碰杯。宴席即将结束，花红妈说，她敬大家一杯，感谢他们在花红失踪这段时间陪伴她，帮助她，他们给了她们母女关心和温暖，她的感激之情用多少话都不能表达，所以她这个从不喝酒的农村妇女喝下满满一杯酒，算是表达她的一点心意。

花红妈果然喝下满满一杯酒，大家都有些过意不去。夸她们母女都是好样的，在花红失踪后，花红妈遇事不乱，思路清晰，坚强坚韧，对大家寻找花红的信心也是一个不可否定的动力。如果她每天哭哭啼啼，卧床不起，可能大家就会失去耐心。就在大家夸着花红妈的时候，由由走到花红妈的身边说，阿姨，我敬你一杯，向您道歉。

花红妈说，不提了，闺女，都过去了。

花红回来看到曾经对她像仇人一样的由由在场就有些疑惑，对她父亲设宴为她压惊庆贺更加不解。又听到她对母亲说出这样的话更是丈二和尚摸不着头脑。她正在诧异，由由到她面前说，对不起，花红，是我害了你。

花红更加诧异地等待她说下去。柳青和肖泽宇都没有告诉花红她被劫持是因为由由。在这个事上，他们不约而同地认为事情已经发生，花红也已经找到，由由也认识到错误，懊悔不已，连她的父母都痛心疾首，就没必要再让花红知道实情。让她知道实情，除了使她添加烦恼和负担，加深两个女孩之间的矛盾之外毫无益处。他们都感觉花红妈深明大义，相信她也不会告诉花红实情。

柳青看由由要自己说破，连忙制止她说，由由，花红刚回来，你和易茹应该多和她聊些高兴事，让她精神上放松一些才好。

由由说，是，你说的对，但是，我更愿意承认错误，这不是小错误，我和花红之间,为争男朋友打架都不是错误,谁把谁打伤都是活该,但是我犯这个错误必须让花红知道,她能不能原谅我是她的事,我承认错误是我的事。

柳青没法再制止下去。花红妈说,孩子,错误每个人都会犯,犯了错误知道改了就好,现在花红刚刚回来,就不要再提过去的事情,就像你爸说的,我们是一个大家庭,我们都应该体谅,不说了,过去的都不要再提了。

由由说,阿姨,谢谢您的好意,我愿意和花红成为好朋友,好姊妹,但是,前提必须让她知道真相,她愿意原谅我的错误。

花红妈还想说什么话制止她,她的父亲制止了花红妈,他说,我的闺女我知道,她从小就这样,经常会犯点错误,认识到错误的时候会认错改错,不过这次犯了错误。她认识到自己错了,就必须当面说出来,不然她会憋得慌,让她说吧,我在这当着大家的面给我闺女求个情,请花红看在她没想到捅这么大娄子的份上,看在她知错认错的份上,原谅她吧。我说完了,下面让我闺女说吧。

由由说,对不起,花红,是我害你遭遇劫持,我喜欢夏朗,感觉夏朗不喜欢我都是因为有你,我跟踪夏朗,也去你的诊所里摔过东西,夏朗住院也在医院摔过东西,可这一切都没有用,我就想怎么样才能教训你一下,让你永远不和我争夏朗,就在这个时候,酒吧里来了三个年轻人,他们每天晚上给我献花,请我喝酒,还提出带我出去玩,和我交朋友。那个时候,我喝多了酒,突然就想利用他们恶作剧一下,让他们教训你一下,他们答应了,我告诉他们你的诊所,你的名字,我交待他们对你适可而止,不能对你过分,哪知道,后来,我根本控制不了他们,就发生了这样的事…….

花红听着,脸色由红变白,由白变青。她想忍住,保持自己的淑女风度,可是,她控制不了自己,忍无可忍,眼睛瞪得鼓鼓的,很吓人的样子,啪,她猛地拍下桌子,哗一下站起来说,原来这样,我就这样被人有预谋地劫持,而你们都想瞒着我,你,你(她指着柳青和肖泽宇),还有我妈,我的亲生母亲,都不想让我知道事情真相,为什么,为什么?你这个做父亲的,你以为花几个臭钱,给我接接风、压压惊就可以洗清你闺女的罪责,你,由由,你以为你在我面前说这一排子冠冕堂皇的话就告慰了你那被狗吃的良心,可是你们知道我在被劫后经历过多少生死考验,经历过多少恐惧不安?如果回不来,你们知道如果回不来我的下场会有多么可悲多么可怕吗?你们都袒护由由,瞒着不让我知道真相,就因为我是草根屁民,她是千金小姐富二代——

一桌人面面相觑,花红眼泪飞奔,激动难耐,她说完那些话不顾一切地冲出餐厅。肖泽宇叫着花红、花红追她而去。花红跑到电梯口，电梯正好下来，她想都没想就上了电梯。肖泽宇眼看花红进了电梯，他追到电梯口时电梯显示已经下楼。他等不及电梯，不顾一切地冲向步梯，三步并作两步地奔下一楼，跑出大厅，可是酒店外面连花红的影子都没有。这么短的时间，她能跑哪里去。肖泽宇泄气地寻思着，在酒店门前徘徊。

易茹挽着花红妈出来了，柳青慢悠悠地跟在花红妈一侧，后面紧跟着易茹的父母、夏朗和他的父母照顾着贺爷爷，刚刚一起吃饭的人都出来了。由由一家无可奈何地跟在后面。由由爸问肖泽宇花红去哪儿了。肖泽宇没好气地说不知道，下来就不见了。

花红妈说，都回去吧，我回家等她，她总要回家。大家走不是，留不是地站着。花红妈说，易茹爸爸，你们送我回家吧，你们也都回去吧，她慢慢想通就回家了。

易茹爸说，她猛一下知道实情不好接受，也许她一个人静静会好些，就让她自己静静吧。

他又对贺爷爷说，叔叔，您也上我车，我送您回去。

贺爷爷说，都先回去吧，我也是觉得她不容易接受，让她一个人静静，这闺女太不容易了。

贺爷爷说完和易茹爸妈、易茹、花红妈一起去了停车场。其他人也都不知道说什么好，连告别都省去了，各自走开。酒店门前只剩下肖家三口。肖家夫妇劝肖泽宇也先回家，等她自己回来再说。肖泽宇让父母先回去，他去花红家等着。他父母要送他，他不让，又说要不让他开着车，他也不要。正好来了一辆出租车，他挥手拦下，向父母告别一下便上了车。

肖泽宇到花红家，易茹还在那里陪着花红妈。花红妈听到肖泽宇赶来，心里一阵热乎，这孩子真够实诚，闺女遇到他，这辈子她都放心了。她说，泽宇，你也在外边跑几天了，该回家歇歇。

肖泽宇说，阿姨，我不累，不见花红我不放心。

花红妈说，她呀，可能天黑就回来了，都离家这么长时间了，她还会不急着回家。她这也是猛一下知道实情，一时想不开，让她慢慢想想就好了。你回去歇吧，想来，晚上再来。

肖泽宇说，我就在这里等她，她不回来我不走。

花红妈叹了一口气说，这孩子，要不，易茹回去吧，别都在这耽误时间了，看这段时间把你们都连累的…….

易茹觉着有肖泽宇在那里陪花红妈，她不走就显得多余，便说，也好，有泽宇在这，我先回去。

易茹走后，花红妈说，你去躺一会儿吧，我也躺一会儿。

做母亲的都疼闺女亲女婿，她是怕肖泽宇太累着，为了让他躺着休息，说完就进了自己房间，她在床上坐着，闺女回来就受这么大刺激，她心里哪能好受，她躺不下去。她坐在床上脑子里一片混乱，一会儿是在农村老家年幼的花红挽着她去给人家说好话让人家租种地的场景，一会儿是花红小小年纪就起早贪黑地学习和照顾她，一会儿是花红失踪时焦灼不安的日子，一会儿是花红上午到家时拱她怀里委屈幽怨的哭声……

这孩子也不知道跑哪去了，才回来在家里哭一场连坐也没坐一下。她心里有些怨由由，由由是够直爽，可这直爽也得让人接受不是，花红才回来，让她安静两天再说也行啊。想到这里，又是一声叹息，有钱人家娇生惯养的闺女就是任性。

她这样想着叹息着就到了掌灯时分。她听到了花红迟疑缓慢上楼的脚步声。她叫一声泽宇，说，我说她天黑就回来吧，她回来了。

肖泽宇歪在花红床上，也是胡思乱想，一会儿是她们才恋爱时她忙碌着快乐着可爱的样子，一会儿是她告诉他不可能和夏朗恋爱的情景，一会儿是她经历被劫之后变得忧郁寡言的样子。不管什么样子，他都是那么喜欢，那么爱，哪怕是想到她失踪后和他第一次见面竟然没哭，而在她妈怀里哭得一塌糊涂，他都不怪她没把他当她的避风港，没把他当她的一片天，没把他当她的依靠，只怪自己不够强大，只怪自己做得不够。听到花红妈叫他，一激灵就应声起来。走到外边说，我看看。

肖泽宇知道花红妈听觉的厉害，她听到花红回来肯定就是回来了。他马上开门出去迎接花红。在楼梯上和花红碰面。他伸手拦住花红说，别生气了，其实不想让你知道真相都没有别的意思，就是不想让你生活中有阴影，希望你生活得轻松一些。

花红也不理他，挣脱他大步上楼。肖泽宇紧追不舍。边追边说，花红，你在外边受苦了，经历什么我都不问，就是不想让你回忆，希望你尽快忘掉过去，这段时间你不在家，你知道你妈有多煎熬，知道我有多担忧。你好不容易回来，我们应该向前看，好好过日子才是啊。

花红还是不理他，似乎没听到他的话。家里门开着，她大步进屋，见妈在过厅里站着，也不说话，去了卫生间。花红妈站着，听到女儿进屋，想说话，嘴张了几张没说出来。花红从卫生间出来，见妈和肖泽宇都站着，自己也不知道说什么好。

花红妈说，红，别再生气了，你想想，事儿都这样了，你能囫囵着回来，就谢天谢地，如果你回不来，你妈还能活着？由由做出这事，你妈能不生气，我刚听说的时候恨不得把她撕了，可是，把她撕了又能咋样，你也回不来不是？他们一家人天天来，又是赔礼道歉，又是帮着找人，多个人找你总比多个仇人好不是？不管咋说，你回来了就好，我们母女团圆比啥都强，我真不想让你知道这些事，知道了心里别扭着还不如不知道。以我看，由由她就是一个没心没肺的人，跟她计较就是自个找气受。

花红眼里又流出眼泪，她哭着说，她没心没肺铸成的错，我受这么大苦活该不是？你们都向着她，知道我被人劫去受多大的苦吗？几个男人把我绑架到车上，用破布蒙住我的脸，又把我拉到一个我说不上来的地方，对我威逼利诱，我以死相胁，他们才算饶过我。他们看我态度强硬，又把我卖到一个什么模特演出公司，说白了就是过去的妓院，我不吃喝不说话，以死相逼，他们拿我没办法，又把我卖给一个山里瘸腿男人。我怀揣菜刀，天天不敢睡觉，防着他强暴我。好在这家人还算善良，对我还好，那男人也没敢强暴我。可是，柳青哥带着警察解救我那天，正是他们家选的成亲的好日子，白天举行婚礼，晚上柳青哥带着警察去救我。我是被救了，可是瘸腿一家，竹篮打水，人财两空，那是一家本分人家，再说了，如果那天柳青哥没有找到我，后果会是啥样子？你们自己想想吧，客都请了，婚礼也举行了，人家会放过我？这一切都是由由任性的胡作非为，他害了我，也间接地害了好心的瘸腿一家。她爹摆一桌酒席，她几句道歉的话就烟消云散、一笔勾销？更可气的是你们一圈人都向着她，瞒着我，拿我当傻瓜！

花红妈说，闺女，还能咋样，你说，还能咋样？忘了吧，闺女，忘了这一场事，就当没发生过，这都是佛祖保佑，我闺女就是被人卖了也没卖到狼窝里，还遇到一户好人家。

花红在一把椅子上坐下，长叹一声。肖泽宇听着花红的哭诉，想象着她一波三折的经历，心疼她受了那么多苦，经历了那么多危险，庆幸她在关键时候被解救回来。肖泽宇说，阿姨说得对，听阿姨的，忘掉这一段经历，过好以后的日子。

花红说，算了，我不想再说，我买饭去。

肖泽宇说，有我在，还让你去买饭？

肖泽宇看花红不说什么，便向门外走去。肖泽宇走远，花红妈说，闺女啊，妈交代你一句话，你任性一时可以，不能过了，我看肖泽宇这孩子不错，你可别把他丢了，好好待他，他会对你好一辈子。

花红没有接妈的话，心思还在对由由气愤。

那天由由没开车，她是坐父亲的车去的花红家。从酒店出来，在回家的路上，由由爸埋怨她不该向花红说出实情。她想不明白为什么不应该说，事实就是那样，她主观上不是故意，虽然后果严重，也该敢做敢当不是？再说，花红失踪那阵子，她也和父母一样不少操心找她，她回来，大家都把事情说开有什么不好呢？

她爸妈都说她是死脑筋，长多大都不开化。她反问，我怎么就死脑筋了？是花红不好说话，不够气量。

由由妈说，馄饨哥和肖泽宇都没敢告诉她，人家都知道什么话该说什么话不该说，你怎么就不知道哩？

由由说，不知道，我觉得我向她承认错误没错啊。再说，就算是我造成的严重后果，可我不是故意的，再说她不是也回来了吗？

由由爸说，你就是一个不懂事的孩子，什么时候能长大。她回来了不错，你都不想想她在外边受了多大罪，都经历了什么？如果回不来是啥样子？她突然知道是你让人劫持她，她能不受刺激吗？你告诉她也行，总得找个合适的时间合适的机会呀。

由由还是一头雾水，她就不明白做一个坦诚的人还讲什么机会和时间，还有什么时间和机会是不合适的。回到家里，由由爸在客厅里准备泡茶，看来没打算马上出去。他难得在家半天，由由妈当然陪伴在侧。由由恹恹欲睡，感觉好没意思，刚到自己房间想上床睡觉，她爸叫她出去喝茶。由由说，不喝，你们喝吧。

由由爸知道女儿被花红搞得很难堪和没面子，肯定心里不好受，心疼她，只想和她多聊聊。叫她出来喝茶其实是一个借口。女儿不出来，他又说，来，爸你问个事。

由由出来说，问什么？问吧。

由由爸示意她坐下说，她只好坐沙发上。由由爸用功夫茶具泡的普洱。说起来他并不懂茶，看好多官员、商人和文化人都喜欢在家里摆上一套茶具，动不动叫几个亲密的朋友喝茶，便也弄了一套茶具摆着。他平时在外面有时是真忙有时是假忙，反正都以忙的借口不回家或者少在家。由由妈整天泡在电视剧里，没有泡茶、品茶的雅兴，由由就更别说泡茶了，她爱的饮料就是酸奶、奶茶之类。所以他们家的茶具基本上就是摆设，很少派上用场。

像这样一家三口围着喝茶的景象几乎是绝无仅有。由由爸呷了一口，说，好茶，好茶，你们尝尝。

由由妈端起杯子喝一小口，在嘴里品一品，说是不错，你没事多在家给俺娘俩泡泡茶多好哩。

由由爸翻她一眼说，我光在家泡茶能挣来钱啊。

由由妈皱皱眉不再理他。由由说，你问我什么快问吧，我这瞌睡着呢。

由由爸说，喝茶提神，你喝点茶就不瞌睡了。

由由说，你要没事我睡觉去了。

说着就想起来走人。由由爸着急地说，别呀，闺女，别走，爸真有话问你。

由由只好又坐到沙发上。由由爸沉吟一会儿，又喝下一杯茶，像是下了好大决心一样说，由由，你真喜欢夏朗？

由由低下头说，你啥意思啊，我就喜欢他，不喜欢他我能弄那么大动静吗？还让人家花红差点就回不来了。

由由爸说，好，我跟你说啊，爸今天吧，觉得这夏朗也真不错的，让他做我们家女婿，我也同意。

由由说，你同意不同意有啥用啊，关键是我同意他同意，最后才轮上你同意。不过吧，只要我和他同意，你同意不同意都无所谓。

由由爸说，这闺女，咋说话的，不光我得同意，还得你妈同意，你以为我们把你养大容易啊。

由由说，把我养大你有啥不容易啊，我就不记得你喂过我一口饭，也不记得你送我上一次学，在我身上你就贡献了一个细胞而已。

由由爸说，好，别乱七八糟了，说正事，你爸我告诉你，你要真想让夏朗做你男朋友，明天我亲自出马，老爸帮你追，我还不信了，玩儿不转他夏朗。

由由高兴地问，真的？

由由爸说，当然真的。

由由说，你咋帮我追，让我听听你的计划。

由由爸说，这个嘛，先不告诉，我有我的锦囊妙计。

一直在旁边不说话的由由妈突然说，你们父女俩真是两个二百五。

由由不高兴地说，咋二百五了？

由由妈说，有你们这样的吗，女追男，追不上还老爸出马帮着闺女追，丢不丢人。

由由爸嘻嘻一笑说，现在都什么时代了，还等着男的追女的，在感情面前，男女平等，我支持咱闺女追求爱情。我跟你们说说我的想法啊，肖泽宇对花红那是真心实意，踏踏实实，没说的，这个谁都看得出来，花红妈对肖泽宇这个准女婿也是一百个满意，这个我也能看得出来，花红本来就和肖泽宇谈得好好的，是夏朗单方面追的花红，花红这次出事，花红肯定能感觉肖泽宇对她不离不弃，这样看，夏朗根本就没有可能和花红恋爱。我觉得他和由由倒是合适，首先吧，他和由由在一个乐队，这算是有共同语言吧，再说吧，他父母是开超市的，这开超市的和盖房子的也差不多吧，都是走市场的，再一点，他有才，咱有貌，这郎才女貌，门当户对，这不挺好嘛。我就不明白了，你追他，他为什么放着这么合适的现成的不要，非要去追花红，人家有男朋友，还非要去插一杠子，这不是有病吗？

说完这番话，他自认为分析得头头是道，很是得意，问由由妈觉得咋样。由由妈说，好是好，我看也好，可是，谈恋爱这事要两情相悦，剃头挑子一头热不行，一头热也算了，连爹都热上了，我说这火也烧得太旺了吧。

由由爸生气地说，咋说话的，这是当妈的说的话吗？闺女总得找个满意的吧？

由由妈说，我不想让闺女满意？我当然希望由由满意，可是这不是我们自己就能做主的事，我看还是顺其自然，还要看有没有缘分，他们两个要真有缘分，天天一起演出早就该谈上了，还等你出马？

由由爱夏朗，做梦都想和他谈恋爱，她觉得爸爸分析得透彻到位，妈妈要么就不说话，一说话就是泄气话，感觉不是亲妈一样。她有些烦躁地说，是不是亲妈，我听着胳膊肘怎么向外拐？

由由妈还想说什么，由由爸阻止说，不要再说了，这两天我就去找夏朗谈谈，给他讲清利弊，不信咱闺女不如意。

由由妈无可奈何地说，你就不该这样宠着由由，都这么大了，该懂得什么可以争，什么是争不来的，为她的幸福考虑，我看你不要瞎掺和。明天还是去看看花红，人家因为由由遭了多大罪，今天又弄成这样，这样的事换谁都不好接受。

说到这些，由由有些惭愧。由由爸爸说，这倒是，明天咱俩去看看，由由最近就不要再见花红了。

第二天,由由爸和由由妈去看花红。在路上,由由爸说花红母女租房住怪不容易,他就是盖房子的,送她们一套百十平的房子,也算是对花红的补偿。

由由妈说只怕她们不会要,花红和她妈一看就不是贪便宜的人。如果说出来,被人拒绝还不如不说。

由由爸说,我是真心想帮他们。

由由妈说,以我看人家是真心不会要,以花红的脾气,如果可能,她宁可送你闺女坐牢也不会拿自己失踪这事换你一套房,我看你趁早打消念头,免得说出来让人家看扁喽。

由由爸听着这话不顺耳,有些生气地说,我怎么就不明白,我帮她们一套房子,咋就看扁我哩?

由由妈说,连这都不明白,跟你闺女昨天非要说出真相伤害花红是一个道理,你们真是父女,办事说话一个思路。

由由爸忍耐着说,你说怎么办吧?我就觉得应该补偿花红,咱闺女给人家闹出这么大乱子,咱有能力补偿她,不给她点补偿过意不去,要不我们认她做干闺女,将来送她一份嫁妆?

由由妈说,你俗不俗啊,别拿你生意场上的俗套对待纯朴人。

两个人到了花红家也没说出个所以然来。由由妈也想帮助花红,可她家闺女给人家惹了祸,就怕花红不是贪点便宜就放下原则的人。花红在家,给他们开了门便进自己房间去了。花红妈在外边陪他们说话。由由爸说,由由这孩子从小惯她,任性,我们做父母的有责任,希望花红海量,看在她已经知错,没有料到后果严重的份上,原谅她,她其实是个单纯的孩子,没多少心眼,别和她一样。

花红听到他说这话,不服气想,她任性,差点让我们母女家破人亡,使出这么坏的心眼,还说她单纯、没有多少心眼,真是天大的笑话。

花红妈说,孩子都任性,花红也是任性,你们也别往心上去,昨天回来给我哭得伤心死了,也是,这闺女遭难太多,都不说了,以后你们忙你们的,别往这儿跑了,过去的事都叫它过去吧。

由由妈说,花红这么好的闺女,我们一直愧疚,总想着咋能叫花红心情好起来,越这样想越不知道该做点啥,刚才在路由由爸还说呢,咋能叫花红高兴。

由由爸说,我在路上还说,以后咱就把花红当自己的闺女待,恁娘俩就搬到我们住的小区去,我那里还有空房,都是自己盖的不算啥,咱们住得近有事也好照顾。

花红听到这话,有些鄙夷地想,真是土豪心态,动不动就拿财产说事,把别人的人格、自尊都踩在脚下。

花红妈说,谢谢你的好意,俺娘俩住这里就好,千万别再提这样的话。

由由妈说,我们真心希望花红能好起来,跟以前一样快活。

花红妈说,慢慢来吧,可能过一段忘掉那些事就好了。

由由爸妈临走时叫着花红告别,她只好出来淡淡地送他们到门口。

由由爸妈从花红家出去,直接去了夏朗父母的超市。他昨晚想了一夜,觉得从夏朗父母那里下手比较合适。夏朗父母每天都在超市里忙。他们到时,夏朗爸正在超市里点货。看到他们来访,深感意外。连忙让他们上楼。超市门店不大,楼下是食品,楼上是日用品。他们在楼上隔出一小间,用来办公和接待。夏朗爸给一个店员交代一下也跟着上楼。夏朗妈在楼上正给店员交代什么事,见他们来,赶快让他们进办公室。办公室很小,放一张桌子,一张沙发就显得拥挤。

夏朗爸妈吩咐一个店员洗了一些水果端进去。夏朗妈说,我们这是小买卖,不比你们大老板,条件不好,让你们见笑了。

由由爸说,别这样说,我倒感觉你们这里生活气息浓,更有意思些。你们要是愿意,咱们可以合作,我们公司建的小区都要有超市配套,我那些小区外都留有开超市的商铺,以后可以优先考虑你的超市入住,这样,你的规模就扩大了。

夏朗妈感激地说,你这大老板可要说话算数,以后我们就靠你发财了。

由由爸说,没问题,你们正忙,我们过来打扰了,长话短说,我今天是专门为我闺女来的。

他说到这里,夏朗妈心里有谱了,花红失踪,他们儿子和两个姑娘的事情明朗化,几家的父母都清楚孩子之间的关系。由由爸专门跑来,肯定是想和他们结亲。夏朗妈听他说下去。他继续说,你家夏朗和我家由由这两个孩子都爱音乐,又天天在一起演出,我倒觉得他们在一起挺合适,咱两家又都是搞经营的,也算门当户对吧,你们两口子也考虑考虑,如果合适咱就共同努力促成这事。

由由妈说,俺那闺女平时是有点娇惯,不过也算个懂事的孩子。

夏朗爸和夏朗妈互相看看,有些心照不宣的样子。夏朗妈说,孩子的事，我们基本不咋管，有时候想管他也不听。他要同意俺俩是没意见。

夏朗爸说，是，只要孩子同意，大人没啥说的。

由由爸说，你们也给孩子说说，我知道夏朗那孩子心思都在花红身上，可人家花红和肖泽宇谈得好好的，不能拆散人家不是？

夏朗爸说，咋不是？昨天我们还开导他，别在花红身上打主意，人家名花有主。

由由爸说，是，是，我觉得他跟由由更合适。

夏朗妈叹一口气说，现在的孩子都不知道咋想的，儿大不由爹娘啊。

由由妈说，那就先这样说吧，我们来就是和你们说这意思，你们商量商量，如果觉得合适就做做孩子的工作，不合适，这也不是勉强的事。

由由爸说，你们还忙，我们就不多说了。

他说着话就站起来向外走，走着又说，哎，我说那个在我们开发的小区里开超市的事，你们也想想，如果行的话也算一个合作项目，以后我的房子建到哪里，你的超市就开到哪里，开发商和超市形成一个品牌。

夏朗爸妈答应着送走他们，忙完超市里的事，回到办公室说起他们，夏朗爸说，这两口子真有意思，亲自上门给闺女找女婿来了。

夏朗妈说，要不人家怎么是成功人士，人家就是善于抓机遇，敢于做别人做不来的事。他们看上咱家夏朗了，明明知道咱儿子不喜欢他闺女，一般做父母的都顾及脸面，不好意思做这事。

夏朗爸说，这都不说，既然人家找上门来了，我看还是做做夏朗的工作吧。

夏朗妈说，你这人真是的，你是看上他们家大业大了吧？

夏朗爸说，你别隔门缝看人，咱好赖也开着几个小超市，起码没有生活之忧，我咋会用儿子的婚姻换家产？

夏朗妈说，我看你就是想跟人家攀亲家。

夏朗爸说，人家女方家长，得下多大决心才会来登门求亲，不能辜负人家的好意不是？

夏朗妈说，话是这样说，由由这闺女，不适合做咱家媳妇，就冲她把花红害这么惨，我都不同意。

夏朗爸说，那要是儿子愿意哩？

夏朗妈说，儿子愿意我没话说，不过他要愿意早愿意了，还用他们做父母的来说。

两个口子说来说去，都同意只给儿子提一提由由爸妈找过他们，希望他和由由谈恋爱，同意不同意由他自己决定，他们不参与意见。晚上回家，夏朗去酒吧演出了，等他演出回来，他们都已睡了。他们见着儿子已经是第二天中午。夏朗听说由由爸妈亲自出马感到有些不可思议，都这年头了，还搞父母之命。他说他不喜欢由由，不可能和由由谈恋爱，他还是再等等花红，说不准他和肖泽宇就崩了呢。

夏朗妈说，人家花红都有男朋友了，她和肖泽宇谈得好好的，你非要插一杠子干啥？好姑娘多的是，何必吊那一棵树上？

夏朗说，我就喜欢她，只要她不结婚，我就有希望，我不放弃。

夏朗父母就这个问题已经和他谈过多次，总不能说服他，干着急没办法，他们老想突然出现一个让他一见钟情的姑娘该多好。

又过两天，由由爸等不着夏朗父母的消息，竟然直接去了酒吧。他去的时候乐队正在演出，他坐在一个角落里要一杯酒。夏朗这小子平时看也没什么特别的，留一把长发搭在肩膀上，给人感觉说好听了是文艺范，不好听了就是二流子。可是看在酒吧台子演出，那感觉叫派，叫潇洒，叫激越。别说他闺女喜欢，就是他都喜欢得不得了。乐队休息时，他让侍者给夏朗和由由送了花。由由一看是老爸送花，马上来到他身边。他从没来过由由演出的酒吧，第一次看到自己女儿竟然会那么卖力地投入弹奏，他感到很欣慰。由由问她怎么来了，他说想来看看他，是不是值得她追求。

由由说，值不值得？

他说，值得。

由由嘻嘻一笑说，值得吧。

他说，去把他给我带过来，让我和他聊聊。

由由嘿嘿一笑飘然而去。他看着女儿走到夏朗面前，和他低语几句，又向他坐的方向指了一指。女儿从他身边走开，夏朗便向他走来。

夏朗来到面前，他欠一欠身子，让他在面前坐下。然后招手要侍者过来，说要一份黑方。夏朗连忙说不要，我晚上不喝酒。

他说，少喝点，没关系。

夏朗说，要不给我来瓶脉动吧。

他说，年轻人不喝酒，也好。

夏朗说，叔叔有兴致，来酒吧坐坐？

他说，给你明说吧，我是来找你的，来给你谈谈。

夏朗有些无措，搓搓手说，给我谈谈？

他说，对，给你谈谈。

说完，他认真地打量夏朗一阵，好像他心中有什么秘密，要看他穿他一样。

夏朗搓着手，任他看着，心里竟有点小怵。他终于说，我就明说了吧，我是来帮我闺女追你的。

夏朗感觉他说话好可笑，一不小心笑出声来。他又对自己笑出声感到不好意思，好在是在酒吧这样喧闹的地方。夏朗止住笑，表情严肃地听他继续说下去。我闺女喜欢你，他也追你时间不短了，可是，你好像一直没有给她一个满意的答复。这样说吧，以前吧，我没见过你，听说由由在追一个鼓手，可人家不喜欢她，我还不以为然，找个男朋友需要那么费劲吗？这个不喜欢你，再找个喜欢你的不就得了，优秀男孩多的是，干嘛非要追这一个。可是，我一见你，觉得有缘分，我闺女喜欢你，我也喜欢你。我知道你喜欢花红，可花红和肖泽宇谈得好好的，她不可能为你离开肖泽宇，我作为一个过来人，我觉得男人谈恋爱，当然是以结婚为目的的恋爱，如果遇不到自己非常喜欢的，遇上一个非常喜欢自己的，也不失为最佳选择。你现在就是这情况，你喜欢花红，可花红她不选择你，但是由由喜欢你，你们两个又都喜欢音乐，也算志同道合吧，再说我也喜欢你，我就这么一个宝贝女儿，我当然把你当成亲儿子一样亲了。再说，你爸妈也是做生意，我也是做生意，你们俩的成长背景和环境相差不大，这也算有共同的思想基础吧。

夏朗听他长篇大论地胡侃，感觉很没意思。他几次都想站起来走开。可他是个有礼貌、识大体的人，看在他是长辈的面子上，只好受苦般地听他说。到了下半场演出时间，他才站起来和他告别。

由由爸感觉自己说那些话夏朗并没有听进去，当然有些小烦。看着他上台的背影，心想，这年轻人不知好歹啊。

由由爸爸帮她追夏朗也没能扭转局面。那晚由由爸和夏朗谈过之后，夏朗演出结束后专门绕道到“和睦”按摩针灸诊所，想看看花红诊所开门没有。演出结束已经很晚了，即使花红又重新开张也早就下班回家睡觉了。可他就是绕过去，路过诊所看看，看看诊所被锁的门也好。好长一段时间，他都没有演出，专门寻找花红。花红回来后，肖泽宇和她不离左右，他反而觉得和她陌生了。他觉得自己再不顾一切地追求她，有些过分。可就此放下，又于心不忍。

诊所的门锁着。他把车停在门前,看着那扇紧锁的门。他想象着花红款款地走出门的样子,和她在诊所为人按摩针灸和检查看病的情景,感觉她像天使一般可爱。她回来两天了,不知道开张没有,明天来看看。不能就这样等下去,必须让她知道他还再等她,他依然爱她,永远不放弃对她的爱情。

33. 停车坐爱枫林晚

花红回来的第二天去买了新手机，开通了她原来的号码。手机一打开，就有嘀嘀的微信声。她打开看看，是肖泽宇向他表达一如既往爱她的微信。

她看了也就看了，不激动，不兴奋，甚至没有什么幸福感。她感觉自己被人劫走一次什么都变了，连感情都变了。感觉自己不容易感动也不会感动了。心硬得像石头。爱就爱，不爱就拉倒，没什么了不起的。

花红回来的第三天就开门正常营业。因为媒体和网络的介入，几乎全新水的人都知道她失踪的事。一些病号听说后专门到诊所去看看，以便证实真假。他们还没走到诊所门前，远远地就看到门上挂着一个牌子。走近一看，门上写着，本诊所因故暂时停业，望新老病友互相转告并谅解。

诊所重新开门营业的第一天，就有不少人来治病。老病号一见花红就说，你可回来了，电视上说你失踪了，还不相信，来诊所看看，一看就是关门了，能回来说好，能回来就好。也有人说经历这么大的灾难能活着回来，必定有大福气。

无论病人说什么，花红都微笑听着。她失踪和被劫持都是实事，别人想说什么，嘴在他们脸上长着，堵也不堵不住。有些爱打听事的人总想打探一些更深的东西，问她怎么被劫持的、把她劫哪去了。无非就是想知道她被强暴了没有。对这些提问，花红一概以笑作答。他们或许没有意识到这是向别人的伤口上撒盐，可能也没有什么恶意，但是花红也不认为问这些话的人是怀着好意，她不想回答他们。大多数人装作不知道，好像什么事都没有发生过，一句都不问。

花红每天早出晚归，看起来和原来没两样，但她自己感觉无论怎么努力都回不到原来了。她总感觉有什么重要的事情堵在心上，仔细想也想不出来。她重新开门营业的时候，肖泽宇停工多日的健身房也重新复工。肖泽宇不像花红那样忧郁、提不起劲的样子。他兴冲冲的，花红失而复得值得高兴，找不到花红那阵子，他担心找不到她，找到她，又担心她被人强暴。花红回来了，用花红妈的话说她囫囵着回来了，他能不高兴吗？

肖泽宇的健身房基础装修已经干完，下边就该进器材了。他老爸是体育教师，对健身房里需要的器材也算是行家。以前干什么事都总嫌老人思想落伍，经过花红这事以后，感觉老爸老妈才是自己真正的后盾。与他们在感情上更亲近，也更依赖他们。花红出事之前，肖泽宇在搞健身房的事上总嫌父母过问得多，管他管得严。现在他觉得还是老人办事有见地，所以买器材时动不动就拉着老爸和他一起。

一天上午他开车和老爸一起去看健身器材，路过花红的诊所时看见夏朗的车停在门口，一阵不快袭上心头。这小子老早来这里干嘛？难道还是痴心不改？如果不是老爸跟着，他会把车停下进去看看。可是老爸跟着到底不方便。他脸色阴沉着开车过去。老爸也明显感觉他情绪不对，刚才还好好的，怎么情绪突然就低落下来。他不认识夏朗的车，当然不知道儿子在门口发现了可疑对象。

肖泽宇想这小子真要和我争到底，得想个啥办法警告他。可是，打都打过了，还有啥法警告他，难不成也找人劫持他？可想想不行，他干不了劫持人的事，光是想他被劫持几天他父母着急痛不欲生的样子都不忍心那样干。最好的办法是抓紧和花红结婚。这想法一出，他自己就在心里乐了，结婚多好啊，花红她们母女也不用租房子住，住在一起也好照顾她，再也不必担心她出什么事了。再说他父母肯定也巴不得他们早点结婚。

这天夏朗来花红诊所就是看她重新开业没有，当然最主要的还是想亲眼见见她。花红回来当天因为由由对着他们发脾气之后他还没有再见她。她发脾气的样子总在脑海里闪现。他感觉她发脾气都是那样可爱。他看诊所的门开着，就把车停在旁边，进了诊所。三张床上都躺了人，花红和易茹都正忙着。易茹和他打了招呼，花红对他笑了一下。他在门口的凳子上坐着，她们都忙，顾不上和他说话。感觉自己在那里碍事，坐几分钟就走了。就这几分钟的时间便让肖泽宇碰到，心里像打翻了五味瓶。

夏朗从诊所出来，一上车就给花红发了短信：心被你牵着，“一生最奢侈的事，就是途中与你相遇，然后相濡以沫，共闻花香”。已不记得在哪里看过这句话，遇见你，我感觉道出了我的心声。

花红听到手机收到短信的声音，也没有马上去看。她觉得自己没有什么要紧事，不必为手机响一下牵肠挂肚。她到傍晚时才看到这条短信，一笑置之。她坚硬地感觉他真是多事，明知不可能的事还要这样做，再这样下去就伤和气了。她妈说她失踪那阵，夏朗、肖泽宇都没少操心没少费力。可一码归一码，他不可能因为得到过他们的帮助就丧失底线，拿爱情报答，就算真拿爱情报答她也只能报答一个。她想发条短信让他以后别再找她，别再给她发这样的短信。可想想，发还不如不发，不发他可能觉得没意思，慢慢就会忘掉。

晚上易茹去买饭回来说柳青哥又出摊了。回来这些天她还没有再见柳青，他也没有打过她的电话。她想，柳青才是真君子，跑几千里冒着生命危险救她，一定也花了不少钱，别说找她要补偿，就是该她拿出来的钱他都没提过。回来这些天也没联系过。不知他忙些什么，这么多天才开始出摊。想到那天听说是由由害得她被绑架后，一时性急，报怨柳青他们不告诉她真情，说他们都向着由由。现在想到当时的气话感觉羞愧。由由做出那样的傻事，她被劫持，说到底是她和由由之间的恩怨，真是和柳青没有一分钱的关系。为朋友两肋插刀是哥们儿义气，他为她不顾个人安危，千里迢迢去救她是为什么？为正义和正气，现在还有这样的人吗？可他就是这样罕见的人。回来之后他便隐身退出，甚至不再和她们母女联系。花红给母亲说，他跑那么远救她，肯定花了不少钱，这笔钱应该给他。花红妈也说，是该给他。可是给多少，怎么算，母女俩想不出最好的结果。给多了他肯定不会要，给少了她们觉得像恶心人家。

这事就这样成了花红母女的心病。花红妈说，从他说话里听出他是一个人在新水，不知道他家是哪里的，过年回不回家，如果不回家，就让他来咱家过年。

可想想他一个大小伙子，住到她们家也不合适。花红说，大恩不言谢，日子还长，记着人家的大恩大德，肯定有机会报答。

听说他的馄饨摊又开张，花红晚上下班路过时就拐夜市摊上看他。他还是戴着墨镜和口罩，还是一个人动作麻利地迎接食客。他只顾忙着，听到有人叫柳青哥，抬头一看，花红已经站在面前。他和花红打了招呼，该咋忙咋忙。花红看他做好几碗馄饨，便帮着给客人往桌上端。他说已经习惯了一个人，让她早点回家，要不她妈在家不放心。花红想说那天自己不冷静，向他道歉，可感觉不是道歉的场合，也觉得面对一个特立独行、人格强大的人说不出那些鸡零狗碎的道歉话。他几次催她回去，她只好先走。

两天后的晚上，肖泽宇开车来诊所接她。等她关了诊所，他们去送易茹，然后又带着花红开车兜风。他把车停在偏僻的路边。花红一看，那条路上竟停了一溜车。她问，这么多车都停这里干啥？

肖泽宇说，谈恋爱啊。

花红说，这么多人喜欢在车里谈恋爱。还都开到这里来？

肖泽宇说，这里偏僻，没有路灯，也没有监控录像，安全。

花红说，偏僻，没路灯，没监控怎么会安全？

肖泽宇，对有些事安全的地方反不安全，不安全的地方反而安全。这要看是什么事什么地方。

花红说，不明白，也不理解。

肖泽宇说，这还不好懂吗，对谈恋爱的人来说，越黑暗的地方越方便越安全，何况这里有些车里的人可能就是为了寻找刺激，他们不一定是正当恋爱，他们来这里搞车震。

花红不解地问，车震，什么是车震？

肖泽宇说，真不懂啊，“停车坐爱枫林晚，霜叶红于二月花”。

花红说，这是唐代诗人杜牧《山行》中的诗句，全诗是“远上寒山石径斜，白云生处有人家。停车坐爱枫林晚，霜叶红于二月花”。可是我就不知道诗和你说的车震有什么关系，到底什么是车震？

肖泽宇想花红真是一个单纯的女孩，他都说这么明白了还不明白车震是干什么，他忍不住下车到后座搂住她亲吻着她说，我们再进一步就是车震。

花红有些意识到什么意思，马上挣开他说，你干什么？

肖泽宇嬉皮笑脸地说，车震。

花红使劲推开他说，你别胡来。

肖泽宇还是笑着说，放心，我不胡来，你是我的女神，在女神面前哪敢胡来。

花红说，好好坐着，说会儿话，就早点回去。

肖泽宇离开她一点说，我继续给你讲讲车震，这么年轻的人居然不知道车震什么意思，很纯洁，也很老土啊。

花红有些不以为然地说，我就老土，不想知道那些乱七八糟的。

肖泽宇说，文化无处不在，怎么会是乱七八糟，国外专门有人调查表明浪漫的性爱地点第一个是海滩，第二个就是车内。海滩上很浪漫，但对于大多数人有些奢侈,相比之下,还是在车里更为方便可行。资深的有车族认为,卧室比不上餐桌,家里比不上宾馆,房间里比不上车子里。车里的空间狭小封闭,细微的呼吸喘息近在耳边、体温气味相互熏染,心灵更加贴近和亲密,可以尽情地享受温馨和美妙。

花红说,我怎么感觉你今晚不正常,吃错药了吧?

肖泽宇拉起她的手说,花红,我们结婚吧,结了婚互相照顾起来也方便些。

花红说,结婚,还有点早吧?

肖泽宇说,我们都该结婚了,我爸妈都催了。

花红说,我想再等等。

肖泽宇问,等什么,你不想和我结婚吗?

花红说,恕我直言,我没想过一定要和你结婚,如果和你结婚,我觉得也应该等我们都干出点明堂再说。

肖泽宇问,那你想过一定和谁结婚?

花红说,不知道,没想过一定和谁结婚。

肖泽宇说,我是很认真和你谈的,你想想,如果可以,我们五一前后就结婚,结婚也不影响创业,或许结婚以后会干得更好。

花红说,我们回去吧,要不我妈就该着急了。

肖泽宇紧紧拥抱她一下,下车回到驾驶座上。他以为花红不会反对尽快结婚,他专门带她来到这个幽静暧昧充满情欲的地方和她谈结婚的打算。看来说服她不会太顺利。他难免失望,开着车在灯火通明的夜路上行驶,心情和车灯一样忽悠闪烁不定。他们只要还没结婚,夏朗就断不了打花红的主意。花红他倒不担心,她不会因为夏朗别他而去,但是他就是不能忍耐夏朗对她的骚扰。

花红在后边坐着,也是一腔思虑和感慨。她没想到肖泽宇这么快就提出结婚,照她的想法至少也得谈上一年两年吧。她想在婚前给自己和母亲挣一小套房子,哪怕是个三五十平方的小公寓也行。她是希望有一个长久稳定的婚姻,可婚姻是两个人的事,万一对方移情别恋谁也没有什么办法,人的感情像流动的水,说走就走了,筑坝它会决堤,留是留不住的。拥有自己的房子也给自己的生活建一个防御工事,万一生活有了变故,她和母亲总不至于没有可退之地。她没有给任何人说过这想法,包括母亲。她根据开诊所以来的收入算,感觉有两年就能挣够一个小套公寓的首付。按揭慢慢还不是问题。

如果和肖泽宇结婚，现在看似乎也不错。用她妈的话说肖泽宇爸妈都是好人。可是生活在一起就不像平时你来我往走亲戚，都是怎么客气怎么来。时间长了，肯定会有矛盾。有矛盾化解不了就可能影响家庭和睦，影响家庭和睦就可能影响婚姻稳定。花红一想到这个问题就感到害怕。她除了双目失明的母亲以外，再无依靠。如果真和婆家发生矛盾，谁来为她抵挡。如果肖泽宇移情别恋她又能怎么办？

因为肖泽宇提了一个结婚的念头，她来来回回地想起这事。肖泽宇突然问，想什么呢，不说话？

她突然意识到自己怎么总是往不好的方面想呢？肖泽宇爱她，他父母喜欢她。男朋友求婚应该高兴应该想得吉祥如意才对啊。花红说，我想你还是集中精力搞好健身房，争取在春节前开业。

花红这话拨亮了肖泽宇昏暗的思绪。一个女人如果关心男人的事业也可以从某方面证明她对他是有爱的吧。肖泽宇说，是，我和老爸都是这样打算的。结婚的事，你好好考虑一下，我感觉还是早点结婚合适。

花红说，现在离五一不还早吗，过了年再说也不迟吧。

肖泽宇说，不，订酒店是很麻烦的事，五一结婚的多，必须要提前订，我爸妈说要订最好的酒店举行婚礼。

花红说，我得跟我妈商量，我妈同意才行。

肖泽宇说，要不我给她老人家说去？

花红说，那不必。

花红这是推辞话，肖泽宇也明白。如果花红不同意结婚，她妈也说不通。当然她如果同意五一结婚，她会和母亲商量。以肖泽宇对花红妈的了解，断定她不会阻止他们尽快结婚。关键是要做花红的工作。两个人恋爱已有一段时间，你情我愿的，他就不明白她为什么不能尽早结婚。婚后她们母女就不用再租房居住，他们一家人都会善待她们，她怎么就不觉得结婚的日子比现在好呢？

两天之后，肖泽宇的父母提了许多礼品来到花红家。花红没有给母亲说肖泽宇提出结婚的事，所以她母亲对肖家父母突然到访不知所措。坐下东拉西扯地说会儿话她才明白人家来家商量亲事。花红妈是没有意见，她的思想还停留在女大不可留的老式观念里。花红一个人苦苦撑着他们两个人的生活，多么不易，肖家算不上富人，也称得上是小康之家，成为肖家媳妇，也不算委屈花红，她失踪那段时间，她完全感受到肖泽宇对待花红的一片痴心，也能体会他父母的善良明理。闺女嫁到这样的人家有什么不好？她不知道花红想买了房给自己留下后路再嫁人的想法。她按自己的想法同意肖家的安排，五一前后举行婚礼。肖泽宇父母也向她说了他们对举行婚礼的想法，他们说双方都是一个孩子，结婚是大事，以自己的条件办不了太大场面，但是也不能太委屈了两个孩子，也得比上不足比下有余，说得过去。花红妈说好好，差不多就行。只要两个孩子过得好比啥都强。

花红这几天晚上总是回来比较晚，她说关了门去小吃夜市给柳青打会儿下手。花红妈知道闺女是个知恩必报的人，也不多说什么。知道她为什么事回来得晚，不必为她担忧，有时不等她回来就先睡了。肖泽宇父母来家这天，晚饭是易茹给她送的。让易茹告诉花红晚上早些回来，有事和她说。

易茹见了花红就说，阿姨让你晚上早些回去，有事给你说，我看你家放了好多礼盒，是不是肖泽宇爸妈去你家商量娶亲了。

花红说，也有可能，我才多大就让结婚。

易茹说，我妈说咱们现在正是结婚的最佳年龄，等齐亮亮毕业就让我们结婚，早结婚有啥不好？肖泽宇对你好，他爸妈对你也好。

花红说，各人有各人的情况，我嫁人肯定得带着我妈，我就怕两个人天天在一起，如果有了矛盾，他对我妈不好。

易茹父母恩爱，都有稳定收入，是被宠着长大的，当然不可能想到花红的顾虑。听花红这样说，她也不知道该说什么好，只能应付地说，不会吧。

花红想给自己买个小房子建个后方再结婚的想法，不好给人说出来，她怕别人知道会不理解，反觉得她心思过重。晚上她到夜市给柳青打招呼，说母亲让她早点回去，不知有什么事，就不帮她打下手了。柳青说，那你赶快回去，我一个人就行，以后下了班就早点回去，别让阿姨等你睡不好觉。

花红想要真是五一结婚就帮不了他几天了。花红回到家，果真是肖泽宇爸妈来商量结婚的事。花红妈说她的年龄也该结婚了，肖泽宇这孩子能指靠住，她爹娘也都是好人，女孩子家早点结婚也好，既然人家提出结婚，就结了吧。

花红只得告诉母亲她的想法。花红妈说，别想那么多，变心的男人不少，也不是都变心，咱好好待人家，好心总有好报。

花红想了一会儿说，那就听您的吧。

花红妈说，这两天你抽空带我去肖泽宇家看看，婚事定下，就算是亲家了,你没在家那阵,人家没少往咱家跑,亲戚就得有来有往。

肖泽宇健身房的器材已经到位,健身教练、陪练、推广经理、服务人员也都招齐了,定于农历腊月十八开业。他和父亲天天忙得不可开交。白天一点都抽不开身去看花红。只有晚上才有空到诊所去。他去的时候一般也就到花红和易茹关门下班了。那天晚上在诊所治疗的人结束得早,她们关门早了一会儿,结果肖泽宇就去了。去了一看门关了,就给花红打电话,花红说她在夜市帮柳青哥打会儿下手。他让她出来和他转悠转悠。花红觉得刚到摊上还没干什么活就走,说不出口。她叫他也到摊上帮会儿忙,明天再转悠。被花红拒绝,肖泽宇感觉很不快。他还是忍着,去了柳青的馄饨摊。柳青做馄饨,他和花红给客人送到面前,有客人吃完,就及时把碗收了。洗碗的活儿基本都是花红干的。肖泽宇有些心疼花红,大冬天不停地洗碗,太伤手了。

肖泽宇跑一天,确实也很疲惫。他想早点回去睡觉,可花红在那儿又不忍心先走。柳青倒几次催他们走,花红总说没事,等着收摊一块儿走。

看在柳青救过花红的份上,他强忍着和他们一起收了摊。看着柳青骑三着轮车远去背影,肖泽宇不耐烦地说,你天天晚上都这样等他收摊才走?

花红说,是啊,帮他一会儿,柳青哥为我付出那么大。

肖泽宇不知道说什么好,只好什么都不说。但他心里除了忍耐,还有一种无法说出的酸涩。他本来想问问她和母亲对结婚的事怎么商量的,可是帮着卖馄饨忙到大半夜,问也懒得问了,把花红送到小区门口,就赶快回去睡觉。

第二天,花红母亲要去肖泽宇家。肖泽宇和他父亲都在外面忙着准备健身房开业,都不在家。花红给肖泽宇妈打电话说她妈妈要去看她,问她在不在家。肖泽宇妈正好在家。花红妈到他们家去一趟等于是认了亲,说明她很重视闺女的婆家,希望婆家不要为难他们的儿媳。花红和母亲打的去,在小区门口的超市买了一些礼品。坐一会儿,两个做母亲的拉一会家常,花红妈就说要走,因为她自己不能回去,花红还赶着去诊所,让花红顺路送她回家。

肖泽宇妈接了花红的电话就开始准备午饭,荤的素的从冰箱里拿出许多,一看就是丰盛的待客架势。哪里肯让准亲家母不吃饭就走。她说,花红该忙就忙去,你不能走,中午老肖他们爷儿俩也不回来,咱老姊妹俩好好说说话,中午饭都准备上了,我不把你当外人,家里有啥咱吃啥。

话到这份上，花红妈只好留下吃饭。肖泽宇妈做了丰盛的饭菜招待她的准亲家母。肖泽宇妈很麻利，炒的炖的一桌菜没多大一会儿就上桌了，她做着，让花红妈妈坐在厨房门口，也没耽误两个人拉家常。吃饭时，她怕花红妈不熟悉环境，夹菜不方便，不停地往她碗里夹菜。

吃着饭，肖泽宇妈问花红妈，他俩的婚事和花红商量得咋样了。花红妈说，就按你们说的办吧，孩子也不小了，我们做父母的图个啥，不就是想看着孩子好好的长大，结婚成家?

肖泽宇妈说，是啊，给他们办了事，咱做父母的也就去心事了，祖祖辈辈都是这么过来的。

花红妈说，我这没眼的瞎老婆子还得跟着闺女过，以后真是给泽宇添麻烦了。

肖泽宇妈说，这是哪里话，他要对丈母娘不好，我这当娘的都不愿意。我和老肖本来是想让他们赶在春节就办的，可是，泽宇说花红显时间仓促，想想吧，也就是仓促，他们还赶着健身房的开业的事。往后拖拖，就到五一吧，这样就不那么紧张了。

吃过饭，花红妈又坐一会儿，要打电话让花红来接她回去。肖泽宇妈让她再坐坐，多说会儿话。

花红妈知道人家客气是待客之道，该说的都说了，饭也吃了，再坐下去就显得自己不识趣。说人也见了，话也说了，饭也吃了，已经耽误你好长时间了。

花红妈说着就在身上摸手机。肖泽宇妈说，你要非走，我去送你，花红正忙着，就别让她再跑一趟了。

花红妈只好同意。到肖泽宇家走一趟，她更加满意花红这门亲事。遇到这样善解人意又包容别人的婆婆是花红的福气，也是她的福气。

日子如梭，说着就到了健身房开业的日子。开业那天搞活动，当天办卡享受八折优惠，还可成为 VIP 会员，长期享受八五折优惠。肖泽宇父子还通知了许多朋友捧场，人来人往，进进出出，门前停满了车。花红也送去了鲜花和贺礼。因为肖泽宇在微信圈里发了消息，易茹、柳青、夏朗、由由以及他们的父母都送了贺礼，前去捧场。

健身房的生意还不错，第一天营业收入就出人预料。肖泽宇和他父亲大喜过望。肖泽宇既是健身教练又是老板，一天到晚都在健身房里盯着，连约会的时间都几乎没有了。

花红白天在诊所忙一天，晚上关了门再去给柳青打打下手，虽然很累，但是充实。肖泽宇没时间和她约会，她反而觉得精神上放松许多。腊八祭灶，过年来到。二十三小年那天晚上花红问柳青，他过年在哪里过。柳青说回老家过。

二十七晚上柳青告诉花红明天再出一次馄饨摊，后天他就回家过年。那天晚上正好贺爷爷去吃馄饨。老人隔一两天总去吃一次馄饨，他一般去得比较早，而花红去帮忙都是九点以后关了诊所才去帮忙。那天是他第一次见花红给柳青帮忙。吃着花红给他端上的馄饨，更加感慨花红是个好姑娘，善良，还知恩图报。二十九那天一大早，花红就起床去农贸市场给柳青买了许多年货。如果能在超市买一些东西会更合适，可超市都开门营业比较晚，她不知道柳青几点赶车走，怕耽误时间。她打电话问柳青几点走，说要去送送他。柳青婉言拒绝，说什么都不让她送。没办法，她只好说有话给他说，问去哪里找他合适。他让她去他住的地方，他在家等她。花红坐出租去了他住的地方。柳青一看她提着那些大包小包东西，便知道她为什么找他了，连忙接过让她进屋。

柳青租住在老城区的两小间平房里，和房东共用一个院子。房子又小又阴暗，但收拾得很干净。柳青要给花红倒水，花红说他就要回家，赶快整理东西，她也该去诊所开门了。她这样说，柳青便不再客气，水也没倒。

花红问他过了年什么时候回来。

柳青说，看情况，或许初七初八就回来出摊，也可能过了十五元宵节才回来。

他们说着闲话走出柳青的住的院子。柳青看着花红远去，才回到租住的家里。他想，本来就是因为新水没人认识才来的，现在因为一场劫持案件，在这里竟有了花红、肖泽宇，还有了由由、夏朗这些说不清这些算不算朋友的熟人。发展了熟人圈，也许安全的系数就小了。过了年是不是再换个地方生活？反正来去就一个人，又有一手做饭的好手艺，在哪个地方养活自己都不成问题。

春节期间，花红的诊所放假停业。肖泽宇的健身房不放假照常营业，花红每天去健身房帮忙。肖泽宇和他爸都觉得花红在那很济事，他们省了好多心，客户也都喜欢她。他们和花红商量关掉诊所，由她做健身房的经理。易茹的男朋友面临毕业，毕业后有了去向，易茹就有可能随他而去。易茹一走，花红一个人支撑诊所便是问题。花红打算招人。来了几个，试几天，有的感觉在这小小诊所干没前途，有的花红看不上。这样，招人也成了花红的一个心事。肖泽宇让她春节就关门，退了商铺，也不用再招人了。可花红并不想舍弃诊所去干健身房。当医生给人解除病痛是她从小就有的愿望，也许在肖泽宇眼里，她算不上真正意义上的医生，可找她治病的人都把她看成大夫。她这小小的诊所哪一天不为几个人缓解一些病痛。古人说"勿以善小而不为"。虽然她诊所很小，技术力量有限，可有不少人愿意找她治病，她学的知识没有荒废，她靠治疗缓解别人的病痛养活自己，她自己感觉是很美妙的事情，她做的就是小小的善事。她不想放弃自己的理想，去帮助肖泽宇管理健身房。肖家父子给她做工作时说，诊所挣钱不多，费劲不少。他们说的也是实情，可是她喜欢。喜欢和不喜欢的事不能以挣钱多少来衡量。

趁着空闲时间去健身房帮一下忙，是她自愿的。肖泽宇没有要求她去。如果不引出他们父子希望她关掉诊所的事，她很乐意，这个春节也算过得不错。他们要她关掉诊所的时候，她不置可否。如果他们说一次看她不明确表示便不提此事，她不会往心里去。可是他们不止说一次，特别是肖泽宇，说了一次又一次，有种她不同意便不罢休的架势。她不想和他为此闹矛盾，惹得他父母不高兴。她缓缓地说，我喜欢干诊所，喜欢看着病痛的人在我手下得到缓解的样子，在健身房我找不到这感觉。

肖泽宇说，我们创业的目的就是为了赚钱，健身房更赚钱就得考虑在两者之间的取舍。

花红说，你开健身房为赚钱，也是因为你爱好吧，你不是说上大学时候就想着开一个自己的健身房吗？

肖泽宇说，理想和现实之间总是有些差距，理想再美好也得服从现实不是？

花红没再和她争论下去。他以为她已经同意关掉诊所。初七那天，是花红诊所开业的日子。花红头天晚上告诉肖泽宇明天诊所要开门，就不去健身房了。

肖泽宇说，不是说好不开门了吗？

花红说，房租还不到期。

肖泽宇说，退掉按合同赔人家钱不得了？

花红说，我不想违约。

肖泽宇说，违约金肯定是我拿。

花红说，不想用你的钱。

肖泽宇说,都快结婚了,还你的我的,以后健身房赚的钱都归你管。

花红笑笑说,你聘我当会计啊。我不懂财务,只会针灸按摩,就别难为我了。

挂断电话,肖泽宇感到落寞和烦躁。他就不明白花红为什么这么固执,来健身房工作比在诊所轻松得多,两个人天天在一起也好照应,再说,齐心协力搞好做大健身房对他们将来的家庭也是最好选择。照这样的势头发展下去,要不几年他们就能跻身新水的富人行列。

可是,花红不这么想,她有她的爱好和打算,她不想被人草菅意志,她想按着自己的理想度过一生。她已经同意五一和他结婚,他希望丈夫不要大男子主义,什么事都要主宰自己。出门各有各的事业,回到家里夫妻和和美美,这样不好吗?难道非要一方为另一方牺牲自己的兴趣和理想才能维持感情?这一天,花红也是闷闷不乐。

开门第一天,来治病的人很多,有些病人看看人多只好先走了,说等人少了再来,更多的人既然来了就不想白跑一趟,只好等着。那些等的病人坐着说闲话,都是治病的,话题离不开病痛,说着说着就夸起了花红和易茹的治疗水平,有人说,人多就说明治得好,有人说经常来了等的时间比治的时间长,接下去就有人说这俩闺女这么高的水平咋不想着扩大门面,多放几张床,再招几个手艺好的医生呢?

花红听着这些闲话,心里当然有些得意。她想,应该让肖泽宇来听听这些话。又想,他听听又怎么样,他本来就知道她这诊所里有不少长期病号,他的心掉到钱眼里,就什么都看不到了。想想,又觉得这样想对他不公,他开健身房也方便了许多想到健身房健身的人,人们身体锻炼好了,都没病才是更好。可是,都没病也是不可能的。她给人治着病这样胡思乱想,越想越不明白,越想越不知道该怎么做才是对的,干脆什么都别想,专心给人治病。

一些老病号像上瘾一样,每天都要来按一按,针一针,或者拔一拔罐,或者做做热敷什么的,一天不来就感觉血液凝固,筋骨僵硬。过一个春节,一连几天不做理疗,有人一见花红和易茹就说浑身没劲儿,像散了架一样。

头一天开张,来的人多,花红和易茹到晚上十点多才送走最后一拨病人。她们两个也是感觉非常疲惫。易茹的男朋友亮亮回来过年,他一天到诊所几次看易茹。易茹和花红的午饭晚饭都是他送的。他每次来她们都忙着,两个人无法说话。病人走完,她们正要关门,他又来了。他说,你们总算忙完,诊所的生意可真好啊。花红干下去,没准还成民间的神医呢。

花红笑着说，医生都是治病治不了命，都是祖宗留下的方法，哪里疼痛，拍拍打打立刻缓解了，如果穴位找得准，能对症治疗，肯定有效果。易茹我们系统学过这专业，肯定比街上那些跟人学一点就开店按摩的人强一些，病人都信任我们。

三个人分手后，花红快到夜市时，看到夜市还是食客很多。不知道柳青哥回来没有。有这想法，不由得就加快了步子。到夜市口一看，柳青的馄饨摊位空着。花红稍感失望。

除了花红失踪那段时间，从肖泽宇和花红确定恋爱关系开始，他们只要晚上没有约会，肖泽宇都会给花红发个微信，表达一下他对她的关心和爱意。春节期间，花红每天在健身房帮忙，晚上都是下班后肖泽宇开车送她回家，睡前微信自然也就免了。初七这天，因为花红的诊所如期开张，他们一天未见，如果按照以前的习惯，肖泽宇晚上睡觉之前会给她发微信，随便聊点什么，或者简单表达爱她之类的话。可是，这天晚上肖泽宇破了例，没有给花红发微信。花红回去洗洗睡了，她也没有给他发微信。肖泽宇是有点生气，感觉花红有些拧巴，有意想怠慢她一次。花红感到有些失落，但是也没怎么放在心上。

第二天就是初八了，花红没想到早上诊所一开门就迎来了夏朗。夏朗在春节期间几乎天天给她发短信，内容都是过年时人们互相转发的那些。花红只觉得他很无聊，看罢便删除了，也没回过。夏朗到时，易茹还没到，也没有病人来到。就花红一个人在。花红看到他一大早跑来有些吃惊，问他怎么这么早过来。夏朗说，我就是想看看你，我每天睁开眼是你闭上眼睛还是你，我是不是很让你讨厌。你怎么就不想和我多交往交往，试试看到底是跟肖泽宇在一起更合适还是跟我在一起更合适？

花红说，我不想做试验品也不想试验别人。

夏朗说，直觉告诉我，我才是对你最合适的人。

花红说，我没有这个直觉，我不能以别人的直觉行事。

夏朗说，花红你要不同意，我这辈子就打光棍了，你对我就没有一点恻隐之心。

花红说，你选择什么样的生活方式与我无关，一个强大的男人不靠女人的恻隐之心生活。

易茹和她的男朋友一起来了。易茹问夏朗，你来这么早，现在应该是你的睡觉时间啊。

夏朗说，睡不着，就来看你们。

易茹说，看我们？包括我？

夏朗不好意思地笑笑。易茹向她男朋友介绍说，这位是大音乐家，夏朗。

夏朗说，你寒碜我，我就一个打鼓的。

易茹男朋友亮亮向他笑笑，两人握了一下手。易茹男朋友说，快来病号了，你们忙吧，我先走了。

易茹看着男朋友离去的背影，一脸幸福，恍如梦中，直到他的背影在她视野中消失才回过头来。

夏朗看着易茹幸福的样子，羡慕地说，你们都是上帝的宠儿，我是上帝的弃儿。

易茹和花红听了他这话，都忍不住笑了。来一位病人，是经常来的老病号，一进诊所就嘿嘿地笑，花红和易茹都莫名其妙，问他笑什么，他说，我今天总算来一次最早的，不用再等了。

花红和易茹也都笑起来。正说笑着，又有一位病号来了。她们又开始了一天的工作。夏朗看她们又忙起来，只好无奈地离去。这一天还是和初七一样人多。她们忙得几乎没有吃饭的时间。下午，肖泽宇还是忍不住给花红打电话，问她忙不忙。

花红说，关门几天，一些老病号都等着开业来理疗，人多，正忙着。

挂断电话，花红感觉好像挂在心里的什么事终于办完一样的轻松。也是，昨晚没收到肖泽宇的微信，说是不放心上，毕竟失落。肖泽宇打电话说明他还是比较大度，没和她怎么计较。她们照例忙到晚上十点多。易茹的男朋友又来接她。他们锁好诊所的门，分手后，花红还是有些心急地赶路，想看看柳青出摊没有。到夜市路口一看，她熟悉的馄饨摊还是空空如也。

到家收到肖泽宇的微信，好好睡觉，明天更好，你是我永远的牵挂，晚安！看了微信，花红竟笑出声来。这一夜，花红睡得特别香。睡梦中，她步入一个铺满鲜花的殿堂，她打扮得像个美丽的公主，和一个貌似新郎的人站在一起，可他的脸很模糊，她使劲看也看不清。好多好多人都围住他们，一位鹤发童颜仙风道骨的老者问她，你叫什么名字了，她说，花红。老者说，你知道今天是什么日子吗？她说，是大喜的日子。老者说，你愿意做他的新娘吗？她说我愿意。人像潮水一样涌向他们，她被潮水般地人群推来推去，她找不到新郎了。她着急地四处寻找，猛然间看到那位问她话的老者，连忙拉着他问,新郎呢,我的新郎呢?老者向一个方向指一下说,在那儿呢。她朝着那个方向一看,果然是刚才和她站在一起的新郎,这次她看仔细了,竟是柳青。她想,说好和肖泽宇结婚的,怎么会变成柳青了?她急着想问一问老人,可老人又不见了。

一觉醒来,犹在梦中。睁眼一看,天已大亮。回想梦中之事,顿感羞惭。柳青从来没有向她表示过爱意,他带着警察把她解救出来,只有他们两人在一起时的那些特殊场合,他也处处以大哥的姿态对她,话都不和她多说,他怎么可能和她结婚。是自己对他暗恋吗?想想,她不觉得有暗恋倾向。她只把他当恩人,当救星。她从来没感觉爱过他,也没有想过以爱情婚姻的形式报答他。难道是冥冥之中有什么安排?这也不大可能啊,她和肖泽宇虽然没有爱得死去活来,可是相处得还算正常,再过几个月,他们就要登记结婚,还要遍请亲朋好友为他们的婚姻作证。

花红猜度着梦境起床,抓紧洗漱之后,做了早饭和妈一起吃。花红妈吃着早饭问柳青回来没有。听到母亲问话,花红猛然一愣,她和母亲这一个春节谁也没有提过柳青,昨晚她梦到自己和柳青结婚,早上妈就问他。这也太巧合了吧?花红说,她晚晚下班路过夜市,没见他出摊,可能还没回来吧。

花红妈说,这孩子,做生意的人过年回家这么长时间。

花红说,妈想吃他的馄饨了吧?

花红妈说,他该不是家里有啥事吧,要不做生意的人哪有不急着开张的?

花红说,也许人家不在乎这几天的生意,他跑去找我不也停业了吗?

花红妈说,找你和过年不一样。

花红说,他因为找我停业不赚钱,还赔花费呢。

花红妈说,叫我说,柳青这孩子就是好人,好得没法说,可能古时候才有这样的人。你打电话问问,他咋还不回来,是不是家里有啥事,要是有事,咱能帮的就帮一把。

花红答应着去找手机。拨通了柳青的电话,她把声音放在免提键上让妈听着。花红因为做了那样的梦,打电话时觉得不好意思,说她妈让问他回来没有。柳青说他下午到新水,明天才能出摊了,让她明天晚上去给阿姨带馄饨。

第二天是正月初十,易茹的男朋友因为有事没给她们送饭。中午趁人少的时候,花红用电饭锅煮了一锅挂面,面里下了三个荷包蛋。晚饭的时候，花红让易茹去看柳青出摊没有，如果出了就吃馄饨。柳青给她说过要出摊的，可她有种近乡情更怯的感觉作怪，不说她知道他要出摊，而是让易茹去看看。易茹出去一会儿，提了馄饨回来，她故作惊喜地说，馄饨哥出摊了，我们又能吃到美味的馄饨了。这晚仍然到十来点才打发完病号。花红关了诊所就急着赶往夜市给柳青帮忙，好像她不去柳青的馄饨就卖不出去一样。

也是不巧，她刚去一会儿，肖泽宇就打她电话。肖泽宇让她关了诊所到健身房去玩一会儿，他们两三天没见面了。她知道肖泽宇不高兴她给柳青帮忙，便不说她在馄饨摊上的事。她说她快到家了，今天也累了，明天再去见他。

她打电话时，怕柳青听见躲在一边，声音也压得很低。柳青大概猜得出她接了肖泽宇的电话。她打完电话，柳青便让她早点回去休息和照顾母亲，说她不用天天来给他帮忙，他一个人完全可以，她在那儿干活，使他压力好大。她问他为什么压力好大，他回答说不清，反正她在那儿他就有压力。其实他不是说不清，而是不能说清。他的压力当然来自肖泽宇，哪一个男人都不会容忍自己的女朋友和别的男人围着一个锅台转，一副举案齐眉的样子。

她看他说得恳切，答应他最后一晚帮厨，以后下了班就早点回家照顾母亲。可是她正洗碗，一个人站在她面前，抬头一看，竟是肖泽宇。她窘迫地叫了一声泽宇。

肖泽宇脸色难看地说，你不是回家了吗，你不是很累了吗？

花红小声说，泽宇，别这样，回头再给你解释。

他们两个正在拉锯，柳青给人送馄饨看见肖泽宇站在花红身边，便过去和他打招呼，问他健身房开业后情况咋样。

肖泽宇表情有些淡然，脸色还不算阴沉，柳青没有感觉到他冷漠。他说生意还行，每天都有不少新人来。

柳青让他坐下吃碗馄饨，他说不吃了。他告诉柳青，花红他们两个准备五一结婚，有好多事需要商量筹办。白天他忙，花红也忙，有些事只好晚上才能一起商量。

柳青听出他要花红走，忙说，我刚才还说花红晚上早点回去陪阿姨，这里我一个人就行。花红也趁机说，是，刚才和柳青哥说好，今晚是最后一次给他帮忙，明天就不来了。

柳青说，泽宇找你有事，你们去吧。

花红怕肖泽宇说出什么不好听的话，马上顺坡下驴地说，那好，我们走了。

肖泽宇开的车就停在路边。来到车边，花红看他脸色难看，便不想坐他的车，说你也早点回家休息吧，我回家睡觉。

不等肖泽宇说什么，便向前走去。肖泽宇看着她渐行渐远的背影，无可奈何地上了车。车开得很慢，到她身边，摇下车窗说，上车吧，我带你出去转悠一圈。

花红说，不早了，你回去休息吧，累一天了。

肖泽宇说，那我送你回去。

花红说，这么近，就到门口了。

肖泽宇看她坚持不上车，只好作罢。肖泽宇开车在她面前过去。她忽然感觉这个人也许并不是能和她相守一辈子的人。她承认他是爱她的，可她感觉不是把她当人去爱，而像是当作一件物品一样去爱。他完全不顾她的思想和意志，前几天是因为要她关掉诊所闹别扭，这又因为她给柳青帮忙闹别扭。她觉得他侵犯了她的自由空间，一个人如果没有自由空间，不能做你愿意做的事情，不能和你愿意交往的人交往，哪怕报答恩人都不能做主，这样的生活有什么意思？还没有结婚就这样了，如果结婚在一起生活，他会怎么样呢？花红一路想着到家，对自己即将开始的婚姻顾虑重重。

34. 尖利的刺

转眼就到三月，天气渐渐暖和。树枝吐绿，花苞待放。春天处处生机蓬勃，人也精神了许多。

肖泽宇父母为儿子的婚事开始忙里忙外。他们早就为肖泽宇准备了婚房，房子也装修过。天一暖和，他们就找来钟点工打扫。他们去家具市场看家具，看完还怕儿子不喜欢，又要肖泽宇带花红去看。因为和肖泽宇发生那些小矛盾，花红对结婚总有些怵。约她去看家具，她总是推说走不开，没时间。新水的规矩，婆婆家要给未过门的儿媳买三金，所谓三金，就是项链、戒指、手镯，结婚当天的仪式上新郎还要给新娘戴钻戒。肖泽宇父母让儿子给花红约好时间去挑首饰，花红也是以种种借口推托着。肖泽宇也觉得这些事不急，花红没时间，他也天天忙着，只要有钱，随时到首饰店里就能买到。肖泽宇母亲听儿子这样说，便也不再催促，可她还是闲不下来。她今天买回来一床被子，明天买回来一套厨具。反正只要出门，碰到看上的东西就往家提。

一天中午，诊所里正好没有病人，易茹在做午饭。许久没有露面的由由突然来到花红的诊所。花红领教过由由不顾后果的做事风格，也记恨着她给自己带来的灾难。见她又来诊所，厌恶之情挂在脸上。由由好像以前从来没有和花红发生不快的样子，从容自然，进来就说，花红，咱两个还得谈谈。

花红厌烦地看她一眼，没理她。由由又说，花红，你可以讨厌我、恼恨我，但是我必须要再和你谈谈，你是不是和夏朗暗地里还有来往？

花红听她这样说话，非常气愤地说，我和他有没有来往是我的私事，你没有资格这样问我，我也没有义务向你汇报。

由由一听花红这样说，她便断定花红和夏朗有来往，花红一边和肖泽宇谈恋爱，一边还和夏朗调着情。她出口骂道，你就是一个貌似正经的不要脸货，靠着长个狐狸精脸勾引男人。你就是我的克星，专门跟我过不去，我今天就死你面前！

易茹听到她的吵闹从里边的小套间里出来劝说，告诉她花红和肖泽宇谈得好好的，根本不会和夏朗谈，他们都闹出过那么大的事了，就不要再无事生非。

她感觉易茹说话没向她，又对着易茹说，没你的事，你少插手管闲事。

花红说，请你马上出去，不要在我这里撒泼。

我就不信了，玩不过你。由由说着骂着又把推车上的工具乱扔一地。易茹上前制止，花红说，别管她，让她扔，让她砸，让警察来处理。

花红说着就拿出手机拨打110，还没拨通，夏朗赶来了。夏朗气得脸色发白，拽着她说，你要惹多大祸才罢休，和你谈不谈恋爱是我的事，你来这里闹什么？

由由看夏朗赶来，花红也没再拨打110，一屁股坐在地上，拿起她刚才摔在地上的一个小刀就往手腕上扎。夏朗感觉不对，手疾眼快，上前一步，一把夺下小刀。然后，把她拽了出去。

他们走后，易茹和花红收拾地上的残局。易茹说，由由这个人神经不正常吧，啥事都能做得出。

花红说，欠修理，夏朗不爱她跟我有什么关系，我又没跟夏朗谈恋爱，这人真是，不自己好好想想人家为啥不爱她，把恶气都撒别人身上。

易茹说，可能富二代的孩子都这样吧，她想要的，就必须得到，连爱情也是。

我认识夏朗算是遭了殃了，这夏朗也是，我都说一百遍了，我不可能和他谈，他还一再地骚扰我，让我跟着吃这么大的亏，遭这么大的罪，我冤不冤啊？！

易茹说，夏朗和由由才是一对儿冤家，都是想干什么八头牛都拉不回来。

捡完了地上的东西，易茹说，我去给阿姨送饭吧。

花红说，我去送，你先吃，不用等我。

花红提了饭盒走出诊所，看到夏朗的车还在路边停着。她假装没看到，继续向前走去。没走几步，夏朗追上她说，对不起，又给你找麻烦了。

花红说，你以后离我远点，你们两个谈不谈恋爱跟我有啥关系？我又没爱你，她动不动到我这里闹一出子，嫌害我还不够狠的，还来找事？

夏朗说，唉，都怪我爱你，她天天给我发微信，无非就是那些话，我说不爱她。她就问我是不是还爱着你，我就说我爱着你不爱她，不爱着你也不爱她。上午我还正睡觉，她又打电话问我是不是和你有联系，我说和你联系不联系和她也没关系。她说，没关系，关系大了，她要和你没联系你就不会这么拒绝我，我去找她，我要让她从你的生活里消失。我说你别胡来，我不爱你和花红没关系。她说你越这样说越证明你们有关系，我还就胡来了，你们联起手来玩我，咱看谁玩过谁！说完她就挂了手机。我知道她那性格，赶快就起床，开车赶过来。

花红问，她人呢？

夏朗说，走了，她就是来闹闹，她觉得她不高兴谁也别想高兴。

花红说，你告诉她，我绝不容忍她再来发骚，如果她再来闹一次，我跟她新账旧账一起算，绝不饶她。还有你夏朗，你永远不要再给我说什么爱不爱的事，我永远都不会爱你，我哪怕是一辈子嫁不出去，剩女剩到坟墓里都不会跟你谈恋爱！

花红给他说出这么难听的话，夏朗被噎得半天说不出话，跟在她身后感觉无地自容。可他又觉得不能就此停下脚步转身离去。到花红家住的小区门口，他看花红也不理他，径直进去，便停下来了。花红拒绝和他谈恋爱，这不是第一次拒绝，但她从来没有如此畅快如此坚决甚至是无情地拒绝过。可是，他还是爱她，她对他说什么他都恨不起来。他知道她是回家给母亲送饭，她不会在家久停，很快就会出来。他不能就此罢休，就此罢休她会看不起自己。他要等她出来，他要告诉她无论她怎么对他，都阻止不了他爱她。她爱不爱他是她的事，但爱她，永远地爱她是他的事。只要她一天不和别人结婚，他就一天不停止追求她。

他站在路边，看到花红走出小区。远看，近看，她都是那样好看。他感慨他怎么就这么窝囊，追不上她。他自忖不比肖泽宇差哪去，怎么肖泽宇能追到她他就追不到？

花红以为他已经走了，哪想到走着走着他又出现在面前。她看也不看他，只管向前走。他和她并排走着，理直气壮地说，花红，我爱你，没有错，你拒绝我，也没有错，错的是，被你拒绝，我仍然爱你，即使被你拒绝一百次、一千次，只要你还没有走进法定的婚姻，我就要坚持我的追求，如果哪天你真的跟一个人登记结婚了，我保留着我的爱，但是，我对你的爱，永远不消失，我爱你一辈子,等你一辈子!

花红听着他的话,心里有不出的滋味,她不爱他,他说什么都不能让她心动。但是对爱你的人说那些绝情话,又有些于心不忍。可是不坚决地拒绝,他又会影响她的平静生活,不管他不顾她爱不爱他,只因他爱她便来骚扰她,还夹杂着一个爱他的由由嫉恨她、攻击她、辱骂她、算计她,让她遭遇凶险吃尽苦头。她还惊魂未定,她就又找上门来。真是马善被人骑人好被人欺,要保护自己必须像刺猬一样长一身坚硬又尖利的刺,不为扎人,只为防身。

花红走着,听着夏朗喋喋不休的爱情表达,她默默地告诉自己要有定力,不接他的话。不管他说出多么动人的话都坚决不能理他。到了诊所门口,夏朗说,你去吧,我走了。

花红头也不回地走进诊所。易茹已经吃过,正给一位病人拔罐。易茹让她赶快吃饭,再不吃就凉了。花红在小套间里吃完饭出来,还没再来病人。这是一个稍有的清静的午后。

诊所里仅有一位病人正拔着火罐,她们两个都闲下来。易茹说,得赶快招人,来了新人得有一段熟悉的时间,要不到五一期间她一个人顾不过来。花红知道她的意思,是怕她和肖泽宇结婚时她一个人顾不过来,还有她男朋友面临读研毕业,过不多久她可能就要随男朋友离开新水。

花红听着易茹这些话,突然有种诊所还能不能开下去的想法。这样的想法让她自己都觉得不可思议。春节期间因为肖泽宇让她关掉诊所两人闹别扭,到现在还别扭着。面对肖泽宇的意见,她对诊所是那样珍爱,感觉关掉诊所就断送了她人生的意义。自己怎么会突然无缘由地闪出诊所不长久的想法呢?不可思议,不可思议。

拔罐的病人该取罐了,病人也一个接一个地进来。人一多,花红忙起来就顾不上想乱七八糟的心事。晚上下班关了门,她先去肖泽宇的健身房看看,回家的路上又到柳青的馄饨摊上,给柳青拉几句话闲话。碰见贺爷爷在那儿吃馄饨,她便等着他吃完和他一起走,送他到他家楼下。在路上,老人说,卖馄饨这个年轻人,做的馄饨好吃,人也好,不知为什么总是捂那么严实,戴口罩吧,就说是干食品行业的,讲究点好,晚上还戴着墨镜不知道是为哪一般。

听了老人的话,花红嘿嘿笑出声来,她说,晚上戴墨镜酷吧。

老人也笑着说,这孩子,就是和别人不一样。

35. 柳青深夜逃离

肖泽宇天天打电话催花红不是看家具就是照婚纱照。花红不知怎么就提不起精神，一点即将结婚的兴致都没有。办那些事不是一会儿就能回来的，诊所也确实走不开。她就天天往后推。

有天晚上，她刚到家，就听到敲门声。花红感到纳闷，因为她家没什么亲戚，白天都很少有人来，晚上更没人来。偶尔肖泽宇或者花红的同学来，也都是打电话约好才来。她正仔细辨别敲门声是不是自己家的，听到母亲的问话声。母亲问话，就肯定是有人敲门。花红连忙走出卧室，到门口一探究竟。贺爷爷在门外叫花红的名字。花红连忙开门，让爷爷进屋坐下。花红妈也起床来到外边。她们问他有什么事。贺爷爷紧张地说，我刚才又去吃馄饨，每次去吃馄饨就好坐西北角那张桌子，感觉那地方不碍别人的事，给我坐一桌上吃馄饨的两个人，开始就坐那儿吃，不说话，光用手指头比画，一会儿指指馄饨哥，一会儿又指指馄饨碗。我还以为是两个哑巴。可是他们比画一会儿又不比画了，会说话了，我还偷笑他们是装哑巴的。一个人说，没想到躲这儿来了。另一个说，他该跑远点，这才几百里，中国那么大，跑几百里地能躲个鸟啊。一个说，跑多远也出不了哥的手心。他们说话嘀嘀咕咕、鬼鬼祟祟，看样子阴森森的。他们说的好多话我听不清也不懂，我就觉得他们说一会儿瞅一眼馄饨哥。这馄饨哥天天晚上也戴着墨镜和口罩，我怀疑他们是不是和馄饨哥有啥利害冲突，专门来找事的。我想想给他说不说哩，说吧，也没听到一句明白话，要没啥事，我说了又怕他嫌我，不说吧，还怕真有事，馄饨哥这么好一个小伙子，万一叫人算计了，到时候后悔也晚了。

花红问，他们走没有？老人说他离开时他们还在。肖泽宇、易茹和花红他们闲聊时说笑过柳青的墨镜和口罩，说他的打扮像克格勃，还说他是不是涉案人员才这样。想起这些玩笑话，老人发现的可疑迹象，花红觉得应该重视。她说她去摊上看看，便穿了外套下楼。

夜市正是又一波好生意的时候。馄饨摊上摆的小餐桌坐满了人。柳青看到花红这么晚了又来，便问她有什么事。她小声说没事，就出来转转。她朝西北角老人经常坐的小餐桌上瞅瞅，桌边坐了三个人，两女一男。不像老人描述的两个人。花红问柳青，刚才贺爷爷来吃馄饨了？

柳青说，是。

她又问，注意不注意贺爷爷坐哪里吃的？柳青说，他总爱坐角里那张桌，今晚来了还是坐那里。

花红问，你注意到那张桌边还坐两个人没？

柳青有些警惕地问，是有两个男人和老人坐一张桌子，老爷爷发现他们不对劲吗？

花红便小声地把老人去她家说的情况告诉他，柳青顿时严肃起来。柳青又做好三碗馄饨，放在托盘上。花红问了是哪桌，端起托盘送去。花红送完馄饨回到灶台边问，有问题吗？

柳青哼一声算是回答。花红又去洗碗，柳青说收过钱的做完，再来人就不做了。刚说完果然又来两位一边掏钱一边说来两碗。柳青说，不好意思，卖完了。

柳青的态度让花红感觉问题严重。两个人有些不情愿地离开馄饨摊。柳青还做着馄饨，花红开始往三轮车上收拾东西。为付过钱的顾客做完馄饨，柳青收了炉灶。吃馄饨的顾客走完，他们简单收拾规整一下餐桌就离开了夜市。柳青推着三轮车和花红一起走。花红问，能告诉我为什么吗？

柳青说，说来话长，三言两语说不清楚，简单点说就是我得罪过人，可能找上门了。

他本来想说的是可能有人追杀我，可话到嘴边怕吓着花红，又改成这样的话。即使在柳青看来已经做过简单处理的话也让花红感到后背发凉、头皮发麻。情况紧急，花红不好详细问。柳青说，我送你回去，你坐上吧。

花红看看他推的三轮车，她没几步路就到家，不想坐，可柳青身处危险，也说不出让他一个人先走的话，也许他随时就会遭到埋伏。她问，你打算怎么办？

他说，这里不能待了，先回去拿着必须带的东西，离开出租屋。

花红感到事情更严重了。她问他今晚住哪里。柳青说还没想好，也许连夜离开新水，也许先找旅馆住一晚。她想起柳青只身一人跑几千里去救她。柳青是她恩人，一辈子都不能忘记的恩人。恩人身陷危险之中，她不能拔腿而去。她要跟他一起去收拾东西。柳青说，你回去吧，没必要，等安顿好就给你打电话。

花红说，都这时候了，还客气什么，两个人一起总好一些，我回去也是担心。

柳青说，那就太连累你了。

花红给母亲打电话让她告诉贺爷爷没事，让他早点回去睡觉，馄饨摊上人多，她给柳青哥帮忙，回去得晚，她也别等她，早点儿睡。花红坐着柳青的三轮车，来到他住的出租屋。屋子里还是很简洁，东西不多，却井井有条，窗明几净，整齐得像是天天接待贵宾。柳青拿了一个双肩背包，又把牙具洗漱用品装进塑料袋里就算收拾完了。他要带的所有东西都在双肩背包里，看来他做好了时刻离开的准备。他让花红在房间里稍等一会儿，他去向房东告辞。

他和房东住在一个院子里。几分钟后，房东和他一起来到他租住的屋里。房东说，真没想到你这么快就走，真舍不得你走，我们住在一起像一家人一样。

他说，突然接到家里电话，有急事。

房东说，你什么时候来新水我们随时欢迎你回来住。

他说，好，等我家里事情处理完，只要回来就还住你家。

柳青说着提起包说，三轮车，还有屋子里我添这些东西，就不带走了，都留下随你们处理。我走了，还要去买票赶车。

告别了房东，柳青和花红来到大街上。街上少有行人。来来往往的车辆川流不息，穿梭的车灯形成一浪又一浪光流，忽明忽暗，提示人们时光匆忙，岁月的脚步总会留下擦肩而过的惆怅。该走的自然会走，该来的自然会来。花红说，太晚了，突然间去哪里安身，今晚先住我家，明天想好了去哪里再走。

柳青说，我最好是马上离开，其实这两天我就感觉有人跟踪我。今晚到馄饨摊上的两个人不是跟踪我的人，如果是，我能看出来，这两个人我好像也感觉不太对劲，但是没看出来。他们至少有三个人来追我。如果不是贺爷爷发现可疑迹象，说不定会发生啥事呢。我，我真得感谢贺爷爷，贺爷爷是我的恩人。

对面来一辆出租车,柳青说着抬手拦下。上车前,柳青说,你别去车站了,也拦个出租早点回去吧,要不阿姨等急了。

花红说打过电话了,便拉开车门先上了车。

到了车站,柳青买了去北京的车票。离发车时间还有一个小时,柳青催着花红赶快回去,别让老人着急。花红说,我妈知道我和你在一起肯定放心。

柳青无话可说,只好由她陪着等车。时间还早,他们便找了一个比较暗的地方坐下来等。两人似乎都有许多话说,又不知从何开口。花红说,没想到你会这么急着离开。

柳青说,一言难尽,这都是我预料到的,你刚才都看到了,在我住的地方没有一点多余的东西,我的换洗衣服和必用物品平常都在包里装好,就是预防万一,必须离开的时候不耽搁时间。

花红沉默一会儿,再过半小时他就会离开,此生也许还有再见的日子,也许没有再见的日子,如果再也见不到,彼此就是生活中的匆匆过客。即便如此,她也该对他有所了解,他是她的救命恩人,她该知道他到底是个什么样的人,为什么会身处凶险。如果她不问,他或许不好说,如果她问,他或许愿意讲出来。想到这些,她便抓紧机会问,柳青哥,也许我不该问,但是我还是想知道那些追你的人到底为什么?

柳青说,我相信你,可以告诉你,时间有限,我先给你说个大概,以后有机会再详细说。两年前,我是兴元市皇宫酒店的厨师长,也就是平常说的大厨。这是个国有酒店,政府的接待都在那里。我因为检举酒店所进食品不合格被主抓的副总盯上,一天夜里我下班回住处时,在路上不明不白地被几个人拦住痛打一顿。不知你发现没有,我的一个眼睛视神经被打坏,现在只有一点点光感,基本没有视觉。

花红突然想起曾经看过一次法制电视栏目,说一个厨师下夜班在路上被人拦住暴打一顿,一只眼睛可能会失明。她问,你被打的事是不是上过电视?

柳青说,是,电视台采访过我。

他们正说着,广播通知准备进站。花红说,我正好看过那期电视节目,因为我妈眼睛不好,所以对涉及眼睛的事情特别注意。

柳青说,因为挨打成了新闻人物,真丢人。

到进站口了,来不及多说,花红说,你到北京一定给我打电话,换了号码别忘了告诉我。

柳青答应着进站去了。花红在检票口看他进去,两人挥手告别。

柳青临走那天晚上,委托花红帮他处理馄饨摊的事。第二天一早,花红就去夜市管理办公室为他退掉了摊位。易茹当晚再去夜市买饭,回来告诉花红馄饨哥没出摊。花红想不出怎么向她解释柳青的事,便干脆装作不知道的样子随口应道,他可能有事吧。晚上下班回到家,贺爷爷在她家等她,说他去吃馄饨,馄饨哥没出摊,是不是和昨晚那两个人有关系?花红说具体怎么回事她也不清楚,昨晚他说他要休息一段时间,还卖不卖馄饨以后再说。老人到底是经过世事的,他不再多问,看似什么都明白了一样。只说,以后难吃上他的馄饨了,怪遗憾的。

接下来的日子就再没见过馄饨哥出现在夜市。易茹和肖泽宇偶尔也会提起馄饨哥,花红听了缄口不言,装作和他们一样迷茫。柳青知道花红白天在诊所,接他电话可能不便,到北京当天晚上十点多给她打了电话。后来他换了北京的号码,又打电话告诉她。

花红不和他们说柳青的去向,只是不知道从何说起。柳青那些事情可能是他的隐私,虽然他没交代为他保密,她也觉得不该说出去。

肖泽宇还是催着办结婚的事。花红依然提不起劲,没有兴趣拍婚纱照,没有兴趣看家具,甚至没有兴趣和他结婚。她给母亲说,感觉和肖泽宇结婚不踏实。

母亲问她,为什么?她说不出原因。她想不出他有什么让人讨厌的地方。她就想他有什么特别值得她爱的地方。他有不少优点,为人踏实,有责任心,总想让她幸福。优点是不是可爱之处,她想不明白,她只明白一点,从理性上,她觉得选他做丈夫是合适的,从感性上她从来没有在他面前撒过娇,发过嗲,他每次和她表现亲热的时候,她总感到多余。有人说,恋人在一起应该有陶醉感,她和他在一起从来没有过陶醉感,见就见了,分就分了,没有相见恨晚,也没有难舍难分。

花红妈是个明白人,她知道闺女的幸福除了找个好女婿,还得是闺女喜欢的好女婿。别人看着再好的人闺女和他一起过日子别扭,那日子也不叫好日子。她给花红说,肖泽宇是个好孩子,俩人一起过日子还得对脾气。你好好想想,真不想和他结婚就早点给人家说,这婚姻的事儿也别委屈自己,一定得找个自己如意的。

花红一直觉得自己妈眼不亮心亮,对什么事都看得透彻。母亲这样说,她就想和肖泽宇分手。可是又觉得他们一家都在忙着给他们办喜事,又说不出口。那天晚上,肖泽宇没有给人陪练,等着她关诊所时去接她。肖泽宇开着车,他问她想去哪里玩,去唱歌还是看夜场电影?花红哪都不想去,只想提出和他分手,可是想来想去还是说不出口。

肖泽宇看她懒洋洋的,以为她忙一天累得没了精神,只好送她回家。花红一夜未眠,翻来覆去地想肖泽宇和他父母对她的好。眼看婚期将至,她提出分手,让他们一家怎么接受得了。她仿佛看到肖泽宇失魂落魄的满脸沮丧,他的父母气急败坏一腔愤恨。她实在难以开口,可是,顺势而为与其结婚,如果婚后她对他产生了真正的爱情还好,如果不冷不热地过日子甚至婚后双方互相发现更多不融洽,冷漠以对,甚至走向离异,还不如现在趁早了断。可是,可是,她就是张不开口,就是无法说出肖泽宇咱两个不合适,我们分手吧这句话。

第二天晚上回到家,花红给柳青打电话问他,在北京怎么样,找到工作没有?柳青说他在一家酒店当厨师,管吃住,暂时应该还不会有问题。柳青在夜市卖馄饨的时候,花红每天晚上路过那里,有时去帮他一会儿,有时去馄饨摊上站一站,和他打个招呼,有时既不帮他,也不去摊上和他打招呼,就远远地瞅一眼他戴墨镜、口罩忙忙碌碌的身影,感觉心里安然充实。他走了以后,她好多天就感觉不习惯,每晚路过那里不由自主地往那方瞅,好像他还在那里,还可以随时和他聊几句,想吃他做的馄饨就可以去吃。可是,任她望穿秋水也没有了他的影子。

柳青离开新水,离开夜市,花红觉得很不适应,好像生活发生了很大变化。她和柳青之间并没有太多语言交流。他们在一起的时候不是面临危险就是在馄饨摊上干活,几乎没有闲聊过。柳青在新水,花红感觉有他像靠山,像大树,只要他在,她就觉得有胆有底气。他远离了她,她感觉生活变得空虚无趣,像是失去了精神支柱。他在新水的时候,她并没有总想着他,也就是晚上下班顺道看他一下。他这一走,她反而稍有空闲就想起他,总想着他在北京的生活状态,想他会不会想起自己。

她有几次想打电话征求一下她和肖泽宇结婚的事,问他怎么看。又觉得这么私密的事问他,不知道他会怎么看自己。她感觉自己变得有些婆婆妈妈琐琐碎碎,处处小心谨慎,以前并不这样。想来想去,还是不问柳青,就和易茹谈谈她的想法,听听易茹怎么说。中午有一会儿没有外人,诊所里就她们两个,花红说,肖泽宇家里催着结婚,催着照相买家具什么的,我就没一点热情，找不到感觉。

易茹说，不该吧，我妈说咱们女孩子二十二到二十五是比较好的结婚年龄，再晚就有点晚了。我们家希望亮亮毕了业，定下来在哪里工作就结婚。

花红说，不是年龄问题，咱俩是最好的朋友，我跟你直说，原来没说结婚，和肖泽宇谈恋爱吧，也没觉得不合适，现在说结婚了，我咋就这么怵，感觉我和他结婚不是太合适。

易茹问，为啥？

花红说，也不为啥，就觉得和他在一起没激情，不见他吧也不怎么想见他，见他也就那回事，有时他想和我多待一会儿，我就觉得没意思，还不如早点回家睡觉。

易茹有些吃惊地说，有这么严重？我感觉你俩挺好的呀，你要真是这感觉，可不把人家肖泽宇给害了。

花红觉得易茹怎么这样说话。她问，我咋就给他害了呢？

易茹说，现在又不是过去，因为生活困难，好多婚姻都不为爱情，我们这一代人除了少数爱慕虚荣、好逸恶劳傍大款的，我觉得大部分人更看重爱情，谁都不想走进没有爱情的婚姻，肖泽宇爱你，等结了婚，他发现你不爱他，他肯定会痛苦。

花红说，那怎么办？

易茹说，我也不知道，你们都要结婚了，你还这样说，我肯定不会跟一个不爱的人结婚，

花红说，我要是现在和他提出分手，会怎么样？

易茹说，能会怎么样，先不结婚呗，等找到互相喜欢的人再结婚。

花红说，我就是说不出这话，不忍心伤害他们一家人，他们一家人对我都好，没有爱情的感觉可能是我的问题。

易茹问，你是不是爱上别人了？

花红笑起来，没有啊，咱两个天天在一起，你知道的，除了夏朗追我没别的人追我啊。

易茹也笑着调侃她说，你也可以追男孩子，谁说女孩只能等男孩来追，就不能主动追男孩了。

花红也调侃说，好，我想想，如果我爱上谁一定去追，来到世上不容易，不能白活了。

两人正说笑，又来了病人。她们只好终止谈话。花红不经意间说出的

话，易茹觉得她是开玩笑，但花红并不是开玩笑，她隐隐觉得自己真的爱上了一个人。只是她说不准是不是爱情，她想仔细考量自己的感情以后再做决定。

36. 你是青柳我是红花

柳青那天晚上到火车站就买了去北京的车票,看似突然,实在不然,他对自己的遭遇早有防御。他去新水之前就想好了,如果非逼得他一退再退,下一个退路就是北京。

柳青的家是兴元市杨柳县,父母都在县城的宾馆工作。父亲是厨师,母亲是服务员。爱父亲影响,他从小就喜欢做饭,立志要当全国一流的厨师。根据他的高考成绩完全可以上个差不多的普通本科大学,可他无意别的出路,只想当一流厨师,便填报了兴元市职业技术学院的厨师专业。他是那年学校厨师专业招收分数最高的学生。

柳青还没毕业,就被兴元市的皇宫大酒店聘去当厨师。中午放学就去酒店帮厨。虽然工资不高,但是够他日常开销了,上大二以后就基本是自己供养自己。毕业后就成了酒店的正式员工。毕业一年,原来的厨师长调去别的酒店,柳青就成了厨师长。

厨师长其实就是主厨。他当了厨师长后,客人都说酒店的饭菜色香味都有提高。现在全民普遍营养过剩,柳青推出了新的烹调理念,少油少盐少调料。开始酒店总经理担心调料放少了达不到客人要求的口感,会影响生意,要求他先在小范围试验一下。总经理说的小范围就是酒店的一些关系户,总经理的朋友之类的客人。试验结果得到大家赞赏。

他们酒店健康的餐饮理念广为流传,食客络绎不绝,源源不断,餐厅常常爆满。柳青在兴元市餐饮界的名气大增,许多酒店的老板悄悄地找到他,给出高他一倍的薪水挖他。柳青在酒店里干得顺手,不为高薪所动。

酒店的班子调整,从外面调来一位新副总。这位副总姓陈,主抓酒店的餐饮管理。陈副总和原来主管餐饮的副总不一样,喜欢事无巨细,事必躬亲。大到制度管理落实,小到买一把青菜。陈副总上任后,大刀阔斧更换了餐饮部经理和厨房采购员，更换了各种食品供货的商家。

换人和变更供货渠道是领导们操的心。厨师长的职责就是管理好厨房，开出所需食材的单子，为客人供应高质量的菜品。只要货品充足，谁去采购，到哪一家供货商采购，作为厨师长的柳青管不着那些事。

可是，换了供货商后，厨房用的食品经常发现问题。厨师们经常发现不是干货色泽不正就是肉质品相不对。更严重的问题是连海鲜都不鲜了，活的都做了标本，客人挑选后，当着他们面拿到厨房，他们一转身，就换成了死的。对食材问题大家都心知肚明，这里边的问题绝不仅仅是商家的问题。如果采购人员清白，商家当然不敢怠慢。柳青多次向采购人员提出严把食材关，采购人员当面说得冠冕堂皇，可是，类似问题仍然天天发生。他只好直接向陈副总反映，建议更换进货渠道。陈副总当面说一定严查，如果哪个商家供应不合格食材，坚决追查到底。可是，进到厨房的食材仍然没有变化。柳青因为食材问题找过两次陈副总。陈副总每次都说话底气十足，掷地有声，可每次都只是当着他的面打一声炸雷，并不真的下雨。柳青似乎也看出了一些问题。这样的事每天就发生在自己的眼皮子之下，顾客吃了经他手加工制作的有害甚至有毒的饭菜，实在于心不忍。他想既然管不了这个问题，干脆找地方跳槽离开这个酒店算了，眼不见心不烦。

像他这样在业界有名的厨师放出想跳槽的风，不愁没有酒店找上门来。他刚动了这个心思，还没有向任何人说起过。可是就在这个时候，有位老人过生日，小辈为表孝心在皇宫酒店订了生日宴。生日宴上，他们要了一份麻辣小龙虾。他们照例给客人看是活的，送到厨房是死的。虾是柳青亲自主厨的，他做的时候就看着龙虾不对劲，要求换新鲜的。换食材要经餐饮部经理同意，餐饮部经理掂着看看要求换掉的龙虾说，这没问题，刚进的，除了不会动，吃是没一点儿问题。

柳青只好就做了。因为是麻辣味的，味道重，一般食客吃不出腐变的味道。然而到晚上，这家人全家发生急性肠胃炎，上吐下泻。第二天他们拿着诊断证明和酒店的发票找来。他们要求赔偿。餐饮部经理接待他们，他们要求见厨师长。餐饮部经理怕柳青向客人说出实情，谎说厨师长请假没上班。餐饮部经理说，他们全家发生急性肠胃炎，并不能说明就是因为在酒店吃饭引起的，酒店所有的食材都经严格把关购进。客人当然不同意这样的说法，他们说，给老人过生日是一家的大事，生日宴安排在酒店就可以证明他们一家有多重视，来大酒店也就是考虑了食品安全卫生才决定的，结果全家老少回去都肚子疼得受不了,捂着肚子争厕所。他们没有直接去投诉,而是先来酒店协商也是考虑你们的声誉,如果你们不承认全家发生肠胃炎是在酒店吃饭所致,那不客气,找地方解决。

餐饮部经理怕事情惹大了,请示陈副总,同意给他们退回他们吃饭的全部花费。那家人仍然不同意,他们还要治疗费、误工费、精神损失费,共计两万元。这下餐饮部经理为难了,只好推给陈副总出面解决。她说她的权限就这么大,他们的要求她解决不了。他们说她解决不了就去找领导,她正好顺水推舟说,你们去找领导吧。

这样他们就到了陈副总面前。陈副总的口才够好的,东说西说最后一万块钱拿下。餐饮部经理是陈副总的人,但是他们之间因为利益沆瀣一气,因为上下级关系又相处微妙。陈副总埋怨她把客人推给他,她说客人非要去找他,拦都拦不住。

受害的客人被打发了,酒店赔了一点钱,保住了声誉。如果客人不接受赔偿一万块钱的处理,或者遇见又要说法又要钱的顾客,他们肯定直接到相关部门投诉。之后的结果可能就是酒店被查,不合格食品对外曝光,酒店毁誉,赔偿损失,追查相关人员的责任,如果追得彻底,供货商家也脱不了干系。遇到了只需赔偿的客人,是酒店的侥幸,也是食材采购者和商家的侥幸。为什么会发生急性肠胃炎的事件,陈副总和餐饮部经理应该心知肚明。可是他们并不引以为戒,不追查自身的问题,杜绝这类事件再次发生,而是推卸责任,陷害无辜。陈副总向总经理汇报此事时,怀疑厨房加工食品有问题,导致顾客产生中毒反应。

这个事件引起总经理的高度重视,他专门主持召开餐饮部门全体会议,指名批评了厨师班,宣布了对厨师班的处理决定,扣除他们所有人员当月奖金,扣除厨师长柳青的全年奖金。厨师班全体人员不服,柳青更是不服。厨师班的厨师们觉得柳青窝囊,他们跟着窝囊。他们把扣除奖金的恶气撒在柳青身上,不服从他的领导,不听从他的调配,动不动还要说些难听话、风凉话。这个事件的处理过程前前后后拉扯了一个星期的时间。柳青从侧面向别的酒店放出想换地方跳槽的想法,已经有酒店闻风来请。柳青本想一走了之,可是,他想想不该替人背这个黑锅,也不能再让顾客吃坏肚子。那家人身体素质好,如果遇到体质弱的顾客,一次急性肠胃炎就可能致命。

柳青去总经理室。总经理人文情怀浓厚,看人看事有独到之处,不以眼前的功利论英雄。他觉得个人兴趣爱好不同,经历不同,努力方向也不同。

他当总经理未必就是成功，柳青成为名厨未必就是不成功。他对柳青一直青睐，柳青是酒店的老员工，出现这样的问题他也感到疑惑。可是事情摆在那里，他不得不相信常在河边走哪能不湿鞋的老话。制度定在那里，谁有问题也不能姑息迁就，这是管理者的起码素质。他相信柳青会认识到错误，也能理解酒店的处理决定。柳青来见他，既在他的预料之中也在他预料之外。他以为柳青会当面向他表示悔改，也可能为出现这样的错误感到羞愧，无颜见他，默默悔改，避免这样的事情再次发生。

柳青向他反映实事真相，出乎他的预料。他没想到在他领导的酒店里会有如此严重的事情发生。可是，他作为酒店的一把手，陈副总是他的助手，也是他的伙计。他不能在柳青面前对陈副总稍有微词，他还要维护班子的团结。他客观地说，食材采购是餐饮部经理直接负责，如果食材有问题，该追究谁的责任就追究谁的责任。如果查清不是厨师的问题，相信酒店领导班子会公正处理。

柳青听了总经理的话，感觉一阵轻松。他相信总经理会给他一个公正的说法。总经理相信柳青所说的真实性，但是。他作为酒店的首长，对待副总不能率性而为。他也不可能为柳青彻底得罪陈副总。如果有一名副总成了他的对立面，他总经理的位置就可能坐不稳，以后的工作就不好开展。他也不想冤枉辛辛苦苦工作的厨师。他找陈副总谈了话，要陈副总抓好餐饮部的工作，希望发生这样的事件只是一次偶然，以后要经常检查和发现隐患，杜绝类似事件再次发生。特别要把好采购这一关，保障货源安全。

心中有鬼的人便会疑神疑鬼，草木皆兵。陈副总感觉总经理这番话有针对性，就是冲自己而来。他当即表示一定抓好采购，确保食材安全。过几天，他便主动向总经理汇报工作，他说他专门查看了餐饮部所有的食材，没有发现不合格的产品，还对所有供货单位进行了调查，没有发现违法经营单位。他还拿出了供货单位的经营许可证复印件，以及一些肉食海鲜的检疫检验合格证，包括出事当天食材的合格证。

陈副总拿出这些东西呈现给总经理，总经理只能对他的工作表示肯定和支持，别的他无话可说。总经理相信柳青所反映的问题肯定不是无中生有，但是他不能把这些问题摊开在桌面上，他作为酒店的主要经营负责人，更不能主动邀请食品监察部门对酒店进行专门检查。他只有保持沉默，委屈柳青和他手下的厨师们蒙受不白之冤。他想真的假不了，假的真不了，总有他们露出尾巴的时候，等他们露出尾巴的时候再还柳青他们以清白。可是，这些只能他自己私下里想，无法让柳青他们知道。

柳青和他手下的厨师们当月奖金被扣。扣发资金的第二天总经理找他谈话，总经理无非是安慰他一下。总经理说人生难免会犯点错误，有点小挫折，关键是怎么对待，以后的路还很长，希望他不要有思想包袱，还要做好工作，他的技术水平大家都看得到，出了一点问题并不等于说他就不是一个好厨师，相信他能想得开，正确对待这次处分，不要因为受挫而从此消沉。

总经理丝毫没有提陈副总，也没有否定柳青向他反映的问题。柳青没有理解总经理的苦衷，他以为是官官相护，对他这样的手艺人就是打一巴掌再揉一揉。巧的是柳青从总经理办公室出来时正好与陈副总碰面。陈副总和总经理在一层楼上办公，两人的办公室隔着一个门，总经理的办公室在里面，陈副总的办公室在外面。柳青从总经理办公室出来时陈副总正好从外面回来，站在办公室门口掏钥匙。

两个人在这么特殊的地方突然碰面，都感到猝不及防又无话可说。柳青尴尬地叫一声陈总，陈副总很不得已地咧一咧嘴，似笑非笑。他看在眼里，思在心里，这小子找总经理告状，想整我，怪不得前段总经理谈话拖泥带水，旁敲侧击，倒要看看谁整得起谁。

酒店给厨师班的员工在外面租了集体宿舍，离酒店不算太远，坐公交车的话也就两站路。集体宿舍也就是居民小区里的单元房，同一小区的两套房。一套两房一厅的老房子，安排三个人住。一个人因为有了女朋友，在外面自己租了房就搬出去住了，这套房子就是柳青和另一个同事住着。柳青当了厨师长以后，几乎每天晚上都在十点以后才离开酒店。厨子到底是个下力活儿，不停地掂锅和轮勺子几个小时真够累。在厨房里闻够了油烟味也干累了四肢，柳青喜欢晚上慢步走回宿舍。行走在夜色苍茫行人寥落的街边，感受植物的芬芳、夜晚的幽静，他感觉这会儿是最惬意的。总经理和他谈话之后，有天晚上下班后和往常一样徜徉在回宿舍的路上，走着走着，路边突然冒出三个人来，个个膀大腰圆。一个人上前拦住他，他惊讶地看着面前不怀好意故意拦他的人，试图靠边躲开，可那人胳膊一伸说，想逃？

另外两人闻声上前，三个人呈三角状把他围在中间。他脑袋猛省一下，马上意识到不好，有人要害他。他沉着地说，几位认错人了吧？

一个人说，不错，哥们儿要揍的就是你。

此人话没落音，另一个人对他裆部飞起一脚，他忍着疼正要出拳，两人把他架起，一个重拳落在他的左眼上。那人下着毒手，嘴还不闲着，恶狠狠地说,还让你眼尖,再胡闹小心你的小命!

柳青突然感觉眼睛像冒火一样灼热时,有人下令说快跑,打他的人便即刻离去。柳青用手捂着眼睛,感觉热乎乎的黏液向外涌。他马上掏出手机凭感觉打了110和120。他蹲在路边等着警车和救护车。几分钟后,警车和救护车先后呼啸而来。警察要问情况,被医护护人员制止。警车只好跟去医院。警车和救护车几乎同时赶到时,电视台的采访车正好路过,他们对事件进行了追踪采访,并向省电视台传送,省电视台在法制栏目播出时花红正好看到。

柳青的视神经被打伤,经过医院多方会诊最终没能保住视力。住院治疗近一个月,他的左眼最终只剩一点光感,不能看到任何物品。

他住院时总经理带着酒店的领导班子来医院探望。总经理安慰他安心治病养伤,酒店已经和公安部门沟通过,强烈要求公安部门早日侦破案件。陈副总也随领导班子到医院看望他。他没有看出陈副总有什么特别异常的言谈举止。警察让他好好想想得罪过什么人,和什么人有过激烈冲突。他从上小学起回忆,他一直都是父母的好孩子,老师的好学生,同学们的好同学,单位里的好同事。如果和人发生矛盾,也就是陈副总来酒店以后,因为食材的质量问题和餐饮部经理发生一些摩擦,再就是上次顾客食物中毒反应以后,他和他手下的厨师们都因此被单位严厉处分。手下的厨师们经济利益受到损害,他们当然心头不满,感觉跟着这样窝囊的领导干活吃亏,一时对他有些言行方面的过失,可也不至于对他下此毒手。思来想去,感觉最有可能对他下毒手的人就是餐饮部经理。可餐饮部经理一个女流之辈,怎会有如此恶毒?躺在医院治病养病,这是从来没有过的清闲。清闲的时候想问题就细密。仔细算算,酒店里每天进出的食材真不是小数目。如果不为利益,她何必会出同样的价钱购进以次充好的食材。金钱能让人丧心病狂,最毒不过女人心。柳青这样想的时候就觉得餐饮部经理完全会对他施以毒手。他找陈副部反映问题,感觉陈副总话里也是向着餐饮部经理。再想想餐饮部经理是陈副总提拔重用的,他向着她也是人之常情。陈副总怎么说也是酒店的领导,或许他也想不到食材问题如此严重,他不至于和餐饮部经理联手获利,当然也就不会和她联手对他狠下毒手。他如实向办案警察交代了他的想法。

柳青出院了,隔几天就要到派出所追问有没有抓到打他的凶手。派出所的警察说如果抓到会通知他。有三家酒店老总亲自出面请他去做大厨,他都婉言拒绝。给多少钱他都不去了,他的一只眼睛不能就这样白白地失明,他要留在皇宫大酒店寻找凶手的蛛丝马迹,给自己找回公道。他一如既往地上班,还当着厨师长。食材的供货商照旧,食材的品质没有变化,大部分活物仍是标本,大部分顾客以为吃到的所谓鲜活产品,该飞的不会飞,该跑的不会跑,该爬的不会爬,该游的不会游,该动的不会动,说到底,早就变成动物僵尸才被加工端上桌的。

柳青手下的厨师们都习以为常,看到发霉的也不再管,良心好的就多冲洗几遍,迁就的该怎么加工就怎么加工,反正不是自己家人和朋友吃,酒店也不是自己的,毁了声誉和自己一个小小员工没太大关系。柳青挨了打后,反而越来越较真。有次顾客点鱿鱼,拿到厨房的鱿鱼已经变色,他让帮手拿去换新鲜的,帮手拿去又拿回来,说餐饮部经理不让换。他拿出手机拨通了陈副总的手机。要求陈副总来看看这样的鱿鱼能不能给顾客吃,如果再发生事故算谁的责任?柳青打电话的情绪很激动,陈副总在电话上表扬他坚持原则,对工作就应该这样认真负责,维护酒店的声誉,保障顾客的健康,变质的食品绝不能流向餐桌。让他再去找餐饮部经理换。他又让帮手去,果然就换了。

又过一天,陈副总打电话让柳青到他办公室去一下。柳青去了,他当面表扬柳青那天做得非常对,遇到问题就应该这样解决。

柳青说,上次事故也是这样的,他发现龙虾有问题,可是不给换。

陈副总说,餐饮部经理必定不是厨师,她看不出变质问题,又不想让酒店受损失,这也可以理解。以后你们要多配合,遇到问题协商解决,共同维护酒店的声誉和利益。

陈副总找他谈话一个星期后的一个晚上,他刚上床准备睡觉,手机突然响起。他急忙接听,手机里传出恶狠狠的声音说,你再管闲事,要你小命。

接过这个简短的电话,柳青查看来电号码,竟不显示。他想起床去报警,可又怕对方就在附近埋伏。他被打瞎了一只眼睛,不能再给恶人送上另一只眼瞎。他只好打了110,反映他所接电话的情况。110接电话的警察说已经记录了他所反映的情况,如果再有情况,请他及时报警。

那一夜,柳青辗转反侧不能入睡。他前前后后地想那段时间的遭遇,越想越感觉不仅仅是餐饮部经理一个人所为,她身后如果没有更大的靠山,她不敢为非作歹胆大妄为。思来想去,这个靠山非陈副总莫属。以他的能力去搬倒陈副总,无疑以卵击石。他越想越感到可怕。他一个堂堂男人这样遭人算计,深感屈辱。他如果和他们斗下去,会有什么后果？他的一只眼睛被打坏了,到现在还没有抓到凶手,他向警察报了怀疑对象,可他没有证据,警察也找不到证据。想来想去,对手已经把他当成眼中钉肉中刺,他不能再待在这里。继续下去,他或许真有生命危险。父母把他养大不容易,他和妹妹手足情深,他不能让父母失去儿子,让妹妹失去哥哥。他必须要保全自己,活着才能和他们斗到底,活着才有可能绽放胜利的笑颜。

第二天一早他就去了总经理办公室,向总经理提出辞职。总经理知道留不住他,便对他实话实说。陈副总拿着酒店食材供货商家的经营许可证、检疫检验合格证向他证明食材安全可靠,作为酒店的领导,出于对酒店名誉的考虑,只能暂且相信那些被冠以合格的报告,他正在考虑重新调整领导班子的分工,实在不行,他就亲自抓餐饮部的工作。

柳青听了总经理这番话,突然想到大到社会,小到一个单位,都是一个棋盘,每个人都是棋盘上的棋子,星罗棋布,各司其职,牵一发而动全局。身在哪山唱哪山的歌,他理解了总经理。

柳青办完辞职手续,便向食品监察部门实名举报酒店采购不合格食材。他辞职后没几天,听同事说总经理果然亲自负责餐饮部,不让陈副总再管餐饮部的工作。餐饮部经理也被免职,成了一名普通服务员。柳青辞职后在兴元市的城郊结合部租了房子,搬出了酒店租的宿舍。几家酒店都表示欢迎他去主厨。他想考察一下再作打算。可是,树欲静而风不止,他时时感到危机四伏。陈副总被削弱了权力,餐饮部经理断了财路,还被贬成了服务员,他们肯定把这些怪罪到他身上,以前他感觉并没有和他们发生太大冲突还遭到暗算,出院后那段时间他几乎不能容忍不好食材,多次与他们发生摩擦,辞职后又实名举报他们,那些黑心的家伙会饶过他吗？柳青想到这些,他不能不为自己的安全考虑。

兴元市是柳青的伤心地危险境,他不能在兴元市待下去了。他去了与兴元市相距几十公里的新水,以卖馄饨为生。新水与兴元市不算太远,兴元市人和新水人之间互相来往办事访友的多。兴元市并非绝对安全,他选择这里,只是因为离家近些,回家看望父母更方便一些。他也不想让父母知道他的遭遇,省得他们为他担惊受怕。他在新水深居简出,除了去农贸市场买菜,天天都在出租屋内。准备好晚上要卖的馄饨,剩下的时间就是在手机上看书和上网。不管白天晚上,只要出门就戴上口罩和墨镜。

他实名举报,他们早晚都会知道,他也早就做好了应对他们迫害的准备。他给父母说跳槽跳到新水的酒店。他的父亲一直为他自豪,年纪轻轻就具备了一级厨师资格。他们一直以为儿子在兴元市酒店时一个月一万六,到新水工作,工资肯定比在兴元市还高。在兴元市酒店时他几乎没有回家过过春节,今年破天荒地回家过年,还在家里呆那么久。当了一辈子厨师的父亲知道,厨师是没有节假日的。他说几年都没有回家过年,向老板请假回来的。如果他们知道一级厨师的儿子在新水以卖馄饨为生不知道该有多么的伤感和颓丧。他给父母说还是大城市的厨师工资高,过了年可能会上北京,到底去不去还没想好。

对手果然就追到了新水,他也果然就去了北京,幸亏早有防备,不然就不好向父母解释。北京那样的城市是富人的天堂。他那点积蓄花不了多久,没有收入会使人感觉凄惶不安。柳青到北京的第二天就开始找工作,他有一级厨师证,又有大酒店的工作经历,很容易就被一家中等酒楼聘用。找到工作就有安身之所。

在北京人生地不熟的,工作之外也还是用手机上网看书。晚上他下班的时候也差不多就是花红下班的时候。在新水那段时间,最难忘的事情就是他救了花红,离开新水时又是花红送他去火车站。他感到无聊或者想找人说话的时候就不由自主地想起花红。他常常晚上下班后给她打电话。他给她打电话也没个准确时间,有时隔一天打一次,有时候隔几天才打一次。有时候,花红也会主动给他打电话。打电话的内容也无非是怎么样,忙不忙,或者交流一些在网上看到的稀奇古怪的事。

有一个晚上柳青又想起他在皇宫大酒店当厨师长时和陈副总结怨的事。以往在书中看到一些恩怨情仇的事,没想到自己也深陷世事漩涡,与人产生纠纷和仇怨,不得已钩心斗角,东奔西走,不知道什么时候到头,最终会有个啥结果。因为实名举报时留的是他原来的号码,怕监察部门联系不上他,到北京还保留着原来的手机号码。就在那天晚上,感慨世事难料之时,突然又接到一个不显示号码的电话,四川口音,说他活得不耐烦了,早晚要他小命。

打这电话的人只能是张光宪。柳青在新水隐居,遇到花红被劫持,出于好心,帮一帮好人,哪想到又多出一个仇人。柳青接这个电话,简直哭笑不得。从他内心来说,这样的电话并不可怕,首先是连电话号码都不敢显示,他们毕竟是黑道上人,不敢过于明目张胆,再者他们互相并不认识,他们不知道柳青是谁,除非冤家聚头,互相认出,否则根本无处下手。

柳青接过电话苦笑一下,合了手机。感觉应该提醒花红注意保护自己,万一他们躲过风声,再杀个回马枪,花红防不胜防。这样一想,他就急着给花红打电话。在电话上也不能说得太明白,怕吓着她,可说得太隐晦,又怕她不在意。他和她扯了几句闲话,问她肖泽宇的健身房生意怎么样,他们什么时候结婚别忘告诉他,他即使不能去喝喜酒也该随一份礼表示祝贺。花红听他主动说起她和肖泽宇的事,就想顺势问他对他们两个的婚事怎么看。她还没想好怎么说出口,他那边又说,肖泽宇的健身房离诊所也不远不是?你最好晚上让他送你回家,尽可能不要一个人走夜路。

柳青这话让她又想起被劫持的情景,顿时毛骨悚然,手脚冰凉。她声音有些发颤地问,柳青哥,你咋说这话,是不是有啥情况啊?你可得给我说实话。

她说到这份上,柳青只好说,也不算啥情况,我刚才接一个电话,说让我小心之类的,我担心他们不甘心,提醒你小心点。

听到柳青说这话,花红感觉他这么关心自己,自己也不该把他当外人,应该真正把他当成自己人,想和他说什么就说什么,在他面前不该有顾虑。这样一想,就直接向他说出她对婚姻的想法。她说,柳青哥,我对肖泽宇不反感,但是又觉得不踏实,如果就这样和他结婚,感觉又有好多顾虑,现在他父母都忙着筹备我俩的婚事,想和他断了恋爱关系又说不出口,你说我该咋办?

柳青看起来办事稳当牢靠,显得老成,从年龄上讲,他和花红、肖泽宇不差上下。他上学时谈过一次短暂的恋爱,因为女方家里显他学厨师没前途,他们的恋爱刚生出小萌芽的时候就被掐断了。花红问他这样的问题,他真说不好,只能凭着直觉说,两个人情愿就结婚,不情愿不能勉强。

在花红心里,柳青是一个超能量的人,他说的什么话都有分量。听他这样说,她说,我懂了,柳青哥。

花红从此和肖泽宇越来越疏远。夏朗有时还会去诊所站一会儿,说几名闲话,有时也会突然给花红打个电话。有一次她和肖泽宇在一起时夏朗打电话,说感到生活很没意思,每天过着重复的日子,感觉不到一点激情,活着跟死了没多大区别。花红不想和他谈这些没用的话,说自己有事,没时间和他聊这些闲话便挂了电话。肖泽宇听出是夏朗,心中不悦,以为她和夏朗一直联系,夏朗不放弃追她责任并不全在夏朗。脸色铁青着说,你要不理他,他肯定不会纠缠你。

花红听他这话也很生气。她说，我早就明白地告诉过他不可能和他谈恋爱，还能怎么样？人家又没有非礼我，我，总不能把人家骂一顿吧，正常认识的人也可以打电话吧？

肖泽宇说，你以后不可以接他电话。

肖泽宇这么武断的话让花红更加认定肖泽宇对她的爱是不能承受之爱，如果和他结婚，他会像个枷锁一样套着她。她下决心和他断绝恋爱关系。她说，你凭什么命令我不接他的电话？你没有权力管我接任何人的电话。

肖泽宇说，我是你的男朋友。

花红说，从现在开始，你不再是我的男朋友。

花红说完转身而去。肖泽宇迅速跟上，语气缓和地说，别这样说气话，咱俩都快结婚了，我向你保证，以后我再也不管你和谁打电话，只要不是和别人谈恋爱，你想接谁的电话就接谁的电话，想和谁打电话就和谁打电话，好不好？

花红说，不好，我越来越感觉咱俩不合适。

肖泽宇又有些生气地说，你和我不合适，和谁合适？是和夏朗合适，还是和柳青合适？

肖泽宇逞一时之气，连柳青都被拉扯进来。自从他去海南接他们，见柳青和花红单独在一起时在寺院住着以后，就对柳青心怀敬佩，再没有怀疑过柳青对她有什么不轨动机。一时性急，就什么都不顾，图一时口快，把柳青也攻击了。

肖泽宇从来没有在花红面前说过柳青什么，这天他突然把柳青也搬出来，花红不由得一愣。原来他心中的情敌不仅仅是夏朗，连柳青也是。她想起她做过的那个梦，难道柳青才是她的真命天子？在她心目中，柳青就是一个英雄的形象，从来没想过和柳青恋爱结婚。肖泽宇的气话像是一语道破天机。她的心突然就亮堂起来，柳青为什么只能是英雄、是哥哥？英雄难过美人关，女人天生爱英雄。他们年龄相当，男未婚，女未嫁，她和柳青谈恋爱有什么不好？花红脑海里闪出这想法，更加坚定地说，和谁都比和你合适，咱俩从此解除恋家关系。

花红说完不顾一切地向前跑去。肖泽宇在后边跟着她，以为她跑累了会停下来，气消了也会停下来。她跑着，气喘吁吁，没有停下来的意思，一个心思跑得快一些，离他远一些。来了一辆出租车，她赶快拦住坐了进去。她想永远不要再见肖泽宇才好，她要赶快回家，好好想想，怎么去追柳青。

回到家里，拿出手机一看，肖泽宇给她发了好几条微信，都是向她道歉和表达爱情的。无论多么动听的语言都不能再打动她的芳心，她看都赖得看就删除了。

现实总和理想有许多距离。她想和柳青谈恋爱，柳青想不想和她谈？再说柳青有没有女朋友，她怎么去追他？这些都是问题。她有了这想法后反而不好意思主动给他打电话。

一连几天，她想着柳青的好处，觉得自己早就爱上他了，满心满意都是柳青，她觉得和柳青在一起永远都不会争吵，柳青绝对不会要求她不准接男性的电话，更不会要求她关掉自己喜爱的诊所。有天晚上，关了诊所，她和易茹分手后，一个人走过夜市，远远地看着柳青曾经忙碌过的地盘，仿佛看见他玉树般挺拔地站在那里。她停下脚步，看着那个已经空置的地盘，看着看着眼睛竟然湿润起来。她又想起来夏朗和肖泽宇为她打架的事，想起来由由为了追到夏朗不惜下毒手让她遭劫的事，凭什么人家都能为爱情不择手段，她就不能正常地追求自己的爱情呢？她想念柳青，为什么把自己对爱情的想念转换成兄妹一般的想念呢？没有人剥夺她追求幸福的权力，她为什么要自己画地为牢？

花红用手抿一下眼泪，掏出手机，站在路灯下给柳青发出微信，柳青哥，我在回家的路上，路过夜市旁边，看到曾是你卖馄饨的地盘，仿佛看到你戴着墨镜和口罩在那里忙碌的身影。你会说这只是幻影，但是，在我的心里，你的伟岸身躯早已生根发芽。请允许我最后一次称呼你柳青哥，以后再不叫哥，只叫名字，柳青。期待你的回复。给你唱几句歌吧，我刚学的《小苹果》：

从不觉得你讨厌
你的一切都喜欢
有你的每天都新鲜
有你阳光更灿烂
有你黑夜不黑暗
你是青柳我是红花

花红唱完，又自我解嘲地呵呵笑了两声。

37. 忽然发现爱的是你

柳青睡前喜欢在手机上看会儿闲书。那天晚上他对着手机看路遥的长篇小说《平凡的世界》。他很喜欢这部表现中国上个世纪城乡社会生活的小说,正被小说中的情节感动不已,手机忽然发出震动,提示他收到微信。打开一看,是花红发的。仔细看了内容,像在梦中,再听一遍花红唱的几句歌,觉得好玩儿,她把后边的蓝天白云改成青柳和红花尤其好玩儿。仔细品品,似梦非梦。

他认识花红的时候,花红就有男朋友。他只是一个卖馄饨的,他们是他的顾客。他和她除了卖馄饨和吃馄饨,没有更深的交往。即使互相知道手机号码也是为了那碗馄饨。他知道花红和易茹的名字,他因为陷入危险的纠葛,连名字也没敢告诉过她们。后来为了救花红几次到公安部门报案,不得已才让他们知道了他的名字。他知道花红他们当面叫他哥,背后称他馄饨哥。这没关系,他不觉得他们因此就低看他,反而觉得他们几个阳光率性,很可爱。

他当初突然知道花红被劫持时,为她难过和不安,任何一个正常人听说身边有人突然发生变故都会产生这种情绪。后来得知当晚吃馄饨的顾客所说被架到车上的女孩正是花红,认为自己没有多点儿心眼,去追追问问,打110 报个警,阻止事件发生,是自己的失误,后悔莫及。花红母女可悲可怜,贺爷爷夸赞花红,花红母亲悲天怆地的痛哭,对无辜女孩身遭蹂躏的想象,诸多因素激起柳青的英雄气概,让他和花红的亲朋一起寻找花红。后来,嫌疑人的画像又偏偏让他感觉面熟,虽然身遭险恶,最终大胆机智,步步为营,救花红于水火之中。英雄救美,动人心魄。可是,他没有想过和花红恋爱。如果他动了恋爱的心思,他刚救出花红时是再好不过的机会。

收到花红表示爱情的微信,他感到突然也感到意外。大概是肖泽宇和花红出双入对出现在他眼前的次数太多，以至于他形成了惯性思维，花红就是肖泽宇的女朋友，肖泽宇就是花红的男朋友。他们就是天造地设密不可分的一对恋人。在花红被劫的故事中，夏朗也成了主角。因为他爱花红，追花红，引起由由的羡慕嫉妒恨，致使花红遭遇不幸。在寻找花红的过程中，柳青知道了这些缘生缘起，感觉就像一出热闹的狗血剧。他从来没有想过爱不爱花红的问题。

花红向他表示过爱情吗？她是对自己不错，她得知贺爷爷发现可疑情况马上到夜市告诉他，深夜送他离开新水，还有春节前为他买了许多年货，有时晚上到馄饨摊给他帮忙。他觉得她这都是报答，报答他寻找她时的付出。这也只能说明她是一个知恩图报的人，并不说明她爱上了他。前几天她在电话上告诉她对自己婚姻的想法，让他裁度她和肖泽宇结婚是不是合适，难道是试探他或者是曲折地向他表示爱情？

她突然而意外地向他表达了爱情，他爱她吗？他得好好想想。她还等着他回微信，不能让她等太久，先让她睡个好觉吧。他回了微信：歌唱得好，洗洗睡吧，我还忙着。

他只能编出这个还忙着的善意谎言，不然她认真起来非要他马上答复她的问题可怎么办？这一夜，他折腾了好久直到困得很才入睡。他从认识花红开始回忆，直到他离开新水那天晚上在车站分别。在他看到花红的每一个场景中，花红都是那样楚楚动人、美丽温婉。他回头审视自己的感情取向，发现自己真是一个少见的坦荡的君子，面对花红这个玉洁冰清温柔端庄的女孩竟然从没动过和她谈谈恋爱的念头。就因为她身边站着一个肖泽宇。

这些日子，他每天都牵挂着花红，唯恐那帮坏家伙不甘心再回头伤她害她的。想到这事就会感到不安，他提醒过花红，一定要小心。他本来以为有肖泽宇保护她会好一些，可她偏偏就向他说了那样一番话。他凭着直觉告诉她两个人情愿就结婚，不情愿不能勉强。他回答得那么爽快、直接。他希望她幸福，也应该幸福。牵挂是不是爱情？他像对待妹妹一样牵挂她保护她，她突然说以后不再叫他哥，要叫他的名字，柳青。猛一看她的微信够好玩儿的。以后她要对他直呼名字柳青。她一直就叫他哥，从馄饨哥到柳青哥，她还没有叫过他的名字。他想象着她当面叫他名字的样子和声音，感觉很有点儿意思。他接受还是不接受她的爱情呢，他爱她吗？

他翻来覆去颠三倒四地想着这些问题，大脑终于困倦，想着想着就进入了梦乡。在梦里,又回到山里瘸腿男人家,花红刚被解救出来,她不顾一切地扑进他的怀里,呜呜大哭。他拍她哄她安慰她,心疼她怜惜她,她还是止不住地哭。他一急就醒了。怎么会做这样一个梦,这梦预示着什么,是她要缠上他,让他爱她,还是他本来就是那么疼惜她,只是他自己没有感觉到?

天已经亮了,他翻身起床。昨晚一夜睡眠不足,但是感觉精神还好。这一天他不停地回忆梦中的情景,花红也总是在眼前晃动。

结束了一天的工作,又回到宿舍。他们四个人住一间宿舍,感觉乱哄哄的。他洗漱一下又歪在床上对着手机看《平凡的世界》。他觉得只有这样才能闹中取静,让自己摆脱空间的局促和混乱。正被小说里的故事打动着,手机又来了微信。他点开,又是花红。她给他发一个笑脸和一束花。

他点开花红发来的微信时竟有心动的感觉。看着她发的图片,知道她在催他回答昨晚的问题。他随手找了一张憨笑的图片回复过去。他要继续看小说,手机又震动一下,花红又发来微信:别装。柳青想都没想随手打出一个字,嗯。回复过去。花红又发微信:经过了一场浩劫,好像脱胎换骨,终于认清自己需要什么样的爱情,爱着谁想着谁。

柳青经过一天一夜的深思,感觉他对花红是有爱情的,可他觉得现在没有能力消受爱情。无奈之下,成为北漂一族,接受花红的爱情,他们怎么生活,不知道自己和陈副总被激化的矛盾到何时才能有个结果。再说,他的一只眼睛几乎没有视力,也怕遭她嫌弃。他看着花红的微信,不知道回复她什么。

他被花红的微信搅得没有心思继续看小说。他歪在床上发呆。过一会儿,花红又发一条微信:我最大的愿望就是带着母亲和爱人一起告别过去,去一个干净美丽的地方,干自己喜欢的事,养一个男孩和一个女孩。这次他给她回复一个表示赞的图片。花红又发微信:忽然发现爱的是你,我一直以来把你当做心中的英雄和偶像,不敢把花红和柳青连在一起,只怕爱情遮掩了英雄和偶像的形象,难道英雄就不该有爱情,难道英雄只能让人敬仰?

柳青心潮澎湃,可是他不知道如何回应花红的爱情。他给她回了一个做鬼脸的图片。花红又发微信:柳青,你是我心目中最勇敢、最爷们儿的男人,你干吗要这样折磨我一个小女子呢,你对我爱还是不爱,说句痛快话不好吗?

柳青终于无法再做到继续沉默,他回复微信:花红,承蒙垂爱,我真没有你想象的那么好,也不是什么英雄,在我心目中,你冰清玉洁,温婉雅静,一直把你当做妹妹看待，不敢有半点轻薄之心。请你慎重选择如意婚配之人，切勿意气用事。

花红收到他的微信，嘴角露出笑意，噌噌在手机上写下，柳青未娶，花红未嫁，非兄非妹，爱情美好，何谈轻薄？花红经慎之又慎思考，柳青最最如意，如能得到垂爱，花红幸福之至。

柳青看到花红如此坚决，他想如果不是因为恶人追赶，怕连累花红，他不会拒绝。任何一个正常的男人被自己所爱的女性追求都不该退缩，不该扭捏作态。他想把自己的经历和目前的处境告诉花红，让她自己做出选择，如果她不嫌弃，他就接受，如她所说，和她一起带上老人，找一个自己喜欢的地方长久地生活下去，生养两个儿女。凭他的厨艺，养家糊口不是问题。他被自己的想法鼓舞着，给花红打电话。

花红也是洗漱以后半躺在床上给他发微信。她还歪着等待他回复微信，没想到他打过来电话了。柳青说，花红，如果你方便我想在电话上告诉你我的一切情况，然后你再决定能不能选择我，好吗？

花红说，不管你遇到什么情况，我都相信你是好人，我都愿意和你一起面对，当然，我愿意知道你的一切。

柳青说，那好，我现在就出门，我们几个人在一起住，说话不方便，到外面告诉你我的一切。

柳青说着就从床上起来，顺手掂了外罩搭在身上，打着电话下楼。他在小区僻静的花坛边停下，坐在花坛上，把他的一切都告诉了花红。花红听着他的讲述，胸中时时涌起波澜，她为他遭受那么的挫折感到不平和愤懑。他讲完了说，花红，我向总经理汇报他们，肯定是触犯了他们的利益，我被打肯定是有缘由的，我离开酒店后又实名举报他们，听说餐饮部经理被免为普通服务员，陈副总的权力也削弱，他们更不会放过我。这事只要一天没有处理结果，我的安全就可能受到威胁。这就是我为什么有一点风吹草动就离开新水的原因。我的情况就是这样，一只眼睛几乎失明，现在明里暗里和他们斗着，不知道什么时候能过上安生日子，你好好想想，如果你还愿意，我就接受。

他一口气向花红讲述了他遭遇的一切，感觉无比畅快。无论花红做出怎样的应答，他都无怨无悔地接受。花红说，柳青——

听到花红叫他的名字，他的眼泪刷刷地流下来。只要她改变对他的称呼就知道她不嫌他一只眼睛失明，不怕和他共同面对危险，能得到这样一份美好的爱情，他觉得什么样的遭遇都值了。花红接着说，我爱你，只要和你在一起，什么样的凶险我都不怕，你一只眼睛失明，只要还有一只眼睛看到我爱你的表情，我就心满意足。

柳青忍不住叫一声，花红——

花红等他说下去，可是他什么都没有再说。两个人对着手机沉默许久，通过手机，他们能互相感受到对方的呼吸，感受到浓浓的爱意。他们为爱情陶醉。

38. 懂我的人

柳青终于接受了花红的爱情。花红每天晚上等着柳青结束一天的工作后给她打电话。电话来晚一会儿就坐立不安。除了对母亲,她从来没有这样牵挂过一个人。她觉得这才是真正的爱情,她终于找到了爱情,得到了爱情。

她已经多次明确告诉肖泽宇他们两个不合适,要和他断绝恋爱关系,请他转告他的父母,感谢他们对她的关照和爱护,理解和原谅她不能做他们的儿媳。可是肖泽宇迟迟不告诉父母这些,他觉得花红只是和他闹别扭,不会真和他断绝恋爱关系。他不顾她的情绪,一如既往地打电话发微信。每次接到他的电话,花红只说一句正忙着便挂了,他的微信她一概不回。他想约她出去谈谈根本就没有机会,他有时厚着脸皮到花红的诊所去看她,花红根本不和他多说什么,当着病人和易茹的面他也不好说什么,总是不得不尴尬地退出。

花红告诉易茹她和肖泽宇之间没有爱情,以前不懂爱情,以为好感就是爱情,现在好像懂了,她已经明白告诉他和他断绝恋爱关系。易茹说,这就对了,亏你做出来了,如果因为说不出拒绝的话和他凑合结婚才叫傻呢,希望你早点找到爱情。

花红笑着说,我已经找到了。

易茹平静地问,柳青?

花红很惊讶,她怎么会知道?易茹看她的表情就知道她想什么,马上又说,都是当局者迷,旁观者清,我早看出你爱她,他对你就更不用说了,你出事他冒着生命危险去救你,不怀疑他有英雄情怀,可是儿女情长,英雄气短,哪一个正常的英雄不爱美女呢?

花红听了她这些话哈哈大笑起来,笑完了说,没想到你是个闷葫芦啊,你看得这么明白,不早告诉我,让我白受折磨。

易茹也哈哈大笑着说,人生都有定数,不受尽折磨,难找到真爱,如果我早告诉你爱柳青,你一定骂我乱点鸳鸯,对人家肖泽宇也不公平,能看出他很爱你,是他爱的方式不适合你。

闺秘的话让花红更加为自己找到幸福而庆幸。她本来不想急着告诉母亲和柳青恋爱的事,和易茹聊天后特别兴奋,当晚便向母亲说了实情。花红妈听了女儿的话,嘴唇微微翕动,沉默良久才说,闺女,妈就一个心思,要你幸福,你要觉着柳青更合适我没意见,只是,我觉得肖泽宇跟他爸妈都是好人,伤了人家,唉,这婚姻的事也不是迁就的事啊,你看着办吧,别太伤了泽宇和他爸妈。

花红妈是个很明白事理的人,她为女儿找到幸福而幸福,她让女儿不要太伤了肖家,可她非常清楚谁遇到这样的事儿,都难免伤心。这是没办法的事。为女儿伤害了肖家,她几天都在心里疙疙瘩瘩,有种无法言说的不舒服。

花红知道这样做伤害了肖泽宇和他的父母,可她的心早已被柳青征服,连她自己都不知道,更无法管住自己不为所动。和肖泽宇的了断还没有处理好,夏朗仍然三天两头给她打电话发短信,表示不放弃对她的追求。她为得到爱情幸福,也为伤害肖泽宇和夏朗愧疚。一天,由由给她发短信,说她爸爸告诉她强扭的瓜不甜,爱情是两个人的事,如果别人不接受你的爱就不能强求,她决定放弃夏朗,如果她爱夏朗就请她接受他的爱,她会为他们祝福。花红看了由由的短信感觉很可笑。竟有这样的人,总想干涉别人的生活,把自己的愿望强加于人。对这样的短信,看过笑笑也就算了,不必放在心上。

柳青每天上午上班之前必须给花红打个电话,听听她的声音才能安心一天的工作。晚上有时打电话有时发微信。他还是不放心她的安全,每天都免不了交代她多加小心。他越是担心就越是往坏处想,甚至莫名地想出许多不好的细节,吓得自己出一身冷汗。他让她干脆包一辆出租车,和司机谈好,每天早晚接送她,要多少钱就给他多少钱。花红想起被劫持就不寒而栗,柳青又天天提醒她,她出行在外时就更加小心翼翼。他想出这样的主意,她感受到他的体贴和细心,甜蜜蜜的。她想与其这样让他担心,还不如两个人尽早一起生活,同甘共苦,也省得互相牵挂。

花红这想法得到母亲的支持。她还没有向柳青说她的想法。易茹的男朋友齐亮亮面临毕业，山东有家公司要和他签约，如果签了约，就意味着易茹他们将在那里安家。在签约之前，他要易茹和他一起去实地考察一下，如果可以就定下来。易茹告诉花红这情况，希望她尽快招来合适的医生。花红听后说，“和睦”针灸按摩诊所也该到头了，正想告诉你我的想法，柳青天天怕我有意外，我想干脆和他在一起，省得他再担心了，我还没有和他说，亮亮要你去，你就去吧，也不用招人了，诊所关了算了，这两天我找房东退房。

易茹问，你们准备到哪儿立足，就在北京吗？

花红笑着说，祖国山河处处好，何必都挤在北京呢？生活压力那么大，我就想去个自然环境好的地方安家立业，这是我的想法，还没有和柳青商量过。

易茹说，如果齐亮亮和山东的公司签了约，你们俩干脆也去山东算了，咱俩离得近，也有个说话的人。

花红说，我也不想和你分开，不过这事还得和柳青商量商量再定。

又过几天，易茹去了山东。花红一个人又坚持几天，和经常来诊所治病的老病号做了告别。她抽空见了房东，请房东按签订的租房合同扣除房租。花红租房期间从没欠过房租和水电等费用，房东爽快地答应与她终止租房合同。

花红见过房东的当晚，给柳青发微信：易茹随男友齐亮亮去山东，诊所一时没招来合适的医生，我今天与房东谈终止租房合同，房东同意了。

柳青好像明白花红的意思，立即回复：我们马上实现你最大的愿望，带着母亲和爱人一起告别过去，去一个干净美丽的地方，干自己喜欢的事，养一个男孩和一个女孩？

花红看了柳青回复的微信，泪眼蒙眬，噌噌写下，爱你，懂我的人。文字后是做鬼脸的图片。

39. 注定姻缘

花红和柳青正酝酿到哪里立足之时,易茹从威海打来电话,说她到那里就喜欢上了,中等城市,三面环海,空气清新,气候适宜,亮亮考察的公司也不错,他们决定在那里安家,希望花红和柳青也去考察,如果可能,他们在一起最好。

花红和柳青在网上查了一些威海的情况,感觉各方面都适合他们前往立足。柳青擅长制作鲁菜,气候和生活习惯与他们成长的家乡差别不大。他们定下来去威海发展。

花红打电话告诉易茹他们的决定,易茹喜出望外。她说,亮亮签约的公司给他分了公寓,他们要等亮亮做完毕业答辩才能过去上班,几天后亮亮回学校,她回家好好陪陪父母,他们可以在亮亮的公寓里住一段。

花红和柳青没想到竟有这样的好事。他们感叹天时地利人和,威海可能就是他们的福地。柳青马上辞了北京的工作,赶回新水接上花红母女一同前往。柳青来之前花红已经做好了出发的一切准备。她们母女的全部家当两个袋子就装完了。花红向易茹要了亮亮公寓的地址,包裹提前发了快递。柳青早上在新水下车,花红在车站接他。两人相见,相拥而泣。为了节省时间,他们在车站直接去易茹家看望了易茹的父母,和他们简单告别。从易茹家出来又去贺爷爷家。老人见花红柳青突然一同出现在面前,似乎早有所料,老人高兴地说,人生天地间,姻缘前世定,谁该和谁一起过日子,那是一定的。

他们对老人的话似有所悟,都不好意思地呵呵笑了。他们和老人说了来意,老人顿时伤感起来。他说,我看你们两个在一起挺好,怎么说走就走呢? 你们这一离开,不知道我还能不能再见到你们。

他们安慰老人,交通方便,随时都有可能回来看看,老人什么时候想到威海看看，打个电话，他们就来接他。劝了一阵子，老人总算高兴起来。他说他要去给花红妈道个别，他们只好让老人家和他们一起回家里。在花红家稍作停留，就该走了。老人站在街口看着他们坐了去火车站的出租车，才伤感地回家。

“和睦”针灸按摩诊所直到花红离开新水那天才算停止营业。易茹离开后，剩下花红一个人因为顾不过来，中午没人时就关了门，她除了照顾母亲吃饭，还要办一些杂事。毕竟她在新水多年，说一声就要离开，免不了要看一些人办一些事。最后几天又去理疗的老病号，花红都向他们做了即将停业的解释。还有一些人那几天赶巧没去诊所治病，花红无法当面告别。她在离开的当天早上，也就是她去车站接柳青之前，先去摘了诊所的牌子，给房东送钥匙的时候，委托房东下午在门上贴上她写好的告示，以此向那些没见到的病友告别。房东说没见过她这么实诚的人，请她放心，一定帮她贴上。她之所以这样做，而没有自己早早地贴上，是怕肖泽宇和夏朗发现，不知道会拦住她又闹出什么意外，她只好悄悄地离开。

花红母女和柳青是中午的火车。花红上了火车就关掉了手机，她想，她与新水再也无牵无挂，如果有所牵挂，就是孤单的贺爷爷，不过他们已经给他留了柳青的电话，他们会和他保持联系。

肖泽宇一直不相信花红真会和他断绝恋爱关系，总以为她不过是和他闹闹别扭，早晚还会和好。他照样天天给她发微信，打电话。微信花红不回也没关系，只要她知道他一直爱着她就行，打电话她总说正忙着也没关系，只要听到她的声音就好。这天下午他再给花红打电话，手机里竟然传出您拨打的电话已关机。他知道那不是她关机的时候，她怕母亲有事叫她，不出意外她是不会关机的。他感觉事情不妙，连忙跑去诊所去看，结果诊所关门，门上贴着告示：各位病友，因为您的信任，“和睦”针灸按摩诊所得以维持，诊所的经营者花红不胜感激，因为花红生活发生变故，不得已只好关门停业。特此敬告。祝各位朋友身体健康。花红叩谢！

看到这样的告示，肖泽宇像傻了一样木木地站着看半天，才想起去花红家看看。他一路小跑到花红家，敲门半天，毫无动静。花红带她妈出门了吗？花红在告示里说生活发生变故，她的生活发生了什么变故？难道——

他想到了夏朗。他以为夏朗家有钱，花红一定是弃他而去，连家也搬了，说不定夏朗家有多余的房子。想到这些，他脑袋都嗡嗡地响。他顾不得许多，直接就打了夏朗的电话。夏朗追求花红，从不把失败怪在肖泽宇身上，他把肖泽宇看成是公平的竞争对手。夏朗一看他的电话，不知道他又找什么事，很不友好地摁了拒听键。可手机还没放下，肖泽宇又打了过来。他接通电话冷淡地说，肖泽宇，又找啥事？

夏朗对他的态度让他更加相信自己的分析正确，花红一定是弃他而去，接受了夏朗的追求。他生气地说，你把花红弄哪去了？

夏朗一听他这话，感觉不对劲，马上变了语气问，你说什么，花红又失踪了？

肖泽宇一听夏朗的语气，也感到莫名其妙。花红没有接受夏朗的追求，那她会上哪儿呢？肖泽宇像泄了气的皮球，无力地说，花红的诊所关了，人也不见了。

夏朗问，她妈呢，她妈也不知道吗？

肖泽宇说，她妈也不见了，她家门锁着，敲了半天一点动静都没有。

夏朗说，你在她诊所门口等我，我们去找贺爷爷，说不定他知道，她常看他，她去哪里肯定会跟贺爷爷说。

肖泽宇和夏朗一起去了贺爷爷家。老人看到两个小伙子就笑了，他们找他好像是他预料之中。老人心里明白他们为什么找他也不说透。夏朗自从认识了贺爷爷以后，隔三差五地到老人那里看看，帮老人干点什么活。夏朗进屋顺手就把房间里随手乱放的东西归整起来，肖泽宇第一次去老人家，很规矩地坐沙发上。夏朗边收拾着老人的屋子便问，爷爷，花红又失踪了，连阿姨也不见了，您一定知道她们去哪儿了。

贺爷爷说，看你们两个，年纪轻轻的，一个个像霜打的茄子，没有一点精神。花红她上哪儿了，那是她的自由啊。我说你们啊，该干啥干啥，好姑娘多的是，非要追花红啊？这男的、女的，一生下来，谁该和谁成一家过日子，都是命中注定，你们就不要再操花红的心了，她去了她该去的地方。

听贺爷爷这么说，他们似乎都明白了她的去向，谁都没有再问什么。

附记:为公平正义干杯

到威海后,花红被聘到一家私立医院工作,柳青被聘到一家个体酒店做大厨。柳青在脉隆市皇宫大酒店工作时月薪万余,攒下一笔积蓄,威海房价不算太高,他们找到工作不久便交首付买了一套小三居的公寓,从此安居乐业。

半年后,柳青已经好久没人打过的脉隆市的手机号码突然接到来电。他一接听,是 X 市法院打来的。电话里说,脉隆市破获了一起涉黑案件,被抓嫌疑人交代曾收人钱财替人修理过柳青,传讯他马上回到脉隆市接受讯问,提供证据。

柳青接过电话,眼睛湿润,声音哽咽。他所受的不白之冤终将被揭穿被昭雪,激动的因子在血管里窜跳,让他感慨万端。为了过上安稳的日子,他不得不与恶人斗智斗勇,无奈之中辗转多处过着隐居生活。好在这些日子没有浑浑噩噩地度过,睿智地把握了每一步,丰富了人生,收获了爱情。

他必须要回一趟脉隆市。他记得上次回脉隆市寻找张光宪时,为了自身的安全,他不得不墨镜口罩鸭舌帽,乔装打扮,行色匆匆,简直就是潜伏,为了不给父母找麻烦,连家都尽可能不回。春节在家过年的几天,天天窝在家里,不敢串门,不敢见小时的玩伴和同学。因为过着隐身的日子,他和花红不得不未婚同居。他的父母还不知道他已为他们选好儿媳。他和花红母女商量,要她们随他一起回脉隆市,让她们去见自己的父母,顺便把证也领了。花红母女得知柳青终将结束冤屈,得以公正和自由,她们兴奋激动得热泪满面不能自已,哪有不同意之理。

柳青和花红母女回到脉隆市。他们刚在酒店安顿下来,柳青脉隆市的手机号码接收到皇宫大酒店总经理的电话,总经理告诉他陈副总已经因为对他打击报复涉黑被拘,又查出他在负责皇宫大酒店餐饮工作时,利用职务之便，通过报假账和进购食材贪污公款三百二十万元。总经理说终于可以告慰柳青，希望他还能回到皇宫大酒店工作。柳青婉言谢绝。

柳青配合司法部门接受讯问和取证之后，和花红一起到民政部门登记结婚。

柳青父母接到柳青电话，说带着女朋友和准岳母回家，高兴得彻夜难眠。见花红竟是如此标志端庄更是喜出望外。柳青告诉父母他们已经在威海安家，等他们发展得再好一些，接他们过去，让他们在那里养老，安享天伦之乐。他没有告诉父母他这将近两年的遭遇，免得他们为他难过。柳青父母为儿子儿媳举行了隆重的婚礼。婚礼上，在亲朋好友的喧闹中，他们再一次为自己所走过的不平常道路和终于拥有幸福相拥而泣。

婚礼过后，在家里小住几日，柳青和花红母女便回到威海。几个月后，柳青收到脉隆市法院的判决书，陈副总和被他雇佣的犯罪分子得到应有下场，柳青眼睛被打致残也得到应有赔偿。柳青看着渴盼已久的判决书，感觉扬眉吐气。又过几日，花红在新闻联播中看到一则消息，海南公安在严厉打击黄赌毒专项斗争中，破获跨省贩卖毒品和人口案，缴获七十八瓶神仙水，解救被迫卖淫妇女二十三人，抓获犯罪分子十七人。花红认出电视画面中出现的犯罪分子中有三名男性正是劫持并把她带到海南的人，两名女性就是转卖她的珊姐和黄小仙。

花红看了新闻联播振奋不已，连忙告诉身边的母亲这帮人就是劫持她的人，又给易茹打电话让她赶快看新闻联播，易茹说她正看着。易茹听说那帮坏人正是劫持花红的人，激动地说，恶有恶报，这是他们应得的下场，太好了，太好了，终于出了这口恶气。

新闻联播的时候，正是柳青最忙的时候，花红忍儿忍没有给柳青打电话。等柳青晚上下班到家，她连忙打开电脑，让柳青看当晚的新闻联播。柳青看到这条消息，激动地紧紧拥抱着她说，真好，真好，可庆可贺，明天请易茹和亮亮吃饭。

花红和柳青到威海三个月后，易茹和齐亮亮在威海结婚成家。易茹也被聘到一家医院工作。两个闺秘在同一个城市生活，感觉更加亲密，她们常常聚会，有时是两家聚会，有时是她们两个人聚会。

第二天，两家人在柳青工作的酒店相聚，老板听说他们聚会的原因，特意为他们免单，为柳青放假一个中午，还专门拿出酒店最贵的红酒向他们表示祝贺。柳青和花红感觉他们请客，让老板做东说不过去，正要婉言谢绝，老板说,我今天不仅要做东,还要主持。

老板说着便坐到东家的位置,他为大家斟上酒,端起酒杯说,我有幸聘到柳青这么好的厨师,可以说我是你们人生故事的直接受益人,你们的故事充分证明法网恢恢,疏而不漏,做恶人、干坏事最终都不会有好下场。来吧,让我们共同举杯,为公平和正义干杯。

后来他们得知,为张光宪他们通风报信的兴元市三里沟派出所的王警察,在司法部门审理调查案件时被发现,已进入司法程序进行处理。